新　潮　文　庫

知らない映画のサントラを聴く

竹宮ゆゆこ著

新　潮　社　版

10046

知らない映画のサントラを聴く

listen to
the soundtrack of
the movie
which
I don't know

真夏の田舎道。走る足には便所サンダル。斜め掛けにしたポシェットが跳ねて尻《しり》にバシバシ当たりまくる。

回転せよ、と誰かが言った。

万物は巡り巡るものだもの。回転するのが自然なの。回りもせずに存在するとか、実はこの世にはありえないし。だからみんな、ぐるぐる、ぐるぐる、ぐるぐると……優しく語る声が、枇杷《びわ》の耳には聞こえた気がした。

（ぐるぐる……回転するといえば……）

――はっ、ナポレオンズ。

パルト小石の頭部だ。

（それからあれも……）

Choo Choo TRAIN の冒頭の動き。「読み込み中…」の gif。黒鳥のオディール、華麗なるフェッテ・アン・トゥールナン。リプニツカヤのキャンドルスピン。かつての自分たち。

　本当だ。

　みんな、ほんとに回ってる。

　枇杷は夢中で前へ前へと走り続けながら、回転するものをさらに次々思いつく。

（寿司《すし》もじゃん。竜巻もじゃん。こま、ミキサー、ブラウンオーラルBもじゃん！）

　一つ、また一つと思いつくたび、撃ち抜かれるような衝撃が枇杷の心臓を貫いた。本当になにもかも、この世のなにもかもが、回転しているような気がした。ならば自分だってそうだ。回転する。回転してる。

　走り出してしまった足はさらに速度を上げていく。全力でぐんぐん夏をつっ走る。奥歯を強く噛《か》んでいなければ弾んだ顎《あご》が外れそうだった。止まることなどもうできない。膝丈《ひざたけ》のタイトスカートの裾《すそ》が「びり」と裂ける音がする。まじか、と一瞬たじろぐが、でももう構う余裕もない。聞こえなかったふりで突き進む。

　空から降り注ぐ強烈な陽射《ひざ》しにつむじが焼ける。蟬時雨《せみしぐれ》のシャワーを全身に浴びて、汗は涙みたいに頰を伝い落ちる。脳の前面から未来へ突っ込んでいくみたいに、枇杷はまだまだ疾走する。

　両側から剝《む》き出《だ》しの岩壁が迫りきて、次第に道は狭くなった。行く手には暗い隧道《すいどう》。緑が茂る山肌に穿《うが》たれたあの闇《やみ》に飛び込み、光る出口から抜け出せば、そこはもう駅前

の町だ。でも、ああ、

（サラダスピナー！　ジャイアントスイング！　レコード、CD、DVD！）

――この世のあらゆるぐるぐるたちよ！

古今東西、現在過去未来、人類誕生の以前から今この時に至るまで、すべての瞬間に回り続けていた事どもよ！

回転が生み出す、その力よ！

（どうか今、最後の戦いに赴く私にもぐるぐるの力を宿して下さい！　私はどうしても勝ちたいのです！　たとえどこへ吹っ飛ばされようと、私はそれでいいんです！）

右の眼が、さっきからひどく疼《うず》いていた。走りながら右手で触れる。この疼きは絶対にサインだと思う。一年待って、ついに今、対決の時がきたのを知らせている。

打ち倒すべき敵は、ほどなく姿を現すだろう。きっとあの隧道にいる。夏でも冷たく湿気た暗がりの闇に溶け込むようにして、静かに自分を待っている。

あの敵のことなら、枇杷にはだいたいわかる気がした。

漆黒のセーラー服を着ているはずだ。

襟にだけ二本の白いライン。薄絹のタイも黒。吹き上げられるようになびいているロングヘアも黒。ツヤツヤ光るローファーも黒。ハイソックスも黒。

横一直線に切り揃《そろ》えた厚い前髪の下で、顎の細い、恐ろしいほど綺麗《きれい》な顔が、真っ白な逆三角形に見えるはず。

敵は隧道に駆け込んで来る枇杷を見て、もたれていた壁際《かべぎわ》から音もなく身を起こすだろう。行く手を遮るように、ゆっくりとした足取りで、真正面に立ちはだかるだろう。刃物みたいな角度で吊《つ》り上がる眦《まなじり》は、笑えないほど危なっかしいだろう。

真夏の光に白く輝く小さな出口を背に隠し、敵は、黒く燃え上がる炎みたいな闘気を揺らめかせ、言うのだ。決め台詞《ぜりふ》を。澄んで甘く響く声で。

「あなたの、」

右手のラケットで枇杷を差し、

「罪を、」

腰を軽く捻《ひね》って、左手に持つ聖なるボールを顎の下でちらりと見せつけ、

「――断じてあげる！」

と。

いつかは絶対、向き合わなくてはいけなかった。そいつと戦い、そして倒さなくては、枇杷は前には進めない。ここから先を生きられない。

その敵の名は、罪という。

それにしても――命をとりにいくために夢中でひた走り、隧道へ飛び込もうとしながら、枇杷はふと考えてしまった。

（私たち、どうしてこんなことになったんだっけ？）

地面を蹴《け》る、自分の足。なぜか今、思い浮かぶのはあの日の友達の澄ました笑顔。やがて迫りくるだろう、聖なるボールのえげつないスピン。

ぐるぐる、ぐるぐる……扇風機。洗濯機。フラフープ。フリスビー。ていうか地球。ていうか銀河。そもそも原子。全部。すべて。みんな。自分も。

回転するのが世界の理《ことわり》で、自然のルールだった。存在するなら、生きるなら、止まることなど許されなかった。

やがて遠心力が生まれる。その渦巻く中心から、意識の底に沈殿していた思い出が吸い上げられていく。撒き散らされるみたいに、枇杷の内部に溢《あふ》れ出してくる。嵐《あらし》のようにぶちまけられる、数々の恥部。

時は過去へとぐるぐる巻き戻り、すべての光景がくっきりと蘇《よみがえ》り始めた。

発端はあの夏だ。

（私はあの頃、回転を必死に止めようとしていた）

あの夏のあの夜、家のガレージの壁際に自転車を引き込んだ、あの深夜。あの午前三時。

スタンドを立てて鍵《かぎ》をかけた後も、なぜか妙にしつこく、音を立ててスポークは回り続けていた。それがひどく疎《うと》ましくて、タイヤを蹴って、回転を止めたのだ。そしたら足の親指の爪《つめ》がゴムとの摩擦に負けて毟《むし》れて、痛みと悔しさで舌打ちなんかしてしまった。

――チッ！

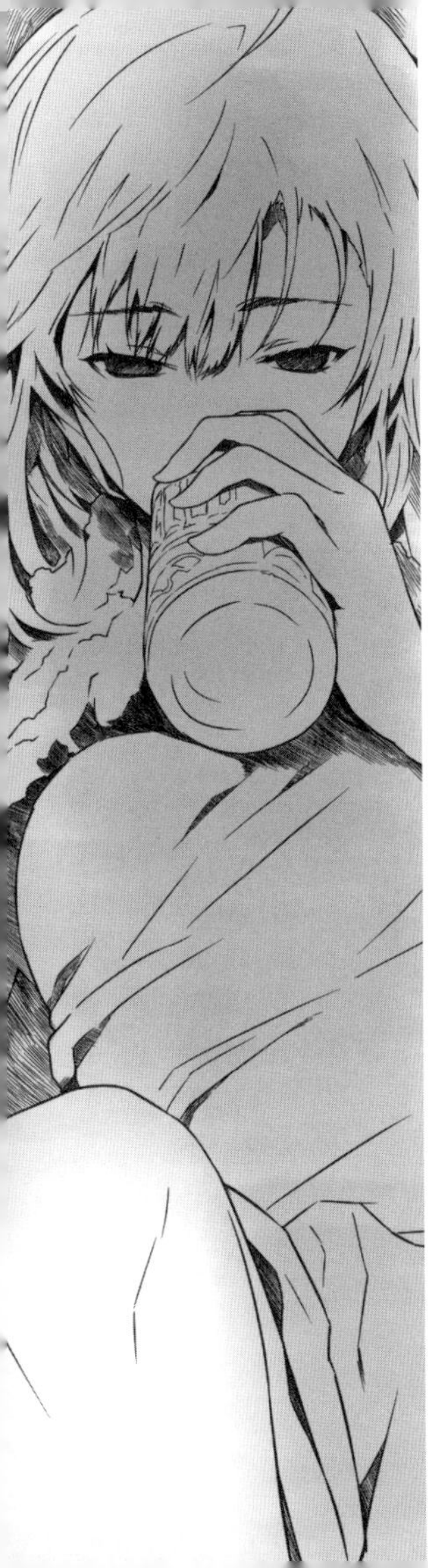

1

（どんだけ脆弱《ぜいじゃく》なんだよ爪《つめ》！）

声には出さずに毒づきながら、忍び足。玄関前の階段を上がる。

ポーチの軒下に入って、こっそりとドアを開く。身体が通る最小限の幅から、家の中へと素早く滑り込む。同じ細心さでドアを閉じ、そっと鍵《かぎ》を回し、かける。

音を立てないようにそろそろと動くその姿は「太極拳《たいきょくけん》の女使い手」か、もしくは「女空き巣」か、もしくは「太極拳の使い手で空き巣の女」みたいだが、そのどれも正解ではない。ここが自宅なのだ。

午前三時。錦戸《にしきど》枇杷は自宅へと帰還した。

全体が茶色いゴムでできている愛用の便所サンダルをそっと脱いで、玄関に上がる。でもまだ安心はできない。寝静まっている家族に外出したことを気づかれずに、自分の部屋まで戻らなければならない。

今宵も東京は熱帯夜。ちょっとした小籠包《ショーロンポー》なら多分勝手に蒸し上がる。そんな不快な真夜中に、枇杷は一人で自転車を漕《こ》ぎ続け、町中ぐるぐる走り回って、そして帰ってきたところだった。どうかしている自覚はあるから、スローな動きで物音立てず、自宅の廊下を歩いていく。

暑くない、わけがない。首にかけた汗拭《ふ》きのタオルはすでにずっしりと濡《ぬ》れている。Tシャツもびしょびしょだし、息切れもして、足元もふらつき、

（やばい。眩暈《めまい》してる……）

速やかに水分を取らなくてはこのままあえなくぶっ倒れるかも。

部屋へ戻る前に進路を変更し、真っ暗な中をコソコソ進む。リビングからさらに奥のキッチンへと侵入する。

冷蔵庫を開けてビールを見つけた。特にアルコールを欲してはいないが、手近にあったし、よく冷えていた。

キッチンの暗闇《くらやみ》の隅に立ったまま、枇杷はビールに口をつける。歯に沁《し》みるほど冷たくて、強い炭酸がシュワシュワと喉《のど》に爆《は》ぜる。自覚していたよりもずっと喉が渇いていて、夢中でどんどん飲んでしまう。

半分ぐらい一気に飲んで、そのまま壁にもたれかかった。ずるずると背中をすべらせて、キッチンの床に座り込む。油断したところでげっぷがこみ上げてくるが、拳《こぶし》で口を押さえ、鼻からうまいこと音を立てずにビール臭い吐息だけを逃がす。

こんなに暑くて。こんなに全身汗まみれで。こんなに喉からからで。そしてこんなに冷えたビールを、こんなにゴクゴク飲んで。

それでも枇杷は、全然機嫌よくなれずにいた。「うまいっ！」とか、「く〜っ、最高！」とか、「ぷっはあ〜！」とか、そういう「快」の地平は果てしなく遠い。すこしも幸せじゃない。

むすっとしたままもう一口飲んで、缶の下部の丸い窪《くぼ》みを膝頭《ひざがしら》の骨に嵌《は》める。

問題は、今宵も続いた不首尾だった。ビール如《ごと》きで誤魔化せるわけもなく、暗闇の中で背を丸め、ジャージの両膝の間に頭を突っ込むようにして深くへこむ。

（また、捕まえられなかった……）

頭上から、闇より黒いやるせなさが滴《したた》り落ちてくるようだった。胸に貯《た》まって、枇杷の気持ちはどんどん暗くなっていく。

四月の終わりからだから、もう三か月以上にもなる。三か月も、こんなことを続けている。……のか。まじか。

我ながら、無為な日々の長さに引いた。こんなことでいいのだろうか。空振り、空振り、空振りの連続で、気が付けばもう八月に入ってしまったじゃないか。捕まえるどころか、見かけることすらできていない。成果はまったく上がっていない。無理なのか、やっぱりこんなの。あまりに無謀、無計画か。でも諦《あきら》めることなんて絶対にできない。

他の方法も思いつかない。

八月十七日までに、どうしてもこの件は解決したいのに。

それまでに見つけ出して捕まえたい、なんならぶっ殺したい、ぐらいの気持ちで、ずっと探している奴《やつ》がいるのだ。

そいつに奪われたものを、枇杷はどうしても取り返したかった。

＊＊＊

そいつと出会ってしまったのは、春の終わりのことだった。

桜はとっくに散っていて、長い歩道の両側の木々には瑞々《みずみず》しい若葉が目立ち始めていた。

深夜の一時半を少し過ぎていただろうか。枇杷は近所のファミレスから、一人で自転車を漕いで帰宅するところだった。

人気のない住宅街を渡る風もなく、辺りは静まり返っていた。肌に触れる空気は薄気味悪いほどぬるかった。一台の信号機に「故障中」の札がかかっていて、青黄赤、全色の灯りがビカビカと光を放っていた。レアだな、と見上げたが、今にして思えば、それらはすべてこの先に襲い来る事態への警告みたいなものだったのかもしれない。でもそのときはわからなかった。油断しきっていた。

東京は板橋区。

退屈なほど閑静な住宅街が、錦戸枇杷の地元だった。

生まれた時から、ずっとここに住んでいる。都内にしては割と大きめな一軒家が並ぶこの界隈《かいわい》は、枇杷にとってはいわば「庭」だ。知らない路地などないし、さほど広くもない町の地理はほとんど頭に入っている。最近にわかに建ち始めたマンション街のあたりだけはさすがに変化が大きくて情報の更新が追いついていないが、それでも地元だし、庭だし、なんなら目をつぶっていても家まで帰りつけると思う。

この辺りは昔から治安がいいとされていた。真夜中に若い女が一人で出歩いても、常識的な行動をしてさえいれば（泥酔《でいすい》していないとか、携帯や音楽に気を取られていないとか）特に問題になるようなことはなにもない――はずだった。少なくともその夜までの二十三年間、地元民である枇杷の認識ではそうだった。

別に急ぐ理由もなくて、枇杷はのんきに自転車を漕いでいた。

ふと、歩道の隅で白く光る自動販売機に目がいった。ぎょっとして、

「わあ!?」

声を上げてしまった。貼《は》られていたポスターのアイドルが、ほぼ等身大のサイズのせいで本物の人間がそこに立っているように思えたのだ。

もちろんすぐに見間違いだと気が付いた。枇杷は「なんだよ」と口の中だけで呟《つぶや》いて、微笑《ほほえ》むアイドルから目を逸《そ》らした。驚かせやがって。声出ちゃったじゃんか、恥ずかしいなもう。誰もいなかったからよかったようなものの……。

小さく息をついた、その瞬間だった。

自転車の前カゴに放り込んだ布製のトートバッグに、いきなりにゅっと他人の手が伸びてきたのだ。

さっきのような無邪気さで、「わあ!?」とはもはや言えなかった。驚きの濃度が段違いだった。

ヒトというものは驚き過ぎると、飛び上がった心臓が首を通って脳まで達し、頭蓋骨《ずがいこつ》の内部に衝突しながらそこで激しく脈動するらしい。枇杷はそれを初めて知った。いやでも心臓が？　頭に？　そんなんあるわけねえし。そう思えるほどの冷静さすら突然の事態に奪われて、なんのアシストにもならない。収縮するように視界が揺れ、肺は操作の配線が切れたように膨らみ切ったままで停止したきり、ぱかーんと口を無意味に開いた。それほどに驚いて、ただ驚いて、ただただ驚いて、驚いたままハンドルを切り損ない、自転車ごとその場に横倒しになった。

枇杷はサドルに跨《また》がったまま、なんとか一度は片足をついたが、結局バランスを崩して無様に転がる。自転車の前カゴから、トートバッグが投げ出される。

枇杷のバッグに手を伸ばしてきたのは、不気味に長い髪をした、黒ずくめの女だった。一目見るだにやばかった。

髪の乱れ方。黒い服のペラい布地。隠された顔の輪郭。息づいて上下する肩。妙にでかいガタイ。そのすべてからおぞましいオーラが立ち昇っていた。「関係したくなさ」の値は一瞬で100パーを振り切った。値を測る針があったならシモの毛みたいに縮れたはずだ。それほどの純度で「関係したくなさ」を振り撒きながら、女は前屈《まえかが》みのいやらしい小走り、意地汚いゴキブリか高速移動の術を得たナメクジみたいに枇杷のバッグへ駆け寄ってくる。

ふわっと広がるプリーツスカートから奇妙なほどにぬらりと白い脛《すね》が覗《のぞ》く。（気持ちが悪い！）と反射的に思う。そんなことを思っている場合ではなかったが、思ってしまって止まらなかった。震えるほどに気持ち悪い。自分史上最高に気持ち悪い。気持ちの悪さに怒りすら湧《わ》いた。もうなんだよおまえ⁉　まじでなんなの⁉　見れば見るほど気持ち悪いよ⁉　くっそ気持ち悪いけどどうしたんだよ⁉　大丈夫かよ⁉　心配にすらなった。

それほど気持ちが悪いヤツが、女にしては異様にでかく見える手で、枇杷のバッグをむんずと摑《つか》むのを見た。

その瞬間、やっと初めて、

「……ひゃ〜あぁぁぁ〜〜〜！」

吹かれすぎてぶっ壊れた笛みたいな音階で、悲鳴が出た。

バッグは雑誌の付録（それも去年の）だけど、中には財布もスマホも家の鍵も入っているのだ。無我夢中、タックルするように、犯人が摑みあげたバッグに飛びついた。

泥棒！　強盗！　ひったくり！　恐怖と怒りで爆発しそうになりながら、冷静でなどもちろんいられず、とにかく全力でバッグを取り返そうとした。でも犯人も諦めてはくれない。バッグを引っ張り合いながら、やがて二人はくるくると回り始め、自動販売機の光の前に回転しながらもつれ込んだ。

息が重なるほどの至近距離で目と目が合ってしまい、枇杷はその瞬間、もう一度叫び声を上げた。

「あひゃあぁぁ〜〜〜！」

なにこいつ——ゾワゾワワッ！　改めて総毛立つ。毛穴の統制が恐ろしいほどとれている。だって、だってだ。

（男じゃん！）

男だとわかっていたら、こんなに抵抗しなかった。力じゃ敵《かな》わないじゃん。負けるじゃん。一気に血が冷える。気持ち悪いわけだ。こいつ変態だ。

変にボサボサの長い髪。それによく見りゃセーラー服だよ！　顔の輪郭もバッグを奪おうとする手の感じも、はあはあ言っている息のトーンも、なにもかもが完全に男。きれっきれの、変態男。とっとと逃げるべきだったのだと枇杷は思う。こんなにでっかく具体的な後悔を味わったことはなかった。でかすぎて飲み下せないよ。泣きそうになる。犯されるかも？　いや、下手すりゃ殺される。逃げろ、逃げなきゃ！　でもこんな奴に個人情報全部入りの財布やスマホや鍵を奪われていいのか？　それも嫌すぎる！

どうすればいいんだ。この手を離すべきなのか。それとも絶対に離しちゃいけないのか。狂いそうになりながら逡巡《しゅんじゅん》したその一瞬、手を離せないただひとつの理由を思い出した。

財布にはあれが入っている。

『枇杷ちゃんに持っていてほしい』

――そうだ。

だめだ。そうだったじゃないか。この手は離せない。絶対に離したりしてはいけない。

「……おっ、お金なら、」

裏返った泣き声で、

「全部、あげる……から……！　欲しけりゃスマホも持ってっていいから！」

枇杷は必死にそう言った。本気でそれでいいと思った。それですむなら安い。

「通報、するなっていうなら、しないから……っ！　だから返して！　手を離して！」

　しかし言葉が通じるような相手ではなかったらしい。そいつは片手でバッグを掴んだまま、もう片手を振り上げる。枇杷は半ば諦めの境地でそれを見やった。無様に、でも必死に身を小さく縮める。殴られてもできるだけダメージが小さくすむように。

　しかし、予想したように即ぶっ飛ばされはしなかった。その代わりに肘《ひじ》のあたりを掴まれる。男の親指が、そのまま枇杷の肘の骨の端を押さえる。この事態にはまったく不似合いな、優しささえ感じられるようなふんわりとしたソフトタッチ。え、と思った瞬間、ゴリッと親指に力がこもる。電撃のような鋭い痛みが、肩から胸骨の真ん中にまで轟《とどろ》いた。目の前が真っ白になった。なにをされたかわからないが、とにかく恐ろしいほど痛い目に遭わされているのだけは確かだった。

「いーぃぃぃぃぃっ……！」

　がくっと膝が折れた。崩れるように座り込んでしまいながら、それでもまだ枇杷はバッグから手を離さなかった。すると続いて肩に手がかかる。首を絞められるのだろうか。じゃあもう死ぬじゃんそれ。怯《おび》えて夢中で振りほどこうとするが、今度は鎖骨の上の隙《すき》間《ま》に親指が深々と食い込んだ。ぺきっ、ぱきっ、と、なぜか鎖骨ではなく目の奥で、なにか気泡のようなものが妙に小気味よく爆ぜる音がした。そして両耳の裏から頭皮をぐるりと凄《すさ》まじい痛みの帯が巻き付く。そんなところは触られてもいないのに。

「いーぃぃぅぅうぁぁ……！」

身を起こしていられなくなって、枇杷はとうとう路上にうつ伏せに倒れ込んだ。その尻《しり》の左側に、恐らくは膝が押し当てられた。そして多分拳の骨が、右腰のやや上あたりに。打撃ではなくぴたりと触れ、そのままぐっ、と体重をかけられる。瞬間、枇杷は噴き上がる火柱を目の裏に見た。「天誅《てんちゅう》！」というセリフが浮かぶ。言われてもいないのに。

もう呻《うめ》き声すら出なかった。奔流みたいに尻から下へ降りていった痛みは冷たくて、腰から上へ昇っていった痛みは熱かった。何万頭もの馬を思う。凄まじい勢いで蹂躙《じゅうりん》する蹄《ひづめ》が、脳天と爪先から駆け抜けていく。駆け抜けていきながら、枇杷の魂から「頑張れる要素」みたいなものも同時に奪い去っていく。

手から、ついに力が抜けてしまった。枇杷の尻を膝で押さえこんだまま、そいつは頭上でバッグを漁《あさ》り出したようだった。涙目で必死に身体を捩《ね》じり、そいつの手元を見る。枇杷の長財布を開いている。そして数千円は入っているはずの金には目もくれず、キャッシュカードの存在も無視して、

「……そ、れ、だけは……」

うまく声が出ない。

そいつが財布から取り出したのは、札入れにしまっておいた一枚の写真だった。それだけはやめて。それだけは、二度と失えないものなんだから。やめて。枇杷がそう思っているのを見透かしたのだろうか。だから奪うのだろうか。恐らくは枇杷にとってしか価値などないはずなのに、よりによってそれを奪うのか。それだけを。

やめて。

「……っ……！」

肩が外れそうになりながら、それでも懸命に伸ばした手が、漫画みたいにすかっと綺《き》麗《れい》な弧を描いて宙を虚《むな》しく掻《か》いた。絶望的な、すかっ、だった。写真は奪われた。

枇杷の尻から体重が消えたのと同時、財布とバッグが放り捨てられる。スマホは持ち去られ——と思いきや、いきなり遠くへ投げられた。曲線を描きながら飛んでいく長方形の精密機械を眺めながら、もはやその行為の意図を考える余裕すら失われていた。落下地点を見失わないように目で追うだけで精一杯だった。

いくつかの間違いを、その後の数分間で枇杷は犯した。

スマホなんか、どうだってよかったのだ。なにもかもそのままほったらかして、そいつをすぐに追いかければよかった。

向こうは男の足とはいえ、自転車でなら追いつけたかもしれない。しかし自転車の存在などとっくに忘却の彼方《かなた》で、枇杷の頭は真っ白で、なぜか財布の中身をその場で確認などし始めてしまった。やっぱり写真は奪われていて、髪の毛の先まで隙なく震えた。そしてバッグを拾い、おたおたと一度はそいつが走り去った方へ追いかけていこうとして、いや通報か、ていうかスマホ、いやいや、ていうかていうか、と間抜けに何度か右往左往して、倒れた自転車のことをふと思い出して引き起こし、勢い余って逆側にまた倒し、そんな場合じゃなくてと思い直して、スマホが投げ込まれた植え込みに向かった。

　つつじの植え込みの奥、枝が混み合う根元付近にスマホを見つけて、摑んで、土を払って、そしてやっと自分の失態に気が付いた。辺りは静まり返っている。足音一つ、聞こえやしない。

　この数分の間に、まんまと逃げられてしまったじゃないか。

　震える手でハンドルをひっ摑み、逃げる奴が向かいそうな路地へ慌《あわ》てて向かう。自転車でひたすら走りながら、なぜかこんな非常時だというのに（足の動きがやたら快調だな⁉）などと思う。錆《さ》びていた部品に新鮮な油が差されたように、股《こ》関節《かんせつ》がくるくるといつもよりよく回る気がしたのだ。そしてやたらと目もよく見える。静まり返った夜の住宅街が、いらんほどくっきりと輪郭も鮮やかに視界に飛び込んでくる。

　でも結局そいつの行方はわからなかった。変態の気配は消えてしまった。枇杷は進行方向を変え、今度は必死に交番に向かった。

　ガラスの引き戸を開け放ち、

「強盗にあったんですがぁぁ！」

と、訴えた時にはすでに半分以上泣いていた。

でも、そこまででも十分にひどかったけれど、その後もまたひどかった。十二分にひどかった。

奪われたものは、写真が一枚。リクルートスーツで撮られた、就活用の、自分のではない証明写真。

それは枇杷にしか価値のないものではある。だからいくら説明しても、被害の甚大《じんだい》さが伝わらないのは仕方ないのかもしれない。

でも、それにしたって、

「友達同士の悪ふざけなんじゃない？　『どっきり』の過激版みたいな。暴走する今時の若者、つおったー？　で、パソコンに投稿、みたいな」

というのは、お巡《まわ》りさん。泣いている被害者に対して、あんまりではないだろうか。

それより触れたくもないが、「つおったー」ってのはなんだよ。話題を混線させたくないからあえてそこは放っておくけど、でも、どんだけだよ。軽くキレそうになり、

「絶っ対、違います！　ていうか、友達はいません！」

「え、かわいそうに。なんで？」

「そんなのどうでもよくないですか⁉」

枇杷はこめかみの血管を血が噴き出す寸前までずっくんずっくん怒張させながら、必死になって喚《わめ》いた。交番の小さな椅子《いす》から転げ落ちかけるほど身を乗り出し、事務机の縁を両手で摑む。大声を上げれば伝わるというものでもないだろうが、でも騒がずにはいられなかった。

一世一代の大事件だし、家族以外の他人と喋《しゃべ》るのも久しぶりだし、キレそうだし。声は変に上ずって、いかにも無力な者っぽく語尾が震えてしまう。なのにお巡りさんの方は、なかなか緊迫感を出してきてはくれなかった。同じテンションでガンガンきてほしいのに、この期《ご》に及んでまだ穏やかに「でもさあー」などと言っている。

「変な話だよね？　知らない男が、財布も携帯も盗《と》らないで、写真一枚だけ抜いて、ってさあ……ねえ、それ、なんでだろう？」

「だから！　そこを捜査してくださいよ！」

「……もう一回訊《き》くけど、怪我《けが》はないんだよね」

「ないからなんですか⁉　なかったらダメですか⁉　ない方がいいんじゃないんですか⁉」

「そういうわけじゃ」

「自転車ガッシャーン！　ってなったし！　超痛いツボを押されて目の裏から変な音出たし！　不思議なことに今はむしろ、肩とか目とかあちこちすっごいスッキリして調子いいんですけど、でもそんなのたまたまなんですよぉ！」

「へー」

お巡りさんは納得したように一つ、二つ頷《うなず》いて、なにかの書類を手元に引き寄せ、

『むしろすっごい調子いい』、と……」

その旨《むね》をくっきりとした筆跡でメモし始める。事件を矮小化《わいしょう》しようとする気配をメモりぶりからありあり感じる。冗談じゃない。枇杷は立ち上がり、慌てて片手をパーでずいっと出す。

「ま、待って下さい！　怪我はないし、むしろ調子がいいなどと私は言いましたね？　それは、実は、」

金剛力士像の阿形、もしくは母親が一年以上も嵌ってやっている『すべてのエクササイズがＤＶＤでよくわかる！　美木良介のロングブレスダイエット１週間即効ブレスプログラム』の書籍の表紙みたいなポーズで、きっぱりと断言してみる。

「――ウソです」

「ほう？　ウソ？」

「本当は、……肋骨《ろっこつ》的ななにか？　が？　折れているにも似た？　状況？　という……ほのかな？　予感が、する……？　かもしれない？　のです」

ちらっと上目づかい。おずおずと、でもしおらしく、胸のあたりを両手で押さえてみ

たりもする。が、

「じゃあ、救急車呼ぶ？」

お巡りさんが電話に手を伸ばすのを見て、枇杷は空気を読んだ。即やめる。座る。

「……治りました」

「だよねー。で、犯人はセーラー服、着て？」

「はい！　そうなんです！」

改めて、意気揚々とヘッドバンギングするみたいに大きく頷く。犯人の乱暴さよりは、変態としてのわかりやすい危険性をアピールする方向へ臨機応変に切り替えていく。

「ぺらっぺらの、いかにも偽物《にせもの》っぽい、コスプレっぽいヤツです！　超変態ですよ！　剝《む》き出《だ》しのド犯罪者ですよ！　見るっからやばいヤツでした！」

「で、長い髪の毛して」

「はい！　栗山千明のキモい版みたいな、こんなんですこんなん！　前髪まっすぐ横ぱっつんで、こう、ずあぁ、って！　まっすぐ腰ぐらいまであって！　ヅラです恐らく！」

「で、指圧を施されて調子よくなった、と」

「はい！　……じゃ、ないぃぃ！」

思わず獅子舞《ししまい》みたいに狂おしく身を捩ってかぶりを振る。

「なんで!?　どうして指圧っていうんですか!?　暴行でしょ!?　ていうか早くパトカーばんばん出して非常線張って捕まえて下さいよ！　そ、そうだっ現場にも行かないと！」

「捕まえる捕まえる、でもその前に、ええと、この書類だ。あなたは、錦戸枇杷さん。びわ。……へえ、二十三歳。間違いない？　あそう。住所は実家で？　ふうん。でもって現在、む・しょ・く、と。ああー無職かあ……」

「無職なら、なんですか!?　無職にはなにをしてもいいんですか!?　路上でケツ踏まれて写真盗られるぐらいのこと、無職なら我慢しなければいけないんですか!?」

「そして友達はいない、と……」

「それってなにか問題ありますか!?　あっ、なぜ（かわいそう）って書き足すんですか!?　個人的な主観をメモるのやめて下さい！」

「……」

「そういうかわいそうな生き物を見る目で私を見るのもやめて下さい！」

——結局あの後。

被害届も正式に出したたし、家にも送ってもらったし、お巡りさんは付近をしっかりパトロールするとも約束してくれたけれど。

枇杷は、まだ暗いキッチンの隅に膝を抱えて座り込んだまま、あれからの三か月という日々の実りのなさについて考えていた。

犯人が捕まったという連絡はない。はなから警察のやる気はなんとなく疑わしい。だから、枇杷は自分でもあいつを探し回ることにした。見つけ次第デッドオアアライブ、なんとしてでも奪われた写真を取り返す気でいる。

そういう理由であの日以来、奴が現れた界隈を中心に、枇杷は深夜の町を自転車で徘《はい》徊《かい》しているのだ。

具体的には轢《ひ》く予定だった。

いろいろ考えた結果、非力な自分でもそれならいけるかもと思えた。触るのも嫌だし、ここは一つ思いっきりの全力で轢いて、何度も轢いて、向こうが立てなくなるまでグリグリ轢きまくって、そして奪われたものを取り返す。出たとこ勝負の、シンプルな計画ではあった。

しかし展望はどうも明るくない。勝手に犯人はこの地元のヤツ、いつも近所をうろついているヤツと決めてかかって、事件現場の周囲を中心に探し回ってきたのだが、そもそもそこからして間違いだったのかもしれない。

遠くからわざわざ女装強盗を楽しみにきた、流しの変態の行きずり的犯行だったとしたら。Ｓｕｉｃａでぷっと電車に乗り、乗客たちには無視されながら、ホームで不気味に微笑む変態の姿……「今日はどの町で無職をいじめてやろうかしら」……妙にくっきり想像できてしまって、枇杷は思わずぞっとする。そうだとしたら、まったく的外れなことに日々を浪費してきたことになる。

（十七日まで、あと……え！　うそ、もう一週間とちょっとしかないよ！）

――どうしよう。

闇の中で、脳内カレンダーの日付を必死に数え直す。数え直したら増えないか、という淡い期待は三回目でやすやす打ち砕かれる。増えるわけない。

両膝の間に、さらに深々と頭を突っ込む。

（……そういえば、別にどうでもいいんだけど……）

思いっきりの悲鳴を上げても、誰も現れたりはしないんだな。

枇杷は自分の股間をしげしげ見つめるような謎《なぞ》のポーズのまま、闇の中、ゆっくりと瞬《まば》きする。正義のヒーローなんて、やっぱり現実にはいない。叫ぶ女を助けに来てくれる人など、この世界には存在しない。

そりゃそうだ。あんな時間に外から悲鳴が聞こえたら、誰だってまず耳をふさぎ、そして自宅の戸締りをすみやかに確認する。みんなそうだ。自分だってそうする。事実、そうしてきた。そうしてきたから失ったのだろうし。

だからどんな声を上げたって誰も来ないという、自分が今生きているこの世界の現実を、いまさらどうこう思う資格などあるわけがない。

と、そのときだった。

「……」

天井から、かすかな物音が聞こえた気がする。二階だ。枇杷は顔を上げ、小動物みたいに動きを止める。耳を澄ます。まだ聞こえる。物音は気のせいではない。

両親の寝室は一階だから、兄か、それとも天使のチェリーがトイレにでも起きたのだろうか。

どちらにしても、こんな時間に外をうろついていたことを知られたくはない。枇杷はまだ膝に嵌っていたビールの缶を摑み、静かに立ち上がった。再び気配を殺して、一階の西の端にある自分の部屋を目指してそっと足を運び始める。

＊＊＊

明けて、翌日。

あまりに暑くて寝ていられず、枇杷は「なにごとだよ!?」と跳ね起きた。目覚めていきなり、もうキレそうだった。

なにごともクソも、真夏なのだ。エアコンをあえてつけていない六畳の洋間は、このままサウナとして営業してもそこそこ成り立ちかねない温度と湿度に達していた。猛烈な不愉快さの只中《ただなか》、シーツにぺったりと座り込み、枇杷はほとんど呆然《ぼうぜん》としてしまう。長い髪がベタつく肌に貼りつき、あちこちチクチクと不快に痒《かゆ》い。へなへなのTシャツも愛用のジャージも自分の汗でじっとり濡れて重いほどだった。

それプラス、「ドジャワアアアアアアァァァァァァ──────ッ！」って。

「……炒《いた》め物か……⁉」

聞いているこっちが不安になるほどのボリュームで、窓の外から蟬《せみ》の鳴き声が聞こえてくる。ランチタイムの中華屋の厨房《ちゅうぼう》じゃないんだから。とりあえず、すっごいうるさい。虫に言っても無駄だろうけど、加減ってもんを知れ。ていうか本当に暑い。そして最高にだるい。

もつれまくった長い髪をさらにぐしゃぐしゃにかき回しながら、枇杷はのそりとベッドから這《は》い出た。時計を見ると正午を少し回っている。大口開けて、欠伸《あくび》を放つ。Tシャツの裾《すそ》から手をつっこみ、汗ばむおなかをぽりぽり掻きながら部屋を出て、静まり返った廊下を裸足《はだし》でぺたぺた歩いて、まずトイレへ。そして洗面所へ向かう。青いタイル貼りの空間は、部屋よりも随分涼しく思えた。

もしゃもしゃのままの髪を適当に括《くく》って歯を磨き、ぬるい真水でざばざばと顔を洗って、母親の化粧水を拝借する。乳液も拝借する。華麗な字体で「五十代からのお肌に！」と瓶に思いっきり書いてあるが、まあいい。気にしない。

乳液をにゅるにゅると頬に馴染《なじ》ませながら、ふと鏡の中の自分と目が合ってしまう。表情のない、白い顔。特に見ていたいツラでもなくて、枇杷は鏡に背を向ける。

この時間、家に枇杷以外の人間はいない。家族はみんな仕事だ。だからTシャツの下は隙だらけのノーブラのまま、堂々とリビングへ踏み込んでいく。

庭に面したサッシを開けて網戸にし、テレビをつけると、若い男の気象予報士が生中継で日比谷公園まで出向いて「暑いです、本当に暑いです」と繰り返していた。

「うっわ、超暑そう。炎天下だ」

フローリングに座り込みながら、テレビに向かって呟く。枇杷はこのところ急速に、テレビに話しかけてしまうタイプの人間になりつつあった。リモコンでテレビの音量を少し上げて、ソファの上に畳んであった新聞を団扇《うちわ》がわりにして顔に風を送る。

もちろんエアコンはあるが、自分だけのためには使わない、というのが鉄の掟《おきて》だった。それは枇杷なりの、無職の仁義なのだ。

そうしてしばし過酷な生中継を見守る。日比谷公園からところかわって、お台場の海辺。手を繋《つな》いだ高校生ぐらいのカップルが服のまま膝まで海に入って笑っている。あは、うふふ、ってクソ暑い中、ご苦労なこった。続いて練馬は光が丘。顔がすべて覆《おお》われるほどツバの長いサンバイザーをかぶって日傘も差したご婦人を捕まえて、「仮面みたいになっちゃってますけど」とレポーターが話しかける。「いっそブルカでも被《かぶ》りたいわよ」「え。ブルマを……ですか？」「ブルカ」「ブルマ？」「……暑い！　うるさい！　もういい！」怒らせてどうする。さらに中継先が切り替わり、熊谷《くまがや》の駅前に移動する。凄まじい陽射《ひざ》しの下で、ほとんど黒光りするおじさんレポーターの笑顔を見て、枇杷は飽きた。

ずるずると尻を前方にすべらせて、そのまま床にだらっと長く伸びる。枇杷の白い首筋を、汗がどんどん伝い落ちる。タオルで拭《ぬぐ》って、はあ、と息をつく。

特にテレビもおもしろくないし、もういい。とにかくやることやっちゃおうか。

だるい身体に鞭打《むちう》つように勢いつけて立ち上がり、向かうはまずキッチン。いつもどおり、シンクには枇杷が参加しなかった朝食の食器が残されている。

髪をしっかり一つに結び直し、ゴム手袋を嵌める。これは無職にできる、家族への数少ない貢献の一つだった。

スポンジに洗剤をつけて、勢いよく水を出し、朝食の後片付け開始。

一人シンクに向かって立ち、枇杷は嵐《あらし》の如く食器を洗い始める。食器の他にもコンロや五徳、排水口、ゴミ受け、シンクそのもの……それらすべてが今、枇杷の管轄《かんかつ》下にあった。いくつものスポンジを使い分け、どんどん作業を進めていく。シンクに残る洗剤の泡をすべて流し、アルコールスプレーをぶっかけ、仕上げに乾いた布巾《ふきん》でシンク周りすべての水気を拭き取り、もちろん水が跳ねた床も拭き、布巾を放り出して、シンクの縁に引っかける。

「……よし、終わり！」

これにて、キッチンは完了。内側だけ粉っぽいゴム手袋を外し、シンクの縁に引っかける。

さて次は、と考え始めて、そういえば起きてからまだなにも口にしていなかったことを思い出す。

冷蔵庫を開けると、飲み切らずに寝る前に戻しておいたビールを発見した。迷わずそれを摑み、立ったままでごぶごぶと飲む。すごい味には成り果てていたが、とりあえず冷たいし水分だ。

濡れた口元をタオルで拭い、さあ、改めて。今日の無職がやることはなんだ。次は風《ふ》呂《ろ》掃除か。それから乾燥をかけた洗濯物を畳んで、もう一回洗濯機を回して、それを表に干して。この天気なら夕方までに乾くだろう。で、もうちょっと陽が落ちたら庭の雑草も毟《むし》るか。

「ってことは、とにかく洗濯機を空けなきゃだな。その前になにか適当に食べて……」

頭の中でざっと手順を考えながら、目では食べ物を探す。食器棚に袋入りの食パンを見つけた。

パンの袋とビールの缶を持ってぶらぶらとテレビの前に戻り、再び座り込む。袋を開けるなり、手づかみで適当に食パンをむしる。そのままむしゃむしゃ食い始める。口の中の水分が奪われると、炭酸の抜けたビールでごぶごぶ流し込む。

パンを咥《くわ》えたままで尻だけ持ち上げ、器用にジャージを脱ぎ下ろした。暑くて下半身に布を纏《まと》っていることに耐えられなくなったのだ。脱いだのを適当に丸め、枕《まくら》にしてごろっと寝転がる。その体勢のままでさらにパンをむしる。食う。ビールも飲む。ふと思い立ってTシャツの裾をまくり、へその上あたりにビールの缶の底を押し当ててみる。想定した以上に鋭く冷たくて、一声「ぴゃあ！」と叫んで即やめる。

——これが、今日の無職だった。

というか、今日も、無職だった。

錦戸枇杷は、大学を卒業して以来、こんな感じの無職だった。

でも、と枇杷は、誰になにも言われていないのに考える。でも家のことは、できるだけやってるし。だから、役には、一応、立っている。……はず。と、思う。いていい理由はある、はず。居座る対価は払っているはず。

大学まで全部親がかりで出してもらったというのに、働きもせずにずっと自宅警備に励んでいる自分への、これが言い訳だった。

ちなみに両親には「就職できなかった」という以上の説明はしていない。

「ねえ枇杷、あなた大丈夫なの？」

「うん、多分大丈夫。これからも、自分のペースで挫《くじ》けずにがんばってみる」

静かに微笑みながらそう語った枇杷の言葉を聞いて、母は「そうね、これからよね、まだ若いんだし」と頷いてくれた。父も「今の時代はいろいろあるから」と。

両親は多分、娘は今も健気《けなげ》に就職活動を続けていると思っている。たとえばインターネットとかを駆使して。

でも、それは、誤解です。

実際のところ、いくらかの家事をやった後、枇杷はごろごろだらだらしているだけだ。就活なぞしていない。つまりほとんどの時を単に浪費している。

特に趣味などがあるわけではなかった。ありがちにネトゲに嵌っていたりとか、アイドルやアニメに嵌っていたりとか、そういうことも全然ない。本当にただ、ごろごろ、だらだらしているだけだ。ごろごろの合間に家事をして、そして深夜には、一人変態を追う。こっそりと家を抜け出して、夜の町をチャリでゆく。

それだけ。

こんな暮らしをしている女に、彼氏などいるわけがなかった。友達もいない。欲しいものもない。やりたいこともない。

両親は働いていない娘に、生活費を入れろとも言ってこない。だから携帯代と国民年金、最低限自分で支払わなければいけないのもそれぐらいだった。

　枇杷の口座には、実はそこそこの額の貯金がある。その出処の大半は、高一の夏から大学四年になるまで励んでいたファストフードのアルバイト代だった。かつては所得税を払わされるほど働いていたのだ。もちろんだいぶ使ってしまったが、それでも同年代に言えば驚かれるぐらいの額は残っている。それと大学を卒業した際に、祖母が「お嫁にいくときの支度に」と、百万円！　を、くれたのも大きい。もちろん丸々手つかずで残っているし、己が嫁にいく気配は関東ローム層ほどに揺るぎなく皆無。働いていなくとも、金銭的な面での焦《あせ》りはまだほとんどなかった。

　とはいえ枇杷も、こんな生活が「いいもの」だなんて思ってはいない。間違っているのはわかっている。健康な体がある大人なら、基本的には、仕事して自立するのが当たり前だとも思う。その「当たり前」を曲げてごろごろだらだら家に居続けるのなら、そうするだけの理由が必要なのもわかっている。

　その理由が、すなわち——仕事が忙しい家族のために家事を頑張る、だった。

　だから枇杷は、毎日隅々まで台所を磨き上げる。風呂も洗うし、洗濯もするし、庭の草むしりもする。そうやって「自分のペースで挫けずにがんばっている」。

　大学を卒業し、無職以外の何者でもない生き物になった当初は、食事作りも枇杷が担当しようとしていた。しかし、一週間ほど続けた後で、両親からはっきりと「もう食事関係からは手を引いてほしい」と言われてしまった。

え、なんで、と訊《たず》ねた枇杷に返ってきたのは、「まずい」……たった三文字ながら、納得するには十分な答えだった。

錦戸家の生活にさらなる変化が訪れたのは、二か月ほど前のこと。梅雨に入る直前だった。

数年前に結婚して、すでに家を出ていた枇杷の六つ上の兄、その名も希有為《きうい》、が、マイホーム資金を貯めたいとかで、一時的に出戻り同居することになったのだ。錦戸家は無駄に広く、部屋も余っていた。

一つ屋根の下に暮らすことになった義姉の智恵理《ちえり》は、料理は自分に任せてほしいと言い出した。そう言うだけの実力は、確かにあった。手際もバリエーションも味もなにもかも、文句のつけようがなかった。

両親は智恵理をベタ褒めし、「あなたは錦戸家に現れた天使!」と、食事に関する全権を早々に委《ゆだ》ねた。喜んでその任についた智恵理は、やがてチェリー……天使のチェリーと呼ばれることになった。こうして錦戸家には、フルーツの名を持つ者が一人増えた。

ちなみに、父も、母も、兄も、そしてチェリーも歯科医だ。同居を始めるのと前後して、それぞれ他所で勤務していた兄とチェリーも、両親のクリニックで働くようになっていた。

患者さんがこどもの時には、父は「パパイヤ先生」、母は「ママンゴー先生」、兄は

「キウイ先生」、チェリーは「チェリー先生」に変身して、頭にそれぞれのフルーツの紙製冠までつけて、楽しく診察するらしい。それはチェリーのアイディアで、なかなか好評であるらしい。さすがはチェリー！　やっぱり天使！　錦戸家ではそんな声がさらに高まりつつあった。

が、枇杷に言わせれば、「長男にキウイとか沸いた名付けしちゃった時点でそれぐらいの未来は思い描いてろ！」と。

まあ、はっきり、僻《ひが》みだ。ちょっとした疎外感《そがいかん》というやつだ。自分を除いた家族のメンバーがこうも結束を強めているというのは、やはりなかなかに寂しいものだった。

（なんかこう……チェリーIN！　枇杷OUT！　な気運を、薄々感じるんだよな……最近……）

脱いだジャージを枕に寝転がって、枇杷は膝《ひざ》を立てた足をぱかーんと菱形《ひしがた》に開く。股関節の柔らかさには自信がある。目の前に迫る、己の恥骨。我ながら、もはやこれが最終形態という気がする。

ラッコのように腹に食べかけのパンを乗せ、だんだんぬるまってきたビールをちびちび飲み、ちらっと壁の時計を見る。もうちょっとしたら、洗濯物を片付けようか。

じゃあ、あと五分。それまでは、思いっきりパンツでだらだらごろごろしよう――

「枇杷ちゃん!?」

突然かけられた声に、びくっ！　と後ろ暗く跳ね起きた。気づかなかった。リビングの戸口には、なぜかチェリーが立っている。

「ありゃ……？」

「ありゃ、じゃなくてなんなの!?　ここ地獄!?　こんな日にどうしてクーラーつけてないの!?　熱中症で死んじゃうよ!?　っていうか、パンツなの!?　いやー！　もーなんで!?」

炎天下から帰ってきたところとは思えない、さらさらと涼しげな肩までのボブカット。白いノースリーブのかわいいワンピースなんか着ちゃって、チェリーは悲鳴を上げている。どうした、無職の私生活を見るのは初めてか？　とりあえず、

「め、面目ない……」

枇杷は立ち上がり、枕にしていたジャージを穿《は》こうとして慌てた。同性とはいえ、義姉とはいえ、さすがにパンツ姿を見られたのは結構恥ずかしい。慌てた挙句に足を突っ込み損ねて、片足でぴょんぴょん跳ねてしまう。恥ずかしさ、さらに倍。

そんな姿をじっと見つめて、

「ていうか枇杷ちゃん、そんなパンツはいてかわいそうに……」

チェリーは妙にしみじみと呟《つぶや》く。

「は？」

「若干ボロいし、あーあ、なんだか色も褪《あ》せて……」

「いやいや！」

ようやくジャージを穿き直し、ヘソまでぐいっと引き上げながら枇杷は首を横に振る。さすがにパンツがボロとまで言われては、乙女の名折れだ。認められない。

「これはボロいんじゃないから。あえてのこういうシンプルなデザインと抑えた色味だから。生まれた時からこいつはこうだから、お構いなく！」

「うんうん、そうだね……今度通販する時、私のと一緒に買ってあげようね……」

「いらないよ！　いや、くれるならもらうけど。でもいらないよ！　いや、くれるならもらうけど。でもいらな……なんだよ！　無意識にループしてるじゃん、こえー……」

「うんうん……」

「……目を潤《うる》ませて私を優しく見つめるの、やめてくれる⁉　ていうかなんでこんな時間に帰ってきたんだよ。にしきどデンタル、もしかしてヒマなの？」

「えー、朝ちゃんと言ったじゃなーい」

「朝は私、寝てたっつーの」

「あれ？　そうか」

チェリーはスカートをふわふわさせながらサッシを閉め、リモコンでクーラーのスイッチを入れる。

「午後だけ休ませてもらったの、実家でちょっと用事があって。ていうか、えっ⁉　やだー⁉　いやー‼」

「今度はなんだよ……どれだけいやがられてるんだよ私……」

「まさか枇杷ちゃん、そのパンとビールがお昼ごはんなの⁉」

「え。だめだった？」

「病気のゴリラじゃないんだからー！　せめてパンはトーストするとかぁ！　ああもうビールの残りはやめとこうよ、人としてー！」

「……病気のゴリラのなにをあなたは知っているの？」

「そんなのモソモソとパンツ丸出しで食べてるの見たら、見てるこっちのダメージがでかいの！　さ、やめやめ！　そんなのやめて、簡単に素麺茹《そうめんゆ》でてあげるから一緒に食べよう！」

「え～……？」

そぉぉ～めぇぇ～～ん……？

それならゴリラの療養食でいいんですけど～、などと枇杷は思うが、さっさとパンとビールを取り上げられてしまう。

素麺なんて別に好きじゃない、と思っていたが。

「いただきまーす」

「いただきます。わーお……なんかすっごい、彩《いろど》りがきれいだ」

「ふふん、でしょでしょ？」

チェリーが手早く作った素麺は、簡単に、などと言いつつ、やっぱりちょっと気がきいていた。

茹でた白い麺は一口分ずつくるっと丸められて、ザルに綺麗に並べてある。母親が昔からよくやるみたいに氷水に浸していないから、つゆが水っぽくなり過ぎないらしい。あとはシンプルに、冷えた麺つゆと青葱《あおねぎ》の薬味。たっぷりのおろし生姜《しょうが》。庭に生えてる大葉。唐辛子がピリ辛にきいたきゅうりの漬物。酢漬けのプチトマト。いかにも夏らしい白と緑と赤のバランスが、枇杷の目にも鮮やかに映った。

さっき食べかけで奪われたパンも半分にされて、ザクザクの断面を色づくぐらいトーストされて、それぞれにおかずの一品みたいに添えられている。メニューとしては変かもしれないが、でもそれもバターがたっぷりでおいしかった。

テーブルに二人して向き合って座り、機嫌よくしばしツルツル素麺をすする。と、

「枇杷ちゃん。昨日、っていうか今朝、外に行ってたでしょ？」

「え」

「ていうかなんか時々、怪しい行動してるよね」

……ばれてるよ。

平静を装《よそお》って口の中の素麺を飲み下す。が、実はかなり動揺していた。どうして？　門からの出入りを、二階の窓から見られていたのか？

「うん……ちょっと……友達。ファミレスで会ったり……」

「なんだそっかぁ、彼氏いたのか」

「えぇ⁉　ち、違うよ！　女！」

「ふぅーん？」

それ以上のことをチェリーは聞いてはこなくて、内心ほっとする。

一応、まったくの口から出まかせではなかった。ファミレスには行ったのだ。本当に。その後で、恒例の変態狩りパトロールに出たから。

「それにしても、今日もまたいい天気だよね。あっついけど、いかにも夏！　って感じ。枇杷ちゃんはずっとうちにこもってるの？」

「ううん、後で雑草むしるよ」

「いやいや、そういうんじゃなくてさ。もっと楽しいのは？　プールとか。その、ファミレスで会うお友達と、夏っぽい遊びすればいいのに。若いんだからビキニとか着て。気持ちいいよー、こんな暑い日は絶対」

「……プールねえ」

真っ青な空の下で、水面に光がゆらゆら揺れて。塩素の匂《にお》いと、みんなの大騒ぎと。先生の笛。トンボ。ひび割れたコンクリのしょぼい壁——。

（あたしはそういうの、しない主義だから）

生姜の香りを鼻の奥で思い切り強く感じながら、枇杷は突然、泣きたくなる。清瀬《きよせ》朝野《あさの》のアメリカっぽい言い分を、声まではっきりと思い出してしまった。

2

で、出た、『アメリカ』！

間違った認識が、また轟《とどろ》いたのはその日の四時間目。小学三年生のクラス一同に、また、衝撃を与えた。

とある初夏の日のことだった。入道雲が遠くに立ち上がる、青い空の下。

清瀬朝野は正面に立つ担任のオーラを両手で押し返すようなポーズで、

「あたしはそういうの、しない主義だから」

シンプルに言い放った。

そして担任の反応を待たず、誰より長い髪をさらっと揺らしながら、笑顔で踵《きびす》を返す。白い裸足《はだし》でペタクタと、プールサイドの日陰に設けられたベンチへ水着姿で向かっていってしまう。

クラスのみんなと一緒に、枇杷もその背中を声もなく見つめてしまった。あれがアメリカ。さすがアメリカ。……うん、わけがわからない。

ベンチの先客は、男子が一名。彼は本物、バリバリの病人である。数日前からの風邪をこじらせ、下痢と嘔吐《おうと》が上下にマーライオン、らしい。熱もあるというし、顔色はダンボール、目の結膜炎も爆発中。むしろおまえはなぜ登校した、というレベルのヤツだった。

その隣に、思うところはあるのか一応できるだけたっぷりと距離をとり、朝野は賢《さか》しげに腰を下ろす。

朝野の言う「そういうの」とは、プールの授業を指しているらしい。

クラスのみんなは、男女それぞれお揃《そろ》いの、名前を書いた布を縫い付けた紺色のスクール水着を着ている。マントみたいにゴムを入れたバスタオルは、出席番号順できちんと手すりにかけた。髪は全部きついキャップに入れた。そしてプールを囲んで背の順に、まっすぐに並んでいた。

教師がホイッスルを吹きながら放つ号令で、さあ、まずは屈伸運動から！　という、まさにそのタイミングだった。

朝野は一人だけその集団から、すいっと離脱したのだ。自分の意志で、勝手に、ギャラリー側へついた。

みんな、とっても驚いた。先生に至っては、膝《ひざ》に手を当てて屈伸しようとした体勢で、故障したみたいに停止してしまった。突然時間が止まってしまったような集団を眺めながら、朝野は「？」、不思議そうに首を傾《かし》げている。こっちが「？」だよ、と枇杷は思う。ていうか「！」だよ、清瀬朝野。

そもそも着替えの時からして、「！」、朝野はセンセーショナルだった。

なにしろ水着が、いきなりみんなとは違い過ぎた。赤とピンクとオレンジの細いストライプで、肩紐《かたひも》をリボン結びにする形なのだ。しかも上下が分かれていて、ヘソ出しルック。それって泳ぐとき脱げたりしない？　と女子の一人が恐る恐る聞いたら、答えは「泳いだことないから知らない」だった。庭の芝生で日光浴パーティーする時によく着てた水着、らしい。端からそれを聞いていて、枇杷の中の「水着」の概念が揺らいだ。

そしてタオルも、ゴムを入れていない普通の一枚のタオルだった。キャップは持っていないという。

で、挙句の果てが、これ。プールには入らない主義だ、と。

枇杷も含めて、恐らくクラスの全員が、プールを休むのは病気かケガの時だけだという認識をもっていた。熱があるとか、プールを介してなにかを他人に感染させるとか、そういうのだ。親が連絡帳にその旨《むね》を記入することで、プールを見学するという状況が成立するはずだった。

そういう手続きをこれほどあっさり無視するヤツがいるなんて。

というか、プールは基本的に超楽しみ、とりあえず入りたいものであり、自らプール権を放棄したがる者がいるなんて。

この日がこの夏、最初のプールの授業だった。アメリカからの帰国子女だった朝野が四月にクラスにやってきて、もちろん初めてのプールでもあった。

気温と水温が基準の値を超えていますので、四時間目は予定通りプールです！　担任がそう発表した時には、教室中に無邪気な拍手と歓声が轟いた。枇杷だって「イエー！」と騒いで喜んだ。その時朝野がどんな顔をしていたかなんて、見ていた奴《やつ》がいるわけない。

プールじゃない方がいい、なんていう者は、いまだかつて一人もいなかった。クラスのみんながプールに入りたがっていて、それが普通だと思っていた。

なのにアメリカが、また、普通を覆《くつがえ》す――。

緑に塗装されたざりざりの地面。ひび割れたコンクリの壁。真っ青にゆらめく塩素たっぷりのプール。

夏の日差しに照らされて、すべてが眩《まばゆ》く光を放って、ビビッドな色彩が目にも鮮やかだった。

「いや……あの、それはね、清瀬さん。普通にだめだから」

担任である女の先生は、為《な》すべきことを思い出したように、ようやく朝野の方へ歩いていった。腰を曲げ、顔を近づけて優しげに囁《ささや》くのが枇杷にも聞こえた。

「大丈夫だよ、泳げない子は他にも大勢いるし、全然恥ずかしくないよ」

「そういう問題じゃないから」

白い腕に黒い髪をサラサラと零《こぼ》しながら、朝野が答えるのも聞こえた。

「なんか、こういう雰囲気がいや」

「でも授業だから」

「授業は見学で参加する。あたしは、プールには入らない」

「そう言わず……みんなと一緒に、水泳しましょう？」

「やだ」

「でも、でもね」

「絶対入らない」

ひそひそと本物の病人の隣で押し問答が続く中、

「先生！　そいつはアメリカだからしょうがないと思います！　それよりこうしてる間に、おれらのプールの時間がどんどん減っちゃうんですけど！」

早く水に入りたくてうずうずしていた男子の一人が、半ば悲鳴じみた声を上げた。それに同調するように拍手が沸く。そーだよ！　と女子たちも騒ぐ。困り顔で担任の先生は振り返り、合同でプールの授業を行う隣のクラスのおじさん先生に目配せした。おじさん先生はそれに頷《うなず》いてみせて、

「はーい！　じゃあもう一度ちゅうもーく！　屈伸からやるぞー！」

スタート台にひらりと上がるなり、いきなりジャージを華麗に脱ぎ捨てた。だるんだるんのド迫力ボディが、前触れもなく眩い光線の下に晒《さら》される。そのだらしなさ極まる破裂寸前のフォルムに、小学生たちは衝撃を受けた。みんな一斉に吹き出して、枇杷も「ぶほぉ！」と笑ってしまった。

「はい、せーの！　おいっちに、はいみんな！　さんっし、わらわなーい！　にーいに、大人のデブは！　さーんしっ、シャレにならなーい！　さーんにっ、血管詰まって！　さーんっし、リアルにあぶなーい！　はい次はおーおきく身体を回してー、はいっ、血栓でっ、毎日がっ、ロッシアンルーレットー！」

身体を張ったメタボギャグにいちいち笑わされながら、一同は準備運動を再開した。そこから少し離れた日陰で、担任の先生と朝野は、まだひそひそと話をしていた。枇杷はそれを特に気にはしなかった。

アメリカのことはよくわからないから、とりあえず放っておこう……みたいな空気がクラスにはあった。

転校してきて三か月。朝野はクラスにまったく馴染《なじ》んでいない。

雰囲気が違う。持ち物も違う。なんかにおいが違う。お父さんもお母さんも日本人だというが、でも、明らかに顔の感じも違う。妙になめらかで、鼻がつんとして、目ばかり大きく光っている。長いサラサラの髪も違う。アメリカブランドの服も違う。言動も違う。先生の言うこと、決めたことに対して、反応の仕方もみんなと違う。朝野は基本、はい、とか言わない。なになにです、とかも言わない。

道具箱を机の左側に入れろといっても、「あたしの道具箱は大きくて机に入らない」ので、朝野は椅子《いす》の下に置く。ランドセルも「あたしは持ってない」ので、派手なピンクと水色のデイパックで登校する。防災頭巾《ずきん》を座布団《ざぶとん》にして使うことになっているのに「あたしは見たことない」ので用意しない。「食べたくない」、「そんなの変」、「やりたくない」、「知らない」、「わからない」、「やだ」——云々《うんぬん》。

枇杷は、他のクラスメートとともにこの三か月、朝野をただ遠巻きにしていた。

あいつってなんかわがままだよね……とは、言ってはいけない雰囲気もあった。遠い外国からやって来た転校生なのだから、いろいろ違っても仕方ないし。

だから、朝野が浮いたままでいるのも仕方ない。それは朝野がわがままなせいではなくて、ただ自由の国・アメリカって、そういう感じらしいから。違うのは仕方ないことだから。

そういうことになっていた。仕方ないよ、清瀬朝野がそうしたいならそれでいればいいじゃん、と。

こんな夏の、空真っ青の、晴れ渡る暑いお天気の日に、冷たいプールに入らないというのも、『アメリカ』らしさの一つなんだろう。多分。それじゃあ仕方ない。

枇杷はそれきり、見学者の存在など完全に忘れた。

プールの授業が始まると、もう楽しくてたまらなかった。枇杷は去年からスイミングスクールにも通っていてクラスの中では泳げる方だし、陽射《ひざ》しの下でキラキラ輝く水しぶきは宝石みたいに綺麗《きれい》だった。塩素の味などものともせずに大口開けて笑いまくり、水を飲みつつ騒ぎまくった。潜水でどこまでいけるかのテストを受け、十メートルのラインをなんとか超えた。プールの縁に全員並んで座り、バタ足の練習をしたのもおもしろかった。二クラス分、何十人もで水面を思いっきりキックして、誰が一番高く水しぶきを上げるか競争した。男子たちは股間《こかん》にビート板を挟んで泳ごうとして、浮き上がるビート板があちこちに飛んだ。枇杷の頭にも何度もぶつかってきたし、わざとの気配もあったので、ぶつけたヤツはそのビート板で水底に沈むまで張り倒しておいた。

自由時間になると、グループのみんなで水中でんぐり返りに挑戦した。

何度も鼻から水を飲みながらプールに身を沈め、底に手をつき、ようやくぐるんとうまくできた時、

「……っぷはあ！　ねえねえ、見てた⁉　今私できたよ！」

水の中から顔を上げた枇杷は、グループの子に笑いかけたつもりだった。

でもまだみんな水中でもがいていて、枇杷の目の前にはたまたま、見学者のためのべ

ンチがあった。

朝野が、きょとんと枇杷を見ていた。

朝野に向かって笑いかけた形になってしまったのは、本当にただの偶然だった。枇杷は一瞬、（しまった）と思った。全然関係ない人に、いきなり喋《しゃべ》ったみたいになってしまったではないか。慌《あわ》てて違う方に顔を向けて、失敗をさりげなくごまかそうとするが、

「見てたよー！」

意外にも、朝野は大きく手を振ってくれた。

「でんぐり返り、できてたねー！　枇杷、すっごーい！」

パチパチと拍手もしてくれる。ちゃんと相手をしてくれる。ていうか枇杷って呼ばれたぞ、今。急に呼び捨てってかなり驚くが。いや、でもそんなの別にいいか。アメリカだし。なんか嬉《うれ》しいし。でんぐり返りの成功も証明されるし。

「あ、……ありが……」

そのときザバッ！　と枇杷の目の前に、友達の一人が浮上してくる。水面から顔を上げて笑う。

「私もできたよー！　枇杷、見てたよね!?」

濡《ぬ》れた笑顔の後ろで、朝野はものすごく気まずそうに、いきなりぴたっと拍手を止めた。

枇杷が本当は誰に話しかけたつもりだったのか、はっきり理解したらしい。浮かべていた笑顔をさっと消し、自分のミスをなかったことにするみたいに、わかりやすくそっぽを向く。拍手していた手を背中に回して隠す。

消えちゃった……と、枇杷は思った。ついさっき、拍手してくれた時の、明るい笑顔。嬉しそうな声。いつもみたいな変な感じじゃなかった。普通に楽しそうだった。ああいうふうにいつもしていればいいのに。ああいう子となら、一緒に遊んでみたいのに。呼び捨てでもいいのに。

そのとき、ふと気が付く。もしかして朝野は、盛り上がっている自分たち女子グループの方を、ずっと見ていたんじゃないだろうか。だからいきなり話が通じたのか。本当は朝野も、こっちに混ざりたいのかも。ただ、そのやり方がわからないだけで。

朝野はぽつんとあぐらをかいて日陰に座り込み、自分の爪先《つまさき》なんかを熱心に弄《いじ》るふりをしている。

枇杷は勇気を出して、

「……朝野ー！」

できるだけさっきと同じぐらいのテンションで、名前を呼んでみた。本当は清瀬さーん、だろうが、アメリカ流で合わせてみたのだ。驚いたみたいに、朝野ははっと顔を上げて枇杷の方を再び見る。グループの友達も驚いた顔をして枇杷を見る。

その視線の中をすいすいと泳いで、プールサイドに上がる。裸足のスタンプをつけながらベンチの方へ歩み寄り、

「一緒にやろうよ！　水中でんぐり返り！」

「……え？」

大きな目をさらに大きく見開いている朝野の手首を、枇杷はむんずと摑《つか》んだ。どうせ水着なんだし、いいじゃんと思ったのだ。プールはこんなに楽しいのだから、最初は抵抗あったとしても、一度ぼしゃーんと入ってしまえば大丈夫だろう。そうやって仲間に引っ張り込んじゃえ。

「飛び込もう！」

ぐいっと引っ張る。

「え、待って」

朝野はぷるぷると首を横に振る。

「あたし、それ無理」

「無理じゃないよ！」

「無理だよ。だって……あのね、ほんとに泳いだことなんて今まで一回もなくて……」

「関係ない関係ない！　ね、行こう！」

「やだ！　関係ないわけない！　本当にいやだ！　やめて！」

「いいじゃん、大丈夫だよ！　楽しいよ！」

「ややや、やめて……やめてやめてやめて！」

ぐいっと引っ張り立たせたところまではよかったが、朝野は結構強情に足を踏ん張る。

枇杷は、なんだよ、と思う。ここまでさせといて、今更つまらない意地張りやがって。

「やろうよっ！」

「いやだぁぁぁっ！」

二人の声に気が付いて、視線が集まり始める。先生も見ている。ちょっと待て、変な空気になりそうではないか？　このままでは、自分がなにかひどいことをしているみたいに見えるかも。

枇杷はちょっと焦《あせ》り、さらに思いっきり、力任せに朝野の手を引っ張った。こうなったらどうしても、一緒にプールに飛び込んでもらわなければ困る。それで朝野が楽しそうにすれば、みんなにも自分の真意は伝わるだろう。でなければ、こっちが単なるいじめっこになってしまう。

「やっ、ろっ、うっ、よっ!!」

ぐいっ、ぐいっ、と綱引きみたいにリズミカルに、朝野をプールの縁へと引っ張る。

「いっ、やっ、だっ!!　あああっ!!」

必死に踏ん張り、ベンチへ逃げようとする朝野との間に、そのときどういう力が働いたのだろうか。

「くっ、うっ、うぅぅぅ〜〜〜っ！　ううう⁉」

「あっ、あうっ……おうっ、ノォォォ〜〜〜〜⁉」

次第に二人は両手を繋《つな》いだまま、ぐるっ、ぐるっ、と回転し始めた。お互い体重を思いっきり後ろにかけて、半ば踏み合う足を軸に、夏のプールサイドでコマのように。

どんどん速度がつく。勢いが増す。朝野の顔の背景が、すごい速さでギュンギュンと横方向に飛んでいく。枇杷は朝野の目を見た。朝野も枇杷の目を見た。目と目で会話してしまう。通じ合えてしまう。猛烈にぐるぐる回転しながら、まともな言葉もでなくなりながら、開きっぱなしの大口から涎《よだれ》すら垂らしながら、多分、同時に思っていた。

——これ、手を離したら、なんかすっごいやばくないか⁉

その瞬間だった。濡れていた枇杷の手が、ぬるっとついに滑ってしまった。繋いだ手と手がすっぽ抜け、

「うわあああああっ⁉」

枇杷はそのまま後ろに吹っ飛び、背中からプールに転がり落ちる。水柱が高々と、今日のどの瞬間よりも勢いよく跳ね上がる。

朝野はもっと悲惨だった。プールサイドにかわいい水着でかっこ悪くすっ転がり、素肌を盛大にすりむきながら、スタート台にズガンッ！　と頭を打ち付けた。ちょうどぐ

らついていた乳歯がその拍子、二本も同時に取れてしまった。スカンスコーン！　と転がった歯を見て、なぜか「す、すげえーッ！」男子が沸いた。

「こらーっ！　なにしてるの、危ないでしょ！」

朝野の身に起きたそんな悲惨な事態を、しかし枇杷は見ていなかった。こっちはこっちで、鼻から水を大量に飲みつつ、惨《みじ》めな姿でプールの底に沈んでいたのだ。ぷか……とやがて、死んだサメみたいに浮上しながら、枇杷は思った。

（先生、止めるならもっと早く……）


が、これが。わからないもので、癖になってしまったのだ。

向かい合って二人で手を繋ぎ、お互い後方に引っ張り合うように体重をかけ、思いっきり勢いをつけて回転する。速度を上げて、遠心力の限界まで手を握り合って耐えて、そして破滅的に吹っ飛ぶ——そのスピード感。スリル。たまらなかった。こんな感覚、他の遊びでは絶対に味わえなかった。

回れば回るほど頭の中が真っ白になるのだ。なぜだか笑えて、漏らしそうにもなって、この楽しさを知ってしまったらもうやめられない。不思議なことに他の子とやっても、朝野とやるときほどには全開の速度が出なかった。あのプールサイドでの偶然の回転が、二人の身体にだけ最高に楽しいやり方を教えてくれたかのようだった。

狂ったように、二人は嵌《はま》った。ヒマさえあれば、「やる？」「やろ！」と、目と目で合図した。休み時間に、放課後に、学校で、公園で、家で、児童館で、図書館前の植え込みで、土曜日も、日曜日も、いつも……。

朝野はその後も決してプールには入らなかったが、枇杷の一番仲のいい友達にはなった。

枇杷という友達を得た朝野は、やがて自然とグループに、そしてクラスにも溶け込んだ。次の年に四年生になると、朝野はみんなの推薦でクラス委員長になった。五年生でもそうなって、六年生では生徒会長になった。卒業アルバムの投票コーナーの「人気者」第一位も、「出世しそうな人」第一位も、「モテる人」第一位も、「かわいい人」第一位も、全部朝野だった。ちなみに枇杷は、「こわい人」で第二位に選ばれた。一位も三位も同じ女子グループの仲間で、なぜ私たちが、と嘆きあった。その嘆きの現場をへらへら見ている朝野に気づいて、「じゃあこわくなってやっか！」と鬼の形相で追いかけ回したら、朝野は爆笑しながら逃げていった。足の速さではもう誰も追いつけなかった。小学校の謝恩会での出来事だ。

その頃には朝野の異質さは、際立《きわだ》つ容姿の美しさへと変わっていた。「アメリカっぽさ」と思われていたのは結局やっぱりただの「わがまま」で、でもそういう性格も、中学生になり、勉強でずば抜けた成績を叩《たた》き出し始めるとともに「ユニークな資質」という褒め言葉で表現されるようになった。

たとえ朝野がみんなとは違う方を見ていたとしても、もう問題にはならなかった。みんなが、朝野の方を見るようになったのだ。朝野が集める注目はどんどん意味が変わっていった。

変わらなかったのは、枇杷が朝野の親友であること。そして朝野が枇杷の親友であること。お互いに、ずっと一番の友達であり続けた。ただし、それはケンカをしなかったという意味ではない。


「おまえとは二度と口きかない」

「枇杷！」

「絶交。じゃーな。永遠に」

「待ってよ！」

くるりと背を向けて、枇杷はそのままスタスタと出て行きたかった。朝野のツラなど一切振り返らず、さっさとここから離れてしまいたかった。でも、

「枇杷！　ねえ！　待ってってば！」

早くは歩けず、即捕まる。苛立《いらだ》ちも即マックス。枇杷は舌打ちしながら、後ろから肘《ひじ》を摑んできた朝野の手を思いっきり振りほどいた。しかしその拍子、肩にかけたスポー

ツバッグがずり落ちる。教科書やノート、プリント類、採点されたテスト、ちゃんと閉めていなかったペンケースの中身まで、教室の床に散乱させてしまう。

朝野はそれらを拾い集めてくれようとするが、

「……触んな！」

鋭い枇杷の声に、慌ててその手を引っ込めた。

枇杷は両手の松葉づえを壁際に揃えて立て掛け、ぴょんぴょんとジャンプで移動して、片足ギプスでどうにかしゃがみこむ。ぶちまけてしまった持ち物を、片っ端からバッグに突っ込み直す。数学の小テスト、単語帳、シャーペン、消しゴム、ラインマーカー……文房具のいくつもが朝野とお揃いで買ったもので、（とっとと捨てなきゃ！　全部！）と枇杷は思った。

二人は、中学三年生。

A組の教室には二人の他に誰もいない。放課後、がらんと人気のなくなった校舎に、グラウンドから部活の掛け声が届く。

朝野もテニス部の練習があるはずだった。受験生でもまだ引退には早い。なのにいつまでもこんなところにいて、ぐずぐずと枇杷の傍から離れず、

「なんでそんなに怒るの？」

困り果てたように眉《まゆ》を寄せる。小首傾げたそんな顔すらアイドルみたいにキラキラと、

いらんほど眩《まぶ》しくかわいくて、

「……まじぶっ飛ばすよ？」

むかつきはさらに倍。（ブスになりやがれ！　成長とともに太く、ゴツくなれ！）呪《じゅ》詛《そ》も吐いておく。

「え～！　じゃあ、ぶっ飛ばし返す！」

朝野の大きな瞳《ひとみ》には、窓の外の夕焼けが鮮やかな色で映り込んでいた。あまりに綺麗に映っているから、もはや目という感じすらしない。二つの瞬く空の色を見返しながら、確かに朝野ならぶっ飛ばし返してくるだろうと思った。そしたら今度は松葉づえでどついてやるけど。

枇杷の足首の靭帯《じんたい》が音を立てて断裂したのは、一週間ほど前のことだ。

それは六歳から始めたバレエで、これまでで一番大きな役がついた舞台の稽古《けいこ》中のことだった。着地で滑って転倒して、それで終わりだった。舞台にはもちろん出られないし、これからも本格的にバレエを続けるなら再建手術が必要だと医者は言った。枇杷はそうしたいと思ったが、両親とバレエの先生の考えは違った。レッスン場のバーの前、鏡の前の左端、一番大好きだった場所で「ここが潮時」と説得された。

プロとして大成するほどの素質はない。高校受験前の大事な時期に入院・手術は避けたい。将来のことを考えたらここを一区切りとするのが正しい。だからもうバレエは辞めましょう。ちょうどよかったと思いましょう。

——ちょうどよかったってなんだよ。

枇杷はバレエが好きだった。いつまでも踊り続けたかった。プロとして大成することじゃなくて、踊り続けることが夢だった。踊っている時にはいつだって、自分は夢の真《ま》っ只中《ただなか》を生きていると思えた。

説得されて枇杷は泣いた。すべてがあの瞬間にダメになったのだと悟った。音を立てて断裂したのは靭帯だけじゃない。あれは夢そのものが断たれた音だった。

稽古していた舞台では、本当にいい役をもらえていた。本番を踊るのが楽しみでたまらなかった。でももう踊れない。あんないい役は絶対に二度とつかない。

(もうやめよう。やめるんだ。だって、『ちょうどよかった』らしいから)

そう決めるまで一週間かかった。その間ずっとふさぎ込んでいた枇杷のことを、朝野はとても心配してくれていた。傍にいて、枇杷が口を開くのを待っていてくれた。

朝野の妹も同じ先生にバレエを習っていて、枇杷が怪我《けが》をした瞬間を見ていたのだ。力を失って腫《は》れあがった足を必死にアイシングしながら泣いた姿も見られた。バーの前で先生と話し、項垂《うなだ》れて泣いた姿も見られた。

だから朝野も、だいたいの事情は妹から聞いて知っているだろう。そう思って枇杷はさっき、詳細は省いて、ただ決めたことだけを簡潔に話した。

「バレエ辞めたよ」

それに対して、朝野は、

「なんで？　ダメだよ」

そう言った。あっさりと。当然のことのように。パンダ？　白黒だよ。トマト？　野菜だよ。明日？　水曜だよ。バレエ辞めた？　なんで？　ダメだよ——枇杷の言葉も状況も、全然理解できていないようだった。

だから改めて、怪我はかなりひどかったこと、手術を諦《あきら》めたこと、親が続けることを許してくれないこと、そもそも素質がないらしいこと、口にするのもつらいことを一から説明し直したのだが、

「え〜？　ダメダメ！　無理！　そんなのダメに決まってるじゃん！」

「……あれ？　もしかして日本語通じてない？　おまえやっぱアメリカか？」

「通じてるけど、ダメなものはダメー！　だって枇杷はまだバレエが好きだもーん！　あたしにはわかるもーん！」

へへー！　と。

綺麗な歯並びを光らせて笑った朝野のツラを、その時、本気でぶっ飛ばしたいと思ったのだ。ぶっ飛ばす代わりに、もう友達でいるのを止《や》めた。

枇杷はバッグを肩にかけ直し、松葉づえを再び摑んで、教室を出た。朝野はそれでも

まだしつこく、廊下を後ろからついてくる。

「ねえ枇杷、階段危ないよ。バッグ、あたしが持つ」

「……」

「ねえねえ、ねえってば。機嫌直してよ。怒ったらやだ」

松葉づえを抱えてひょこひょこと階段を降りる枇杷に、朝野は両手を差し出してくる。それを無視し続けて、途中の踊り場まで辿《たど》り着く。朝野は枇杷の行く手を遮るように前に回り込んできて、肩からずり落ちかけたバッグを奪おうとする。

「はいっ、ケンカなんかもう終わり！　重い荷物はあたしに貸して！」

持ち手を無理矢理引っ張られ、

「いい加減にしろよ！」

強く振り払ったその拍子だった。朝野はバランスを崩し、後ろ向きに階段を踏み外し、そのままグラリと、

「わああ！」

枇杷は思わず悲鳴を上げた。朝野が落ちた、と思ったのだ。

しかし優れた運動神経の賜物《たまもの》か、朝野は後ろ向きに階段から落ちそうになりながらも片手で手すりをはっしと掴み、

「……わあ。びっくりしたぁ、あっぶなーい……！」

危ういところで止まっていた。猿のように片手だけで、ぶらんと斜めにぶら下がっている。そしてそのままぐいっと手の力で身体を引き上げ、ほんの二歩で踊り場まで戻ってきて、

「ていうか……まじで。ガチで。リアルに今の、超～危なかったんですけど？」

じりっと真正面に迫って来る。美貌《びぼう》は仮面のよう。これは朝野が本気でむっとしている時の顔だ。整っているだけに迫力はすごい。結構怖い。当然わざとじゃない。突き落とす気なんてもちろんなかった。無事で本当によかった。今のは完全に自分が悪かった。

でも、でもさ、

「……あんたが、あんまり無神経なんだもん！」

枇杷にも言い分はあった。朝野はだって、ひどくないか？　踊りたくてもう踊れないのに、ダメ、と言われても。じゃあどうすればいい？　誰より自分が辞めたくないのだ。でも辞めなきゃいけないのだ。せっかく納得しようと頑張っているのに、どうしてそれを簡単に否定する？　どうすればいいのかわからなくなるじゃないか。

朝野はしばらく黙っていたが、

「無神経でなにが悪いの？」

さらに一歩、枇杷に迫ってくる。賢いフクロウみたいに首を傾げている。松葉づえの枇杷は後ろに下がることができない。朝野の端正な美貌が、息が重なるほど近づく。

「あたしは無神経だよ。その通りだよ。あたしは生きてないただの物でいい。たとえば、枇杷の鏡だよ。ねえ、あたしをちゃんと見てよ」

「……はあ⁉」

「あたしはまだ踊れるって思ってる。枇杷は踊るのが好きだって知ってる。それに踊ってる時の枇杷が大好き。これは、鏡に映ってることだよ。そんなあたしを、自分を見て、枇杷はどう思う？　ただ怒るだけなの？　逃げるだけ？」

　そして、

「枇杷は、まっすぐでいてくれなきゃやだ」

「ちょっと！　なにすんの⁉」

　松葉づえを奪われた。さすがに驚くが、しかもそれを壁際に放り投げられてしまう。立ちはだかる朝野が壁になって、拾いにいくことはできない。枇杷はギプスで固めた片足を上げたまま、朝野の顔を睨《にら》み付けた。

「……確かに、さっきのは私が悪かった！　謝るよ！　ごめん！　でも、だからってケガ人にこういうことするわけ⁉」

「するよ。あたし無神経だもん。枇杷は、まだ踊りたいって気持ちに直面するのが怖いんだよ。自分を認めるのが怖いんだ。でも、鏡に映ってるのは自分だよ。怖いのも、責めるのも、決めるのも、全部枇杷だよ。誰も関係ないし、入り込めない。枇杷が踊りたいなら踊ればいい。そしたら自然に、鏡の中の枇杷も踊る。怒ってるなら、鏡の中の枇杷も怒る。怖がってれば怖がる。それだけじゃん」

朝野は枇杷の腕を摑み、いきなりぐいっと引っ張った。当然そのまま倒れかけ、もがく両腕を朝野がまた摑む。また引っ張られる。もしかしてこれは、さっきのことをやり返されているのだろうか。ここから突き落とされる恐怖に、泣くまでやめてもらえないのだろうか。

「やめろってば！　危ない！」

必死に体勢を立て直そうとして、枇杷は宙をかきながら上体を背筋で起こした。そのタイミングで朝野が片腕を引っ張ったから、うまいことくるりと回転してしまう。

「ほらね？　ゆっくりならできる。ちゃんとできる。諦めるなんて早すぎるよ」

「なにが!?」

またくるり、くるりと。

「枇杷、踊ってるじゃん。なんて言うんだっけ。あのすっごい綺麗な……ピ、ピッテ……ピルッテ……」

「……もしかして、ピルエットって言おうとしてる？」

「そう、それ。ほら、ちゃんとできてるよ」

朝野がさらに手を引っ張り、不自由な枇杷の身体を回転させようと試みる。なに言ってんだバカ！　と思う。思うだけじゃなくて口からも出る。こんなのはただ転ばされないように必死でもたもたじたばた騒いでいるだけで、

「ピルエットってこんなんじゃない！　身体の軸をもっとまっすぐ引き上げて……」

頭の中で考えた瞬間、ギプスで固められた足が自然とパッセしようとする。反射的に伸びかけた足首が痛むが、膝の高さまですっと引き上がる。腕はふんわりと重さを忘れて、空気の層の隙間《すきま》に伸びる。あとは肩甲骨を寄せ、糸で吊《つ》られたように頭を上げ、上履きの片足の踵《かかと》を上げれば――枇杷はくるりと軽やかに、片足だけで回転する。

その瞬間、肌に触れていた空気が、身体の周りでふわっと動くのを感じた。踊っている。踊ってるよ今。幻の衣装のチュールが、動きから遅れて柔らかに落ちてくるのも感じる。なにより幸せな感覚が膨れ上がって、身体の隅々に沁《し》みるように行き渡る。でもギプスの足を下には着けず、転びそうになり、

「おっとっと！」

朝野にしっかりと受け止められた。

踊り場にも夕焼けの光が差し込んでいる。至近距離で見た朝野の瞳に、また鮮やかな色彩が映り込んでいる。透けるほど澄んだ、強い光。朝野は笑って、枇杷を見つめている。

「ね？　できたよ」

「……ほんとだ。できた」

「二人でならなんでもできちゃうんだよね。あたしたちってもしかして、いつか最強になれるのかも？　敵なしって感じ？」

「……ていうかいつ、誰と戦うんだよ」

「誰だろうと関係ないね。あたしと枇杷には誰も勝てない！　絶対に！　あたしたち、ずっと一緒だよ。ずっと、ずーっと一緒！　彼氏ができて、大人になって、結婚して、ママになってどんどん出世して偉くなってトップとって自由になって世界のいろんなところに住んで！　でも、そのどんな時も、どんな瞬間も、あたしたちは一緒なんだ！　枇杷だってそう思うでしょ？」

　あまりにも疑いない目をして、朝野がへらへらと笑うので、枇杷もつい笑ってしまった。私は多分あんたほどは出世できないよ、と思うが、どうしても笑えてしまって言えなかった。それを見て、朝野はさらに美貌をくしゃくしゃにして笑う。

「へっへー！　やっぱね！　ゆっくりでいいから、もっと踊ろ！」

　おどけた動きで一礼して、枇杷の片手をしっかりと握った。制服のジャンパースカートの脇《わき》を掴むようにして、強く胴を支えてくれる。

（なーんだ。はじめから、朝野に預ければよかったんだ）

　それがわかった瞬間、不思議なほどにぴたりと全身のバランスがとれた。ふわっとなにかの力に持ち上げられたようで、体重まで軽く感じる。朝野が傍にいて、そして揺らぐ身体を支えてくれるなら、枇杷は地球の重力さえも忘れられるのかもしれない。

静かにそのまま、ゆっくりと指先を宙に伸ばす。遠い時空のその先に、そっと中指だけで触れる。

美しく見えるように――私たちが、錦戸枇杷と清瀬朝野が、この世界のなによりも、どんなものよりも綺麗に見えるように。そして強いものになれるように。

顎《あご》を上げて、朝野に預けた片手に体重を傾ける。吊り上げられるような、この世のものではないような、完璧《かんぺき》なアラベスク……それって一体どんなだろう？

ギプスの足は伸びないが、それでもなんとか背筋で後ろに高く引き上げた。上履きで、無理やり気味のポアントで立つ。

その数秒間は、永遠にも思えた。

朝野はただ、しっかりと枇杷の身体を支えて、すべての重さを忘れさせてくれていた。

早く跳びたい、と枇杷は思った。

着地でこんな怪我をして、もう二度と跳ぶことなんてできないと思っていたけれど。でも、今は早く跳びたくてたまらない。誰より高く、軽々と跳びたい。また転んでもいい。朝野がいれば大丈夫。泣いてもいい。永遠に平気。

「……ごめん。朝野」

「いいよ、気にしてないもん」

「怒るのはやめた。私、また、頑張ってみる。まだ続けたいし、諦められない」

「そうだよ。あたしには、枇杷がどこも壊れてないってわかってた。壊れなければ、ずっと止まらずにいられるんだよ」

「絶交なんて嘘《うそ》だから。どうすれば忘れてくれる？」

「もう忘れたって。……じゃあ、時々でいいから、あたしのために踊ってくれる？　そうやって、くるくると回る枇杷の世界にあたしも生かして」


朝野と枇杷は不思議な縁で、出会った小三から中学を卒業するまで、クラスもずっと一緒だった。

高校受験で、特別優秀な朝野とは進学先が別れてしまったが、それでも二人は友達でいた。

朝野に同じ高校の彼氏ができても、枇杷がバレエのレッスン代を自分で払うためにバイトを始めても、お互い他の友達ができても、別の大学に進んでも、二十歳を超えて大人になっても。ずっと仲良しだった。友情はすこしも変わらなかった。気が付けば、随分長い時が経《た》った。枇杷と朝野は、二人一緒に、同じ町で同じ時を過ごしたのだ。

「あたしは一生泳げなくていいの。溺《おぼ》れたら枇杷が助けてくれるって信じてるし」

朝野がそう言ったのは、大人になってからのことだ。いつものしょうもないお喋りが脱線して、いつしかそんな話になっていた。

「ていうか、あたしが泳げないのはそもそも、枇杷に与えられたトラウマのせいだから。枇杷にはあたしを助ける責任がある」

枇杷は「なんだそれ」と笑って聞き流したが、朝野はどうも顔つきからして、本気でそう思っているようだった。

そしてその時、口には出さなかったが、枇杷の方にも信じていることはあった。踊れなくなった時には朝野が支えてくれる。そんなことを、本気で信じていた。そうやって二人で一緒にやっていくんだと、枇杷はしばらく信じていたのだ。

＊＊＊

枇杷は、何度も、何度も言った。

「友達が後から来ます。だから、二人です」

枇杷にとって、友達というのは、清瀬朝野のことだった。

＊＊＊

「枇杷、お待たせ」

澄んだ声が降ってきて、目を上げないまま「んー」と答えた。

朝野と待ち合わせをしたファミレスに、今日はノートパソコンを持ち込んでいた。でもその挙動が怪しいのだ。ついさっきから妙に重たくなって、今しがた、作業中だったワードもフリーズしてしまった。

再起動しようとホイールパッドをまさぐりながら、

「なんだよ、随分遅かったじゃねぇぇ!?」

意図してなかった声が出た。

約束の時間から遅れてやっと現れた友達の、見慣れた美貌に異変があるのだ。枇杷はそのまま、継ぐべき言葉を見失う。

「……」

「……」

朝野もなにも言ってくれなくて、しばし無言で見つめ合ってしまう。笑うところなのか、そうでもないのか。事態の重みを測りかねるが、

「な、なんなの、それ……あんたなにやってんの⁉　ぶはは！」

結局、おもしろかった。枇杷は朝野の顔を指さして、腹を抱えて笑ってしまった。普通に笑うだろ、こんなのやっぱり。

「ごめん」

ボックス席の向かいに座りながら、しかし朝野は全然笑っていなかった。妙に申し訳なさそうに、眉尻《まゆじり》をハの字にしょんぼり下げてみせる。

その眉の真ん中には、直径2センチあまりの塗り潰《つぶ》された丸が、黒々とくっきり描いてあるのだ。仏像でいえば白毫《びゃくごう》のところ。でかいホクロのようだった。えっ、あっ、はいっ！　ここ撃てば完全に死ぬんでっ！　という、殺し屋のための目印みたいになっていた。異物感はあまりにもすごくて、笑わずに済ますには難易度が高すぎる。

「ごめんねほんと、すっごく遅れちゃったね……」

「いやいや、遅れちゃったとかじゃなくて！　顔だよ顔！　ていうかでこ！　なにごとだよ⁉　どうした⁉　っと……あれれ」

シャットダウン中だったはずのパソコンに、さりげなく異変が起きているのに気が付く。ツー、と変な音を短く発して、一瞬画面が真っ青になり、

「やべ、おかしくなっちゃった」

ぷつん、と落ちる。仕方なくセーフモードでまた立ち上げて、終了し直すことにする

が。

「どうしたの？　パソコン、調子悪いの？」

「うん、さっきからいきなり」

パソコンをテーブルの上からシートの脇に下ろし、枇杷はそれよりも、と朝野の顔を改めて見る。「……んはは！」また笑ってしまう。パソコンなんかの不調のことより、今はそのツラについて説明をしてもらいたかった。が、

「ごめん。それ、あたしのせいだ」

「はあ？」

「パソコンはあたしの巻き添えになったんだよ。あたし今、破壊神に目をつけられてるから」

朝野は視線を伏せて、意味不明なことを重々しく語り出す。その口ぶりは、冗談を言っているようには聞こえなかった。でも眉間《みけん》には黒々と丸。それは冗談にしか見えない。

「でもまさか、枇杷の持ち物まで犠牲になるとはね。さすがのあたしもちょっとおどろ
――あいっ！」

「はっ、ごめん。つい」

つい、朝野の眉間の黒丸を、狙《ねら》い澄まして力いっぱいデコピンしてしまった。

「……ったいなあ!?　なんで!?」

「いや、わけわかんないこと言ってるから、そこのスイッチで正気に返るのかな、と」

「違うから！　これはスイッチではないのよ枇杷……！」

「あっそうなの？　やだ、てっきり」

「これは、破壊神にやられたの！」

「って、だからなんなのさっきから。その破壊神ってのは」

「……そう。それよ」

急に朝野は目を光らせ、枇杷の方をびしっと指さしてくる。

「それなの。あたしはその話をしたかったの。よくぞ聞いてくれました。じゃあ枇杷にも説明するね。あのね、破壊神っていうのは、今あたしを攻撃しているあまりにも残酷で不思議な――」

「あっ、ちょっと待って！」

「はう！」

またつい黒丸をデコピンしてしまう。ズビシ！　と我ながらヘヴィに決まって、朝野は眉間を押さえたまま悶絶《もんぜつ》する。目印としてちょうどよすぎるのだ。場所といい、大きさといい。

「……ったぁぁ……ちょっと待って……⁉　おかしいよ⁉　なんかやばいほど痛いんだけど⁉　もしかして枇杷、爪が鋼鉄と化してない⁉」

枇杷の手を摑み、朝野は指を触って確かめようとしてくる。

「化してない化してない。ただ力を加減してないだけ」

「いやだ！　加減して！」

「はいはい。わかった、悪かったよ。いい歳《とし》してそんなに騒ぐなよ、ここはアメリカじゃないんだから」

「アメリカだろうがどこだろうが、あたしは親友から食らうデコピンの破壊力については騒ぐ！」

「わーうるせー」

うるさい朝野の手を笑って振りほどき、枇杷はテーブルにメニューを広げてやった。

「ほら、お喋りより先になにか注文しないと。朝野はなににすんの？　私はドリバーだけだけど」

「……あたしもそれでいい」

枇杷の動きをわかりやすく警戒しながら、朝野はテーブルのボタンを押した。

すぐに店員さんが来て、

「ドリンクバーお願いします」

「おひとつで？」

「はい、ドリンクバー一つで」

「ドリ……ですね。かしこまりました」

にこやかに一つ礼をして、テーブルから伝票を持ち去っていく。朝野は片手で前髪を押さえておでこを隠しつつ、

「枇杷はなにかいる?」

さっそくドリンクを取りに行くらしい。「私はまだいい」と枇杷が答えると、立ち上がってコツコツと、一人でドリンクバーのコーナーまで歩いていく。

コルクソールのサンダルを履いていて、小さなかかとに引っかかる華奢《きゃしゃ》なストラップがすごくかわいい。

そのかわいいサンダルで歩くたびに、ひらひらとフリルスカートの裾《すそ》が翻《ひるがえ》る。まっすぐに伸びた長い脚が、膝《ひざ》のかなり上まで見える。

グラスに氷を入れて片手に持ったまま、なににしようか迷っているようだった。朝野がちょっと身体を傾けるたび、長いストレートロングの髪が、背中に柔らかく散らばる。さらさら、と音まで聞こえそうだった。照明の白い光を弾《はじ》いて、眩しい輝きを帯びていた。

そのドリンクバーの近くの席では、若い男のグループが、全員揃《そろ》って朝野を見ていた。

朝野の身体の傾きにぴったりシンクロして傾いているのがおかしい。

朝野に注目しているのは彼らだけではなくて、高校生ぐらいの女子たちも、朝野を指

さしてヒソヒソとなにか言い合っている。一人客のおじいさんも朝野をじっと熱い眼差しで見つめている。分厚い手帳をめくる様子がいかにも企業戦士風な女の人も、さっきからちらちらと視線をやっている。

朝野を見た人の誰もが、ちょっと驚いた顔をして、もう一度その容姿に目を凝らしている。

特に驚く現象ではなかった。昔からこんなことはざらだった。適当に一つ結びにした髪に、パイナップル柄の黄色いアロハ、ダメージデニムのショートパンツ。地元民丸出しの適当にアホなナリで、枇杷はテーブルに頬杖《ほおづえ》をつく。姫君みたいな親友を見守る。

朝野は異形の者なのだ。世間にそのまま置いておくには、あまりに綺麗で、目立ちすぎる。

「レモン、切れてたし」

アイスティーを片手に持って、朝野はすこし不機嫌そうにテーブルへ帰ってきた。その顔がもう、ふんわりきらきらと枇杷の目にも麗《うるわ》しい。パールが光る繊細なメイクも、すとんと真下に落ちるストレートロングの黒髪も、もはや現実離れしてさえ見えた。

そしてこれだけ美人の清瀬朝野であるがゆえに、眉間のアホな黒丸の破壊力は、やはり改めてすごいものがある。

「ははは！」

枇杷はそれを指さして、また思いっきり笑ってしまった。さすがにむっ、と朝野は口をへの字にする。

「……いいよ。もう。笑いたいだけ笑えば？　でももうデコピンはしないでよ」

「しないしない。ごめんって。で、それって本当になんなの？」

アイスティーを一口飲んでから、朝野はそっと長い睫毛《まつげ》を上げた。思わせぶりに目を動かし、枇杷の真正面から視線を合わせ、

「だから——破壊神、だよ。さっきから言ってるでしょ」

本気の声音で、そう囁《ささや》く。

「破壊神が、もうすごいの。本当に、やばいの」

「はかいしんがもうすごいのか。ほんとうにやばいのか」

「ふざけないで」

朝野はテーブルに胸を押し付けるように前傾して、さらに美貌を近づけてくる。その顔に冗談の気配は微塵《みじん》もなくて、ふざけていた枇杷も思わず口をつぐんだ。

「ね、枇杷。ちょっとここからは真面目《まじめ》に聞いて」

「……おう」

「ここに来る前、このおでこに、とっても恐ろしいことが起きたの……」

朝野が真顔で語った顚末《てんまつ》はこうだった。

枇杷とファミレスで待ち合わせをしていた朝野は、すこし慌《あわ》てていたのだという。急いでメイクをしようとして、アイライナーで事故が起きた。眉間にふっと黒い線を斜めに引いてしまったのだ。あっ！　と驚いたその拍子、間抜けなことにもう一本、クロスするように線を引いてしまった。バツ印に見えるようになってしまったそのマークに、朝野はなにかとても嫌なものを感じたらしい。

（やだ！　バツって、やだ！　なんかすっごいやだ！　縁起悪すぎる！　そ、そうだ、ここにこうちょっと描き足せば……！）

「あ、わかった」

つい枇杷は口を挟んでしまう。

「バツがいやで、一本線を足して、米印にしたんでしょ？」

「ううん、違うよ。うまいこと『肉』の一文字にしたの」

ぶほっ！　と思わずアイスコーヒーを吹いた。いくらなんでもバカすぎないか。書き足し過ぎじゃないか。しかも肉って。それならバツの方が全然マシだっただろう。

「そんなわけで、おでこに肉、って自分で描いてね、ひとまず気持ちは落ち着いたの」

それで落ち着く気持ちもすごいと思う。

「鏡見ながらちょっと笑って、そしてポイントメイクリムーバーで、そこだけ拭《ふ》いて落とそうとしたのね。でも、なんだか拭いても拭いても全然落ちる気配がないの。えっ、なぜ、とか思って、アイライナーをよくよく見てみたら、それって細字の油性マジックだったの」

「……ぶはぁっ！」

もう一発、吹いた。噎《む》せてしまって、笑うどころではなかった。

「げっほ！　ごほっ、がほ！　ゴホゴホゴホ……！」

「ちょっと枇杷ってば大丈夫？」

おまえが大丈夫か、と言いたかったが、咳《せき》がこみ上げてまだ喋《しゃべ》れない。

「まあ、そうだよね……噎せるほど驚くよね。わかる。あたしも超驚いたもの」

おまえと同じカテゴリに私を取り込むな、とも言いたい。まだ喋れない。

「すっごく焦ったんだよ。困り果てて考えたの。相当真剣に、とにかく肉は！　肉だけは勘弁……！　って。それでもうしょうがなくて、ぐりぐりって思い切って塗り潰してみたわけ。そしてこのように……」

朝野は両手で眉間を一旦《いったん》隠し、ぱあ〜、とか言いながら改めて御開帳してくれた。顚末を聞いた後だと、その黒い印は一層ばかばかしく見えた。

どっ、といきなり疲れを感じ、

「……あっそ……！」

咳がようやく落ち着くと同時、枇杷はソファに背中を預けた。

「あっそ、って。なんか冷たくない？」

「ていうか、それがなんで破壊神のせいになるんだよ。どこから出てきたの、破壊神の要素は」

「だって絶対ありえないでしょ。化粧ポーチに油性マジックなんて入れる？　入れないよね。つまりどう考えてもあたしのせいじゃない。だからこれはあたしを滅ぼそうとしている何らかの勢力の大いなる意志……すなわち破壊神の仕業に決まってる、と」

「いや、おまえがバカなんだよ」

「ち、違う！　あたしバカじゃない！　枇杷ひどい！」

「破壊神なんかいねーわ」

「いるの！　絶対に、いる！　いるんだもん！　あたしにはわかるの！　だってほんとに最近いろいろひどいんだから！　いろんなことがうまくいかなくて、もうなにもかもが破壊的な……きゃあー！」

突然朝野は悲鳴を上げた。なにかと見やって枇杷も驚いた。朝野が着ている白いサマーニットの胸の真ん中に、鮮やかなオレンジ色のラインが真横一直線。なぜかいきなりべったりと、かなりの範囲でついてしまっているのだ。

「なにそれ!?　いつついたの!?」

「わかんないわかんない、やだもうなにこれ……って、いやあー！　わかったあー！

テーブルだあぁ……！」

喚《わめ》きながらテーブルの縁を摑《つか》んだ手の平を、朝野はこちらに向けてくる。見せられてつい反射的に、「きたなっ」と枇杷は仰《の》け反《ぞ》って避ける。

朝野の手は、ねちょっとしたオレンジ色の油みたいなもので汚れていた。おそらくはここに座った前の客が、汚してそのままにしていったのだ。トマト系のパスタか、ハンバーグかなにかのデミグラスソースか。確かにさっき、朝野は前のめりになって、そこに胸のあたりを押し付けていたっけ。

「拭いてとりあえず！」

「ああもう遅いよ！　ニット、完全に逝《い》った！　気に入ってたのに……」

「絶望する前にトイレで手も洗ってきな！」

騒ぐ二人の前にその時、

「お待たせしましたー！　ご注文は以上でお揃いですね！　ごゆっくりどうぞー！」

店員さんが爽《さわ》やかな笑顔とともに現れて、湯気があがる料理をテーブルに一皿置いてそのまくるりと去っていく。テーブルの汚れについてなにか言わなければと枇杷は思ったが、その料理の登場に「え!?」と驚いて気が散ってしまった。

「な、なんで!?　なにこれ、私らなにも頼んでないよね？」

「……」

朝野は置いていかれた伝票を引っ掴むように広げて見て、

「……ドリア来ちゃったー……！」

そのまま突っ伏す。

「あたしが二回、ドリンクバー、ドリンクバーって言ったから、店員さんが聞き間違えたんだ……！」

しかし当然その体勢になると、

「朝野！　だめ！　服！」

「おわああそうだったぁ！」

さっきの汚れが、さらにべとっと服につく。壊れたバネ仕掛けのおもちゃみたいに朝野は跳ねて、ソファにそのまま横倒しになる。ショックで死んだみたいにぴくりとも動かなくなって、

「……ねえ、ちょっと……大丈夫……？」

さすがの枇杷も恐る恐る、遠慮がちに声をかけるが。

「……もう、いい」

よろよろと身を起こすなり、きっ、と朝野は黒い印のついた顔を上げた。なにがいいんだか、紙のおしぼりで荒々しく手についたオイルを拭《ぬぐ》い、

「いい！　あたし、ドリア食べる！」

スプーンを片手に握りしめ、変身アイテムみたいに高々と掲げる。

「なにもそんな、やけにならなくても。頼んでないんですけどって言って、キャンセルしようよ」

「いいの！　だってもう来ちゃったもん！　捨てられるぐらいなら、もったいないからあたしが食べる！　もういいんだ！　くそっ、破壊神め！　いただきまーす！　くそっ、くそっ！　こうやってあたしを太らせるんだな！　そういう作戦で今度はきたか！　くそっ！　くそっ！　ああっ！　なんだかんだ言って結構おいしい！　ホワイトソース好きっ！　チーズ好きっ！　最高だ！　最低だ！」

朝野はスプーンでドリアをどんどん口に運びながら、自動的に毒を食べさせられる刑にでも処されているみたいに、顔を苦しげに歪《ゆが》めている。

「く～おいしいっ！　止まらないっ！　いやだ誰か止めてー！　破壊神からあたしを救ってー！」

「そんなにいやならもうやめな！」

「それでも食べてしまうのが破壊神の怖さなんだよー！　ほらね、いるでしょ!?　枇杷にもこれでわかったでしょ!?　まじで助けて！　誰か！　あたしを！」

はぐっ、はぐっ、と意味不明なことを喚きながらドリアを食べる朝野の姿を見て、枇杷は次第に不安になってきた。

（ストレス……だよなあ。これって絶対……）

破壊神が云々《うんぬん》、なんて戯言に付き合ってやる気はないけれど。でもそれにしても、最近の朝野がいい状態ではないのは枇杷も知っている。

実際、今日ファミレスで待ち合わせをしたのも、朝野からＳＯＳメールが来たからだった。

『どうしよう。昴《すばる》が許してくれないの。もうつらくてどうしていいかわからない。助けて枇杷』

涙ぽろり、の絵文字。

話ならいくらでも聞くし、とにかくいつものところで会おう——そういうやりとりがあって、ここで今日の約束になったのだ。

でも現れた朝野は、眉間に間抜けな黒丸なんかつけて、意外と元気そうにも見えた。だから枇杷も、努めていつもどおりのノリでいようとしていたのだが。

（元気、ってわけにはいかないか。やっぱり……）

服を汚して頼んでもいないドリアを食らう朝野は、ほんのり涙目になっている。そのうち泣き出してしまうかもしれない。

（あいつもなあ……朝野のわがままとか気まぐれは、今に始まったことじゃないじゃん。それにこんなに後悔してるんだから、もう許してやればいいのに。朝野以上の女子なん

て、なかなか出会えるもんじゃないよ？　あいつわかってんのかな、ほんとに）

あいつというのは、昴のことだ。

昴、とか何気なく呼び捨てにしてしまうが、枇杷は実は一度もそいつを見たことがない。そいつが、朝野の彼氏――いや、現在は「元」彼氏、だった。

朝野と昴は高校の同級生で、一年生の時から付き合っていて、そしてつい三か月ほど前に別れた。それで朝野は、ここしばらく参ってしまっているのだ。

よくあるケンカの最後に、勢いで別れを切り出したのは朝野だった。と、枇杷は朝野に聞いた。でも、それで本当に別れることになってびっくりしたのも朝野だったし、復縁したがっているのも朝野だった。昴はあたしと別れたくないはずと思ってた、ばかな思い上がりだった、別れを切り札にすれば全部コントロールできるって思ってた、と、朝野は何度も泣いた。

枇杷の前でも泣いたことがあるし、一人ではきっともっと泣いている。泣いて泣いて泣いて泣いて泣いて、泣いてすがってすがってすがって泣いて、でも許されず、そして、今に至る。

こんなにかわいい朝野を許さないのは、多分、この世でたった一人だけだろう。そのたった一人が、よりによって好きな男だなんて、本当に朝野はかわいそうだと思う。

「……ねえ枇杷」

ドリアからふと顔を上げ、黒印付の朝野が呼ぶ。

「うん、なに？」

心なしか、通常よりもずっと優しげな声が出た。

「これ食べ終わったら、ちょっとお願いしたいことがあるんだ。いいかな」

「いいよ。どした」

「……昴にね、あたし長文メール送っちゃったんだけど、それで余計怒らせた……っぽい返信が来たのね」

「あーあ……」

「そのメール、枇杷にも読んでほしいの。で、どうやって返事したらいいのか、一緒に考えてくれる？　一人で考えてたら、なんかもう悩みすぎちゃって、息もできなくなりそうで」

「そっか、わかった。じゃあ、あとで一緒にかんがえよう」

「うん。……はあ、よかった。枇杷にこうやって相談にのってもらえて、あたしほんとに助かってるなあ……」

朝野はそう言って、スプーンを片手に微笑《ほほえ》んでみせる。それは変に穏やかな、すごく綺麗《きれい》な笑顔だった。目はしかし、どこかぼんやりとして焦点が定まらない。

本当は今、朝野がどこを見ているのか、枇杷にはわからなかった。そして口許《くちもと》には、ホワイトソースが思いっきりついてしまってもいる。

枇杷は自分の唇をちょっと触り、教えてやった。

「ついてるよ。そこ」

「え」

「……手じゃなくてさ。紙で拭けよ。こどもじゃないんだから……」

「どうかな？　とれた？」

紙ナプキンで口許を拭きながら、朝野はいきなり「へへ」と声に出して笑う。

「へへ、って。なにをかわいこぶってんの」

「へへ。最近思うんだ。こどもの頃って、なにげに幸せだったんだなーって。枇杷もそう思わない？」

「……なんかやぶからスティックね」

「あたしもう、こどもに戻りたいよ。枇杷と待ち合わせして学校行ってさ、勉強してさ、遊んでさ……理科の実験とかやりたいよ。図工とか。大縄跳び大会とか」

「それ、いいことばっかり思い出してない？　真冬の持久走とか、炎天下の運動会練習とか、給食のキモいマカロニがなぜか大量で食い切れないとか、嫌なことは都合よく忘れてるでしょ。プールとかもさ。先生にずーっと説得されるよ、また」

「あ、そうだった。それがあったか。……まあでもプールも、いっこだけ、楽しい思い出があるよ。枇杷は覚えてるかな、あたしたちが多分最初に喋った時。ぐるぐるやって超コケたの。あの遊びに、あれからすっごいはまったんだよ」

「あ、あった。覚えてる」

「禁止されたんだよね。危険だって問題になって。ほら、枇杷が小指折った事件とかあったし」

「そうそう、その前に朝野は肩を脱臼《だっきゅう》したしね。ていうか脱臼ってなあ……骨折もだけどさ。そりゃ禁止されるわ」

「ねえ……なんかあたしたち、すっごいばかだね。そんな大ケガまでして」

「うん、ほんとばかだわ。いまだに左の小指、ちょっと曲がってるもん、私」

「でもさ、あれ、今やったらどうなるかなってちょっと思わない？」

「どうなるかな、とは？」

「あの時より体重も増えてるし、あたしはテニスで脚力もついたし。多分もっと加速できるよね」

「お、やる？　私はいつでもいいよ？　じゃあさっそくそこの駐車場とかで」

「いやいや！　やだやだ！　うそ、ごめん、冗談！」

　朝野は笑いながら、首を横に大きく振った。

「今の時期にケガとか、洒落《しゃれ》にならないって！　もうこどもじゃないんだから。それにあたしなんてただでさえ破壊神がとりついてるし、どんなひどい目にあうかわかんないよ。あっそうだ、破壊神はね、このおでこの件だけじゃなくて」

「おう！　へい！　まーたそこに戻っちゃうの？」

　せっかくの朝野の楽しそうな笑顔が消えてしまうのがいやで、枇杷はわざと大げさに呆《あき》れた顔をして見せた。またさっきみたいな、沈んだ表情になってしまってはいやだ。朝野にはやっぱり笑顔でいてほしい。

「もうやめようよそれは」

「でもね、ちょっと聞いて、あのね、」

「いいの！　はい、その話はやめやめ。それよりメニューかしてよ」

「でも枇杷、ほんとにこの前も、」

「朝野がドリア食べるのみてたら私もなにか食べたくなっちゃった。デザートでも頼もうかな？」

「でも、」

「それ言い続けるなら、メールの相談にも乗らないよ」

「……」

　まだ話を続ける気ならドリンクバーに立とうとも思うが、そのまま朝野は視線を伏せた。なにも言わずに、再びドリアを口に運び出す。

「よし。じゃあはい、笑って朝野！」

「……へへ！」

ふざけて作った、わざとらしい笑顔。それでいい、と、その時は思った。

＊＊＊

テーブルの上の「もう一人」の分のお冷とお手拭きは、結局誰にも触れられないまま、ずっとそこに残されていた。

席を立ち、一人分の会計を済ませながら、枇杷は顔を覚えてしまった店員に小さく頭を下げる。今日も意味わかんないことしてしまって、すいませんでした。

ガラスのドアを押し開けると、そこは真っ暗な深夜。店の外に出て、ふと思う。

破壊神の話だ。

もっとちゃんと聞いてあげればよかった。真剣に聞くべきだった。朝野を黙らせて、どうして「それでいい」なんて思ったんだろう。

ぐるぐると回って、夢中で回って――やがて繋《つな》いだ手を離したのは自分だ。どこともしれぬところへ、たった一人で放り出すようなことを、自分は朝野にしてしまったのだ。

いまさら悔やんだって取り返しはつかない。朝野なら絶対に、自分にこんなことはしない。朝野ならしっかりと重さを支えて、繋いだその手をいつまでも離したりしない。くるりくるりとまた踊れるようになるその時まで傍にいて、跳びたくなるまで待ってくれる。

自分は朝野のようにはなれなかった。朝野がしてくれたようにはしてあげられなかった。

朝野は、いやがっていたのに。

回転したくないと言っていたのに。

＊＊＊

八月十七日がきた。

ついに、きてしまった。

写真はまだ取り返せていない。あいつも全然見つからない。この日付が変わってしまう前に、解決することはできるのだろうか。

「枇杷ちゃーん、お箸《はし》とかおねがーい」

「んー」

自転車の前カゴの下あたりに、槍《やり》のようなものがあればな……枇杷は反社会的な想像を、かなり具体的に巡らせていた。鋭い、金属の、円錐状に尖《とが》ったやつ。

　そうしたら今夜、首尾よく発見できたとして、その後に取り逃がしてしまう可能性を減らすことができる。「轢《ひ》く」から「刺す」へ、ダイナミックに発想の転換。

「枇杷ちゃん？」

「……んー」

「ちょっと。運んでってば」

　ソファの下に転がって、今さらながら「金属」「入手」「方法」「自分で」「槍」「加工」などの検索ワードでスマホをいじっている枇杷の顔を、チェリーが見下ろしてくる。手には菜箸。エプロンはマリメッコ。

「お返事は？」

「はいよ、っと。聞こえてるよ、運びますよ」

　起き上がり、身体だけは言われたとおりに動かす。台所から家族全員分の箸と箸置きを取ってきてテーブルへ運ぶ。でも頭の中は今夜のことで一杯だった。今夜のうちに、どうしても、あの変態に奪われた写真を取り返したい。日付が変わる前に。絶対。

「取り皿もよろしくね」

「んー」

　四枚一組の取り皿は、日本の四季を描いた風景の絵柄だった。父のは夏で、母のは秋で、兄のは冬で、チェリーのが春。枇杷のだけはセットじゃない。中はつるつる、外はざらざらの、無地の焼き物だ。

枇杷のも元々は四枚一組のうちの一枚だった。でも他の三枚はすでに退役したのだ。父のだったのは玄関の鍵《かぎ》入れになり、母のだったのはトイレの墨置きになり、兄のだったのは窓辺の苔玉《こけだま》置きになった。そして最後の一枚だけを、枇杷がしつこくまだ取り皿にしている。

実はつい先日、シンクに落として割ってしまったのだが、心の中の松岡修造が「割れたからって諦《あきら》めるのか⁉　アロンアルファで貼《は》ってみろよ！　ダメダメダメダメダメ、諦めるな！」と熱く騒いだので、破片を集めて接着してみた。そんなこんなで、満身創痍《まんしんそうい》になってもなお、こいつだけが本来の用途で使い続けられている。

他の皿とともに重ねて持って行こうとすると、

「うわ、それってもう限界っぽいね？」

コンロをすべて使って何種類もの料理を作っているチェリーに見とがめられた。

「まだいけるよ。これでいい」

「でも漏れない？」

「……漏れるけど、いいんだってば」

「頑固だなあ」

槍と変態についてあれこれ考えながら、枇杷は手早く家族の食器をテーブルに並べていく。ドア側の長辺。その奥側。小さい頃からずっと枇杷が座っていた場所は、今はチェリーの席になっている。兄とチェリーが夫婦仲良く並んで、両親の向かいに座るのだ。あぶれた枇杷は、今はお誕生日席に座っている。

チェリーがそのときテーブルに、両手で大皿を運んできた。

「ほらほら、今日は『枇杷エッグ』だよ～」

「あ、なんで？　豪華だ」

皿にずらりと綺麗に並んでいるのは、ゆで卵をギザギザに半分にして、一旦取り出した黄身と角切りにした白身をマヨネーズとハムであえてこんもりと戻し、パセリを彩《いろどり》に乗せた前菜だ。チェリーが以前作ってくれた時、枇杷が妙に気に入って、その時から錦戸家では、これは枇杷エッグと呼ばれている。

「ふふん、ほんとはあんまり手間かかってないんだけどね。枇杷ちゃん好きでしょ？」

「うん……」

好きだが。でも今の枇杷には、正直なところ夕飯のおかずよりもずっと気にかかるビッグな考え事がある。変態を見つけて仕留めて奪われたものを取り返せるかどうか、その瀬戸際《せとぎわ》なのだ。

「あれ？　意外とクールな反応だ」

「や、嬉《うれ》しいよ。好き好き」

「だよね！　今夜は枇杷ちゃんを喜ばせたくて、他にもいろいろ作ったの！　メインは鳥の照り焼き！　そして大鉢の茶碗蒸《ちゃわんむ》しもあるよ！　あとは、アボカドとブロッコリーとグレープフルーツのサラダでしょ、白ネギの焦《こ》げ目つけたマリネに、お味噌汁《みそしる》はまるごとトマト～！　どうどう⁉」

「……いや……てか、なんで？」

チェリーが挙げたメニューは、すべて枇杷の好物ばかりだった。しかも以前、一度の食事に卵料理は一つまで！　と宣言していた気がするのに、それを覆《くつがえ》してまで。別に今日は枇杷の誕生日でもなんでもないのだが。

「なんで、ってことないでしょ。たまにはいいじゃん！」

「いいけどさ……そういえばお父さんたちは？　なんでいないの」

枇杷がサウナみたいな自分の部屋でうだうだごろごろしている間に、在宅していたはずの両親たちの姿は消えていた。

「喫茶店だって。お母さんとキウイも一緒」

「は？　喫茶店？　こんな夕飯前に？　チェリーにはごはん作らせといて？」

「そろそろ帰ってくると思うけどね」

「意味わかんなくない？」

「いいのいいの、たまには親子で落ち着いて、ゆっくり話したいこともあるんだよ」

てきぱきと文句も言わずに立ち働く兄嫁に、枇杷はそのとき、ふと同情を感じた。そっと歩み寄り、チェリーの背後に霊のように立ってみる。隣に立っては料理の邪魔だろうという配慮だったが、チェリーは突然背後に貼りついた小姑《こじゅうと》の存在に戸惑ったのかもしれない。「な、なんだぁ?」とぎこちなく振り返る。枇杷は前歯をにっ! と出して笑ってみせる。枇杷なりに、親愛の情を示したつもりだった。

「もしなにかうちの家族と揉《も》め事があったら、私はチェリーにつくね」

「あは、なにそれ。嬉しいけど、揉め事なんてないよ」

「万が一、だよ。いつか、の話。チェリーがうちにこうやって一緒に住んで、ごはん作ってくれてること、私はなんていうか結構楽しんでるし。期間限定とはいえさ。こういうのちょっといいなーって。ぶっちゃけ、お母さんのごはんよりおいしいし」

「……いやあ……そう言ってもらえると、枇杷ちゃんの好物ばっかりこうして作った甲《か》斐《い》があるなぁ……」

「いたいだけいてよ。私は全然構わないよ」

「あ、ほんとに~?」

「ほんとほんと」

ちょうどその時、間の抜けたメロディーが炊飯器から流れ出す。

「お、ごはんが炊《た》けた」

枇杷が五人分の茶碗を取り出すのと同時、玄関から物音が聞こえた。両親たちが喫茶店とやらから帰ってきたようだった。

なぜか枇杷の好物ばかりが並んだ夕食を終え、錦戸家のテーブルには空になった食器が残った。

家族たちにはできるだけ早く就寝してほしくて、枇杷はいつもよりも素早い動きで食器をシンクに下げ始める。とっとと食後にお茶でも出して、「洗い物は私がやっとくから」と宣言すれば、団らんのひと時はそれで終わる。両親は寝室に引っ込み、兄夫婦も二階に上がっていくはずだった。

しかしなぜか今日に限って、

「枇杷、片づけはいいから。ちょっとそこ、座ってくれるか？」

兄にとんとん、とテーブルの縁を叩《たた》かれた。

ろくでもない雰囲気を本能的に察知して、枇杷は「お断りだ！」ときっぱり返す。そして重ねた皿をまたキッチンへ運ぼうとするが、そのTシャツの裾を、兄にはっしと掴まれる。びーん、と引っ張られ、ジャージの尻は椅子《いす》へと戻される。

「いいから座っとけって」

「はあ？　なに？　Tシャツ伸びちゃうんですけど？」

「……十年前に小田原のおばちゃんにもらったオーストラリア土産を、おまえは今夜もまだ着ているんだな」

「はあ？　そうですけど？　それがなにか？」

枇杷が着ているXLサイズのTシャツの前面には、色覚検査みたいな色合いで、凶悪な目つきのコアラが描かれている。元々はかわいい顔をしていたのに、度重なる洗濯で下まぶたの描線や黒目部分の輪郭が剝《は》がれてしまい、デザイン的にありえないほど鋭い目元になってしまったのだ。それをしみじみと見つめてくる兄の視線はかつてないほどうざったい。そしてなんだか嫌な予感もする。普段はこいつ、特に会話なんかしたがることはないのに、今日に限って一体なんなんだ。つい、枇杷は胸のコアラと同じ目つきになって血を分けた兄を見返してしまう。

そしてテーブルの向かいでは、チェリーが「私お茶淹《い》れるね」と立ち上がりかける。それを母親が「私やるわ」と制し、「ううん私が」「ううんううんそれは私が」「ううんうんうん私が私が」——コントみたいな押し問答が始まった。ここで枇杷が「じゃあ私が」と名乗り出たら「どうぞ！」「どうぞ！」のダチョウ的流れになるのだろうか。やってみようとするが、

「お茶は、じゃあ、母さんに淹れてもらおうかな……」

父親の鶴《つる》の一声で膠着《こうちゃく》状態はあっさりと解消した。チェリーは静かに座り直し、母親がキッチンに向かう。

なんだこれ、と枇杷は思った。もうなんでもいいから寝ろ。みんな寝ろ。一刻も早く、変態狩りに向かいたいのだ。

いつもと違う雰囲気に苛立《いらだ》ちながら、枇杷はリモコンを摑む。見たくもないテレビのチャンネルをぱかぱか変えると、

「……かせ」

「なに？」

「いいから」

兄に横からリモコンを奪われた。テレビは消されて、妙に白けた静寂がリビングに満ちる。

「……なんなのほんとに。超変な雰囲気なんですけど。なにこれ。……え、もしかして、にしきどデンタルオフィス、潰れた……？」

潰れてない潰れてない、と父と兄が揃って首を横に振る。

「……はっ……まさか……誰かやらかした？　医療ミスとか？　巨額の賠償？」

誰もやらかしてません、縁起でもない、と、これは人数分の湯呑《ゆのみ》と急須《きゅうす》を盆に載せて戻ってきた母。じゃあ、

「……離婚？」

　ずばり兄を指さすと、

「なんでだよ！」

「不倫……」

「ばか！」

　その指を冷たく叩かれ、払われる。違うならなによりだが、この謎《なぞ》のひと時は枇杷にはもはや耐え難かった。

「あーもーなんでもいいからさ、この変な空気の理由、さっさと説明してくんない？　なんなのこれ？　いつまでもなんたらー、かんたらーって、私にだって一応スケジュールってもんがあるんだよ」

「いや、ないだろ」

「あるの」

「ないだろ、無職」

「……あるの！」

　今日の兄の感じ悪さは長く記憶に残しておきたいものだと枇杷は思う。横目で睨《にら》みつけた兄は、なぜかいきなりくねくねし始めて、

「まあ、じゃあそれならええと。うん、はい、そういうことならちょっとまあ……うん。

枇杷に一つ、報告っていうか、メッセージ的なあれがあるんだよね……親父《おやじ》からどうぞ」

父親の方を見た。父親は「えっ」とか言ってちょっと仰け反っている。この小芝居の一幕がまたまどろっこしくて、さらに枇杷の苛立ちは募る。かたかたと貧乏ゆすりしながら父親の発声を待つが。

「……そのー、うん、じゃあ、ここは母さんの方から言ってもらおうかな？」

「え!? やだやだどうしてそうなるのよ、こういうところはちゃんとお父さんが仕切って下さい」

「いやでもね、娘にはやっぱり女親の方がいいっていうのがあるでしょうから」

「ないないそんなの！　関係ない！　どうしてこういうときばっかり自分は逃げて、私に押し付けようとするのよ」

「別に逃げるとかそういうことではなくて、その方がいいでしょっていう考えの一つで」

——もう付き合いきれない。

まだ肘《ひじ》でお互いつつきあっている両親を、枇杷はこのまま放っておくことにした。とりあえず洗い物をやってしまおうと、まだテーブルに残っていた皿や箸を掴んで立ち上がり、

「出ていってほしいの」

ガチャーン！　と、取り落とす。ドラマみたいなことをやらかしてしまった、が。

「……は？」

「出ていってほしいの」

いや、聞こえていた。

同じことを二回も言ってくれたのは、チェリーだった。半端《はんぱ》な体勢で振り返った枇杷の肘をぐっと強く掴み、また座らせて、「出ていってほしいの」——三回目。

「……な、なに……？　なんの話？　いきなり……え？」

「枇杷ちゃん。あのね、この家から出ていってほしいの」

出ていく？　とは？　自宅なのに？　生まれた時から住んでいる自分の家なのに？

四回同じことを言われても、枇杷にはまだチェリーの言っていることが理解できなかった。

「出ていってほしいって言われても……え、いやいや、それ無理だから。意味わからないし。だってここ、私の家だもん。私、ここのうちの娘だもん。部屋だってあるし、」

「この家、リフォームするの。近々」

「……なにそれ。聞いてないんですけど」

「うん、言ってないから。あのね、この家はもうすぐリフォーム工事をして、二世帯住宅になります。そしてそこにはお父さんとお母さん夫婦と、私たち夫婦の二家族が住みます。ほら、枇杷ちゃんはやがて遠からずお嫁に行く子なんだし、もう部屋はいらないでしょ。というわけで、もうここは、枇杷ちゃんの家ではなくなります」

「……え？　だって……は？　なに？　待って待って、待って待って待って……」

リフォーム。二世帯。お嫁。部屋はいらない。いきなり放たれたいくつもの重要そうなキーワードを、枇杷は必死になって拾い集める。改めて「えーと」と味わってみる。でもどれも飲み込めない。全然納得がいかない。ものすごく理不尽なことを言われていることにやっと気が付いて、

「て、てて、ていうか！　そもそもそんなの話が違うじゃん！」

猛然と腹が立った。なんだそれ!?

「だってチェリーたちはマイホーム資金を貯《た》めるためにここに暮らすって言ってたじゃん！　なんでいきなりそういうことになってんの!?」

「私とキウイのマイホームは、ここでしょ！　ってことになったの。住んでみたら環境いいし、そのうち子育てってことになっても安心だし。そして枇杷ちゃんのマイホームは……」

「ここじゃないでしょ！」

兄が両手で枇杷を指さしてくる。なにこいつら!?　という気持ちと、まだそのネタ!?　という気持ち、そしていまだに事態のすべてを理解しきれない混乱が、枇杷の脳裏にリ

ズミカルに打ち寄せる。いや、待って。本当に待って。わからないから。冗談ではなくて？　たとえ話とかでもなくて？　つまり、これって、要するに、は？

「……もしかして……私に、出ていけって言ってるの……？」

すーっと冷たい血が足元に降りていく。

「うん。だからさっきからずっと、そう言ってる。その話してる。私は枇杷ちゃんに、何回もそう言ってる。出ていってほしいの、って。今夜これからみんなでいろいろ話し合って、そしてちゃんと期限切って、その日までに」

「……なんで!?　はあ!?　はあ!?　はあぁぁ!?　ちょっとお父さんもお母さんもなにか言ってよ!?　こんなのひどくない!?　意味わかんなくない!?」

両親はしかしなにも言ってはくれず、ただ曖昧《あいまい》に微笑みながらお茶を啜《すす》っている。つまりチェリーの言っていることは、両親も承知の決定事項ということか。

「そんなのやだよ！　なんなの!?　私ずっとこの家に住むよ！　そのつもりでいたんだもん！　そう思ってたんだもん！　ていうかお母さん知ってるでしょ!?　私もてないんだよ！　結婚なんか普通にできないよ！　ずっと一緒に住もうよ！　私もっと家事やるよ！　みんな忙しいし力になれるよ！　協力していこうよ！　それに、あっそうだ、これからはちゃんと食費とか入れるよ貯金もあるし！　っていうか、別に一生このまま無職でいるつもりでもないんだってば！　そのうち仕事はするつもりなんだってば！　そうやって私はずっとうちで暮らして、そのうちお父さんたちが年取ったらちゃんと介護とかもするつもりだったんだってば！　ていうか、ていうかさあ……っ」

父か母か兄かチェリーか、一体誰に向ければいいのかわからないまま、枇杷はさらに声を張り上げた。

「普通に、私ここに住む権利全然あるじゃん!?　実の娘なんだよ!?　お兄ちゃんと同等の相続権あるじゃん！　遺産の半分は私のじゃん！　ならこの家も半分は私のものじゃん！」

我ながらいいところに目を付けたと思ったが、

「まだお父さんもお母さんも生きてるからね」

チェリーが落ち着き払った目をして静かに言うのが腹立たしかった。

「枇杷ちゃん。そういうことだから、どこかに部屋を探して、仕事をして、独立して生きてってください」

「い、生きてって、くださいって……っ」

「枇杷ちゃんのためなんだよ？　このままじゃせっかく若くて健康でいられる時間を、ずっと無駄に過ごしちゃうじゃない。なんにも見つけられないままじゃん。そういうのは枇杷ちゃんらしくないって思うんだ。お父さんもお母さんも、それに私たちも、この状態でいるのはよくないって考えてるの。枇杷ちゃんのこと心配してるの。だから、こうすることにしたんだよ」

「な、」

立《た》ち竦《すく》み、枇杷は視界が滲《にじ》んでゆらゆらと揺れるのを感じた。

「……なにも、今日……？　こんな日に……？　よりによって、今日、私に出ていけっていうの……？」

誰もなにも言ってくれない。みんな、今日がなんの日なのか――枇杷にとってどんな意味を持つ日なのか、それすら忘れてしまったのだ。

「……なんなの……⁉」

ぼたっとついに一滴、涙を溢《こぼ》してしまった。

まだ手の中に残っていた皿を思いっきり音を立ててテーブルに置き、枇杷はリビングから走り出す。

「枇杷！」

兄の声、そして慌てて立ち上がる音がする。振り返りもせず、そのまま廊下を走って玄関で便所サンダルに足を突っ込む。今更追いかけて来たって知るかと思う。どんなに必死に謝られたって、この心の傷はもう癒《い》えない。大きくドアを押し開いて飛び出す背中に追いかけてくる足音が聞こえて、でももちろんスピードを緩めたりはせずにポーチを走って突っ切ろうとするが、

「おーい枇杷！　おまえ、いつ出ていくか決めるまで帰ってくるなよ！」

「……はあ⁉︎」

門の手前でつい立ち止まった。振り返ってしまう。兄が戸口から枇杷に向けて放った言葉は、あまりにも予想と大きく違う。こういう場合、普通は「ちょ、待てよ！」とかじゃないのかよ⁉︎

「今だっ、早く鍵をかけろ！」

と、父親。

「バーロックも忘れるな！」

これも父親。——絶対、絶対覚えておくからな父！　よぼよぼになった頃、下の娘に気を付けろ！

兄がすごい勢いでドアを閉じる。そしてガチャッ！　と高らかに、鍵がロックされた音が聞こえる。半円型の小窓から兄と父、それに母親とチェリーまで顔を寄せてこちらをじっと見ている。もちろん鍵なんて持っていない。ていうか、なにも持っていない。財布も携帯もない、でもなぜか箸だけを摑んだままで、

「……はあぁぁぁ……っ⁉︎」

枇杷は一人、真夏の夜の中に立ち竦む。

どうやら、本当に、本気で、自分は追い出されるのだ。

3

（裏切者のくそチェリー！　なにが天使だよ!?　腹黒ド腐れ横入りズル偽善女！）

枇杷は暗い夜道を便所サンダルでひた走った。

（ていうか、ていうか……家泥棒！　居場所強盗！　おまわりさーん！　あいつが犯人です、家にいます、ていうかもう誰か！　誰でもいいから！）

なぜか自分の箸《はし》一膳《ぜん》だけを右手に握りしめて持ってきてしまったまま、投げ捨てることすら頭には浮かばない。ただ怒りと驚きが嵐《あらし》みたいに渦巻いて、納得などできるわけがなかった。

（みんななんなんだよ!?　チェリーなんかに騙《だま》されてまんまと実の娘を追い出すとかありえないでしょ!?　昔話ならこんなのまるっきり一家全滅フラグだよ！　つかなにがパパイヤ先生だよ、なにがママンゴー先生だよ！　調子こきやがって！　おまえら健治と秋枝だろ！　つかそもそも、なんでそこから希有為と枇杷になったんだよ！　挑戦的すぎんだろ！　作ってる農家でもギリギリなしだろ！）

悔しいし、悲しい。わけがわからない。ゴムの踵《かかと》をアスファルトに叩《たた》きつけるように突っ走りながら、どうしても涙が滲《にじ》んでしまう。視界が揺れる。首にかけていた雑巾《ぞうきん》寸前の薄っぺらいタオルで目元を擦《こす》る。

そりゃ確かに、無職だけど。

いい年こいた大人のくせに、ごろごろだらだらこどものふりして、なんの責任も負わずに生きていたけど。

こんな生き方は正しくないと、自分でもわかってはいたけれど。

でも、一応、役には立ってきたではないか。ずっとそれで許してくれていたではないか。掃除もしたし、洗い物もした。料理はあれだったけれど、でも洗濯だって草むしりだって、町内会で回ってくる早朝のゴミ当番だってやった。あれは本当に大変だしめんどくさかった。宅配だって何度も受け取った。区役所で住民票の移動も代理でやった。銀行や保険の住所変更の書類も請求して、あとはサインするだけというところまで用意した。枇杷がいてくれて助かると兄も言っていたではないか。チェリーも、台所がいつもぴかぴかで嬉《うれ》しいって。料理する気分がアガるって。

それも全部、なかったことにするのか？　都合よくそんなの忘れたフリで、排除するというのか？

家族のために家事をやるという存在意義を認めてもらえないなら、もう、枇杷には本当に居場所がない。この地上に、いていい場所など、どこにもない。

もうどこにもいられない。

（朝野！）

荒れ狂う胸の中、振り絞るように親友の名前を呼んだ。

（ねえ聞いてよ！　見てよこのザマを！　信じられなくない!?　私、追い出されたんだよ！　こんなのひどくない!?　もうどうしたらいいかわかんないよ！）

無我夢中で夜をひた走る足は、ごく自然にいくつもの道を渡っていく。昔から通い慣れた道だった。小学三年生の時から何度も何度も、数えきれないほど通ったこの道。目をつぶっていても辿《たど》り着ける、町をジグザグと斜めに横切る最短ルート。

こんな話を聞いてほしいのは、こんな時に頼りにしたいのは、もちろん朝野しかいなかった。

とってもかわいい清瀬朝野は、たった一人の親友だ。お互いのことはなんでも知ってる、この世界のたった一人。大事なことを話せるのは、枇杷には朝野しかいない。

（朝野、朝野、私やられた！　チェリーのヤツに、してやられたよ……!!）

うそ!?　と元からデカい目をさらに見開く顔が目に浮かぶ。さらさらの長い髪をかきあげて、綺麗《きれい》に整った顔を思いっきりしかめ、朝野はきっと枇杷と一緒に悔しがってくれる。

『なんなのそれ⁉ 最悪、信じられない。あたしもう完全にあったまきた！』

──きっとそう言ってくれる。朝野なら、そう言う。

『とりあえず枇杷、いつものファミレスに行こう。ドリバー飲んでじっくり対策練らなきゃ。絶っ対、やり返してやる！』

言うよね。あんたは。

「……はあ……っ、はあ、は……、……はあっ……」

家を飛び出してきてから、もう十五分ほど走り続けただろうか。

枇杷は肩を大きく上下させながら、素早く車道の左右を確認する。汗に濡《ぬ》れた顔を真っ赤にし、息を切らして、十字路を駆け抜けて渡る。同じぐらいのサイズの一軒家が、長くずらりと並ぶ通りに出る。たくさんの家の塀や生け垣やガレージが、まるで壁面のように枇杷の目の前に迫りくる。

一方通行の通りをそのまま進んでいくと、やがて、すかっと突然一軒分のスペースの時間貸し駐車場が現れた。そこだけ夜空が抜けて見える。名前も知らない夏の星座と、チカチカ光を点滅させながら黒い雲の上をゆく飛行機。かまぼこ型の半月。

あれっ、と立《た》ち竦《すく》んでしまう。

（こんなに狭かったんだっけ？）

知っていたのにまた驚いて、枇杷は思わず目を瞬《しばたた》いた。

そこには車は三台しか停められない。今は誰もそのスペースを使っていない。歩道の方を向いて立つ自動販売機の灯りだけが白々しく通りを照らしている。

何度も見たのに、毎回驚いてないか自分。何度見ても、やっぱり狭さに驚いてしまうこの事実にも驚く。自然とまたここへ、走って来てしまう自分にも驚く。驚いたし、疲れた。苦しいし。

もう立ってもいられなかった。

「……う、」

ジャージの膝《ひざ》を地面について、

「あああぁぁぁぁー……っ」

枇杷は、喉《のど》の奥で叫ぶ。

何度でも叫ぶ。「わあああああああ、あああ、あああああ、ぅああああああ——————！　うわああああああ——————っ！　ぅわあああああ——————っ！」

何度も叫んでも、どれだけ泣き叫んでも名を呼んでも、どうせ誰も来ない。枇杷にはもうわかっている。助けに来る誰かなど、この世のどこにもいはしない。

誰もいない。

「……いろよおぉぉぉ……っ！」

いろよ、ばか。

「……なんで⁉ なんでだよ⁉ どうしたんだよ⁉ どうしちゃったんだよ、朝野！……ねえ……！ ねえ！ ねえ……っ！ ……ねえ、ってば……っ！」

涙が噴き出して止まらない。枇杷が歪《ゆが》んだ顔を俯《うつむ》けると、鼻の先からアスファルトにボタボタと水滴が落ちて、黒くて丸いシミになった。膝をついて座り込み、両手を前についていなければ、がらんどうになったこの世界ごと、静まり返った闇《やみ》の中に崩れ落ちていきそうだった。吐きそうだ。

何度泣いても、何度叫んでも、なにも起きない。なにも変わらない。なにもわからない。

朝野は、どこへいってしまったんだろう。

降り注ぐ陽射《ひざ》しの下、かわいい水着で笑っていたあの子は、今、どこにいるんだろう。私をこんなところに置き去りにして。あんた一体、どうしたの。あんたは一人で、どこにいっちゃったんだよ。

清瀬家がかつて建っていた場所の前でしゃがみこんで、そうか、と改めて思い出す。今日は八月十七日。これで、もう一年。そんなに長い時が過ぎてしまった。全然、すこしも信じられないまま、納得なんかできないまま、それだけの月日が終わっていってしまった。

「……もう、なんでかなあ？ なんで……？ なんで、こうなんのかなあ……！」

去年の八月十七日。

枇杷は、ゼミの飲み会に出席していた。就活の話ばかりしていた。世間では景気は回復しつつあるといわれていたのに、四年生はまだ何人か売れ残っていた。枇杷も売れ残り組で、かなり暗いトーンで話し込んでいた。教授が帰ってしまった後も、三年生たちを交えて、チェーンの居酒屋の座敷に日付が変わるまでずっと居座っていた。

あの日なにが起きていたかなんて、枇杷にはわからなかったのだ。

わかったのは、それから三日も過ぎてから。

午後、履歴書を書くのにも飽きて疲れて、リビングのテーブルでノートパソコンを開いた。取り掛かり始めたばかりの卒論の続きをやろうとしていたところに、朝野からメールが来た。久しぶりの連絡だった。

朝野が額に黒い印をつけて現れた夜から、すでに二週間近くが過ぎていた。あれからずっと連絡がなかったのは、まだまだ絶賛就活中の自分に気を使っているからだと思っていた。それか、もしかしたら、例の元彼氏と復縁できたとか？　もしくは逆に、完全に未練を断ち切ったか。忙しいのは確かだったから、メールがないのはとりあえず元気の証《あかし》と判断して、枇杷からも連絡はしていなかった。

ちなみに朝野は、もちろんとっくに誰もが知っている憧《あこが》れの大企業から内定をもらっていた。一流大学で成績優秀、外国育ちで語学堪能《たんのう》、容姿は超のつく端麗ぶり、お父上のコネも十分。朝野というヤツは、まるで「将来有望」の四文字が服を着て歩いているみたいな存在だった。

そんな朝野が、たかが恋愛如《ごと》きのことで悩んでいたのがそもそもおかしいと思う。むしろ就職も決まっていない自分の方が、今後の人生についていろいろ朝野に相談しなければいけないぐらいだ。

枇杷は朝野から来たメールを開いた。タイトルは「お友達の皆様へ」だった。意味はよくわからない。まあ失恋がらみの泣き言なら、またファミレスで集合して話を聞いてやるしかないか。

長い文章を頭から読んで、そして最初、(どっきりだ)と枇杷は思った。思いながら、なぜか椅子《いす》から立ち上がっていた。

たちの悪い、センスのない、最悪の部類の冗談としか思えなかった。一体こんなこと、誰が音頭とってやってるんだ?

後で散々誰かに笑われるのだと思ったら、反応することもできなかった。急に通った鼻の奥でなぜか強く血が臭《にお》った。声も上げられなかった。そのまま、リビングで棒立ちになって、一体どれだけ息さえ止めていただろうか。突然、手に持ったままのスマホではなくて、家の電話が鳴った。いつもの音じゃない、となぜか思った。異様な音。変な音。すっごく怖い音。これ、出たくない、とも反射的に思ったのを今でも覚えている。

でもベルは鳴りやまず、枇杷は「もしもし」といつも通りの声で電話に出たのだ。電話をかけてきたのは、年単位でしばらく会っていなかった中学時代の同級生だった。

「もしもし、もしもし、枇杷？　メールきた？　ねえ、枇杷は知ってるの？　あれってうそなんでしょ？　うそなんだよねえ、ねえもしもし、うそなんだよねえ、ねえ、あんなメール、うそって言ってよ、ねえ、聞こえてる？　ねえ、もしもし、もしもし？」

——そうして、世界は変わってしまった。

変わってしまって、しかし、枇杷は今もまだ少しも納得できていない。

全然受け入れられていない。こうして一人、置き去りにされたところから、動くことなどできない。慣れられないし、腑《ふ》に落ちていないし、理解もできていない。だからこうして今夜も、またここまで走って来てしまったし。そして泣いているし。

(朝野、朝野、朝野、朝野、朝野！)

何度も、朝野を呼んでしまう。消えてしまった笑顔を、本気でまだ呼び戻せるとでも思っているみたいに。

そんなわけないのに——と、そのときだった。

「……っ⁉」

うなじの毛がいきなりぞわっと逆立って、枇杷は泣き顔を跳ね起こした。人の気配を、背後に感じたのだ。

驚いて振り向いた瞬間、目と目がばっちり合ってしまった。清瀬家の跡地の前にしゃがみこんで泣いている枇杷を、通りの反対側の電柱の陰から、こっそりと見つめている奴《やつ》がいる。

慌《あわ》てたように電柱の陰に素早く引っ込んだそいつは、セーラー服を着ていた。電柱の後ろ、ひらりとプリーツスカートの裾《すそ》が揺れている。でも見たぞ、確かに。まっすぐに前髪を断ち切った超ロングストレートヘアの、多分あれはかつら。今も電柱から哀《かな》しくはみ出たガタイの良さは、絶対に男でしかありえない。

「……あ……」

——あの、変態。

じん、と頭の奥に不思議な汁が分泌《ぶんぴつ》されたのを感じた。

脳が痺《しび》れたようになって、枇杷はゆっくりと猷じみた中腰に身を起こす。いきなり体重を半分にしてもらえるボーナスステージに投下されたような気がする。ふわっと宙から吊《つ》り上げられたように、今、身体がものすごく軽いのだ。恐怖など少しも感じない。なぜかなんだってできると思う。どこまででもいける感じだ。血も法も倫理も、今の自分を縛りはしない。どんなことでも今ならできる。

あの変態は、知っている変態だ。

ずっと探していた、あの変態だ。

写真を盗んだ、あの変態だ。

ああ、そうだ、やっと見つけた。ずっと会いたかった、おまえじゃないか——

「うぅうおおぉぉぉぉぉぉぉおおおるぁぁぁあぁぁぁ〜〜〜〜〜っっっ!!」

腹の底から雄叫《おたけ》びが湧《わ》いて、半月に吼《ほ》える。沸騰《ふっとう》したようにさらに血が猛《たけ》り、

「見っっっっつけたぞてめぇぇぇぇぇぇぉらぁぁぁぁぁ!!」

「っ……！」

爆《は》ぜるように、飛び出した。ダッシュをかけた枇杷から逃れようと、変態も電柱の陰から慌てたみたいにまろび出る。そのまま夜の住宅街を、彗星《すいせい》みたいにヅラの髪なびかせ、怪しいセーラー服姿で駆け抜けていく。枇杷はその後を夢中で追った。男の脚はさすがに速いが、絶対に逃さない。絶対に、このままで済ませたりはしない。

女装で逃げる変態の背中を、便所サンダルで追いかけていく。しかし次第に離されていくようで、枇杷は一つの賭《か》けに出た。このままただ走って追ってもいつか振り切られてしまう。頭を使って行く手の先に回り込むのだ。

この付近は子供の頃から朝野と一緒に遊び回っていて、小さな路地の一つ一つに至るまで、細かな地理もわかっている。遠ざかる変態の方を何度も見ながら、枇杷はしかし腹を括《くく》り、家と家の細い隙間《すきま》に身体を横にして入り込む。

奴の背から目を離すのには勇気がいったが、でも勝算はあった。砂利を踏み鳴らしな

から真っ暗な闇の中をひたすら進み、途中で別の細い私道に出て、向きを変えてまた別の家と家の隙間に突っ込んでいく。多少の音を立てたところでどうせ誰も出て来やしないのだ。

　そうして、

「……うおっ⁉」

　狙《ねら》い通り、突っ走る変態のすぐ目の前に飛び出すことができた。塀の切れ目から突然出現した枇杷に驚いたのか、変態は短く声を上げた。慌てて転びそうになりながら、進行方向を変える。T字路を右手に入っていくが、それすらも枇杷の計算通りだった。その先は行き止まりの袋小路なのだ。

「観念しなクソ変態野郎！」

「……くっ！」

「写真返せやおらぁっ！」

　待ちに待ったこの瞬間を、逃すつもりなんてまったくない。壁際《かべぎわ》に追い詰める枇杷を、しかし変態は以前の犯行の時と同じように力で──交番ではさらりと「指圧」と表現されてしまったが、あの不思議な暴力で圧することができると思ったらしい。壁を背にして向き直り、枇杷の腕を捕まえようとリーチの長い左手を伸ばしてくる。が、

「てめえの拳はすでに見切ったっ！」

いや、見切ってはいないが。でも今夜の枇杷は偶然にも、指圧の使い手とやり合うには大変便利なグッズをその手に握りしめていた。それを世間は箸と呼ぶ。奇《く》しくもさっき、轢《ひ》くから刺すへ発想の転換、などと考えていた通り、

「うぁ……！」

カツッ！　と宙で、枇杷の箸先が変態の手元を捕えた。真横に全力で薙《な》ぎ払い、しかしすぐに襲い掛かる次の右、変態の親指をピンポイント。

食らえ！　お箸のタブーその一、握り箸！　揃《そろ》えて握った箸の先端で、力いっぱい突き刺し返す。手応《てごた》えは十分で、変態は刺された右手を押さえて呻《うめ》く。背には壁。

枇杷はもちろん容赦なく、さらにその箸の先で迷わず顔面を狙って突き刺しにかかる。お箸のタブーその二、刺し箸！　しかしギリギリのところで逃げられて箸の先で壁を突いてしまう。右手と左手に一本ずつ持ち替え、さらにカッ！　カッ！　カッ！　と突いて追う。変態は必死に身体を捻《ひね》って襲い掛かる箸から逃れようとするが、今宵は枇杷にはボーナスステージなのだ。ただの一無職にしては軽い身のこなしでさらに追い詰め、ついに左手の箸が変態のこめかみのあたりをかすめた。カツラがずるりとずれて肩のあたりに落ち、枇杷は振り上げた右手の箸を変態の目の前、ギリギリ数センチのところで止めた。右目か、それとも左目か。お箸のタブーその三、迷い箸――！　遊びじゃねぇんだよ！　まじで刺すぞこの野郎！　口には出さなかったが、至近距離で睨《にら》みつけただ

けでその気持ちは十分に伝わったようだった。

「……降参……！」

変態はカツラをずり落としたまま、ついに尻《しり》を落としてへたり込み、両手を上げて枇杷に見せた。

はらはらと頬にかかっていた人工毛が零《こぼ》れ落ちる。やがて現れたそのツラを見て、枇杷は思わず息を飲んだ。声を上げてしまう。

「す──『昴』？」

こくこくと、変態は、昴は、何度も小さく頷《うなず》いた。そしてあろうことか、

「錦戸さん……だよな。『枇杷』、だよな。なんていうか……こんばんは」

個人情報が、思いっきり漏れている。

＊＊＊

去年の八月十七日。

枇杷にはなにも言わないで、朝野は一人でいってしまった。

伊豆の海辺で倒れているのを、地元の女の子が見つけてくれたんだって──そんな話を聞いたのは、メールが送られてきた次の日の夜の、お通夜《つや》でのことだった。

『私どもの娘、清瀬朝野は8月17日に亡《な》くなりました。携帯電話のアドレス帳にご登録いただいていたお友達の皆様へはこのような形でお知らせさせていただきました。ご連絡が遅くなりましたことをお詫《わ》び申し上げます。通夜、告別式のご案内を――』

話していたのは、朝野の大学の友人たちなのだろうか。

みんな顔を真っ赤にして、激しく声を上げて泣いていた。今の話って本当ですか、と訊《き》きたかったが、彼らは自分のことを知らない。その話の輪に加わることはできないまま、枇杷は一人で斎場の入り口へ向かった。夕暮れが透ける紫の空の下、そこかしこにあしらわれたたくさんの花の匂《にお》いが濃厚に甘かった。

一人で泳いでて溺《おぼ》れちゃったんですってね、と、囁《ささや》いている人々もいた。恐らくは清瀬家の親戚《しんせき》なのだろう、中年の女性達だった。え、と思ったが、次にすれ違った同じような年恰好《としかっこう》の人々は、かわいそうに、病気だったんですって、脳に生まれつき問題があって、自分でも薄々わかっていたんじゃない、などと話していた。

病気だなんて、枇杷は一度も聞いたこともなかった。それははっきり、絶対に間違いでしょと思った。第一そんな危うい持病のある奴が、十年以上もテニスを続けられるわけがない。朝野は小さな頃から本格的にテニスをプレイしていて、高校時代にはかなりの好成績も残してきたのだ。

だから病気説はないとして――でも、伊豆って。海って。それもない。絶対ない。

なんでもできる朝野が、唯一《ゆいいつ》できないことが水泳だった。海にもプールにも、朝野は絶対に近寄らなかった。テニス部の合宿先が河口湖畔で、ただ建物がそこにあるというだけなのに、「湖畔!? どうしよう、あたしやだ!」それにすら怯《おび》えて嫌がっていた。水辺というシチュエーションがそもそも嫌いで、本当に怖かったんだと思う。

そんな朝野が、わざわざ伊豆の海に行くなんてありうるだろうか。枇杷にはその理由がまったく想像できなかった。朝野は一人で旅に出たことだってない。気が向いて初めての一人旅をしたのだとしても、行き先に伊豆を選ぶ理由はわからない。知り合いや縁者がいると聞いたことはないし、行きたがっていたということもない。わざわざ一人で海になんか入るわけもない。運悪く波にさらわれたのだとしても、なぜ浜辺にいたのかという疑問が残る。のんきにビーチを散歩したがるような奴ではないのだ。絶対に。

枇杷は、朝野のお通夜に、リクルートスーツで行ってしまった。スーツは黒だった出してもらった母親の喪服は、サイズが小さくて着られなかった。し、制服みたいなものだし、それでいいかと思ったのだ。

お通夜は聞いたこともない埼玉の外れの町で行われて、電車で片道一時間以上かかった。

斎場の入り口の看板に大きく「清瀬朝野儀」と書かれているのを見た瞬間、枇杷は圧倒され、息ができなくなった。こんな恰好で来るんじゃなかった、と思った。

想像よりも、ずっと現実だった。本当だった。

朝野は、棺《ひつぎ》に納められていた。色とりどりの鮮やかな花の中に埋もれて、綺麗に化粧もされていて、髪もセットされていて、ただ眠っているだけにしか見えなかった。艶《つや》のある淡い薔薇《ばら》色《いろ》のチークで彩《いろど》られた顔には傷一つなかったし、とても穏やかな表情をしていた。でも、眠っているのではないのだ。

これはもう朝野ではない。

ただの、亡《な》き骸《がら》。かつては朝野だった、物言わぬ肉の塊。刻々と朽ちていく、もう生きてはいない物体。

枇杷は近づいて、ゆっくりと棺の中を覗《のぞ》き込んだ。ほんとだ。朝野じゃない。そうわかった瞬間、血が泡立ったような気がした。（ああ……）なにか声をかけようとして、（なんで……）でもなにも言えなかった。（こんなふうに……）言葉なんかなかった。（どうして……）頭は痺れ、思考は停止したままで、（うそだ……）動き出すことができなかった。（……）解剖はされたのだろうか。脳みそ、取り出されちゃったのだろうか。（……）でも傍目には少しもそんなふうには見えなかったし、溺れたようにも見えなかった。

ただもう、とにかく、朝野はいない。どこにもいなくてもう会えない。あの朝野が、ずっと一緒にいたあの子が、あいつが、あんたが、この世のどこにもういないなんて。

消えちゃったなんて。

（……）

実感なんてなかった。

どんな感情を持てばいいのかもわからなくて、枇杷はただ呆《ほう》けていた。どっきりだ、と思ったあの瞬間から、まだ動けないままなのだ。なにも信じられなかった。すべてが嘘《うそ》のようだった。夢であってほしかった。全部なしにしてほしかった。まったく、なにもかも、認められなかった。朝野がいない世界を、まだ生きていかなくてはいけないなんて、信じられなかった。一体どうすればいいんだよ。どうすればいいのか、本当にまったくわからなかった。

清瀬家のおじさんとおばさんは見るからに疲れ果てた様子だったが、でも泣いてはいなくて、

「枇杷ちゃん、遠いところ、ごめんね。ずっと朝野と仲良くしてくれて、本当にありがとうね。一番のお友達だったね」

わざわざ枇杷に、優しく声をかけてくれた。

一体朝野になにが起きたのか、どうしてこんなことになったのか、訊くことはできなかった。

朝野の妹の夕香《ゆうか》ちゃんは、おじさんとおばさんが忙しそうに挨拶《あいさつ》をしているところか

ら随分離れて、並べられたパイプ椅子の隅の席に一人でぽつんと座っていた。その足元にハンドタオルが落ちていた。夕香ちゃんにも、訊けないと思う。

なぜ、と訊くことは、悲しみの真っ只中《ま　ただなか》にいる人々に、家族ではない自分の感情の都合で図々しく割り込むような行為に思えたのだ。今は、自分を押し付けることはできない。自分の順番は、もっともっとずっと後だろう。枇杷は疑問をとりあえず飲み込み、落ちていたハンドタオルを拾って夕香ちゃんに手渡した。

まだ高校生の夕香ちゃんも、真っ青な顔をしていたが、おじさんおばさんと同じく泣いてはいなかった。バレエよりもヒップホップダンスに興味が移って、髪もパーマで大きなアフロに膨らませていたが、さすがにボリュームが目立たないようにきつく編み込んで留めていた。耳朶《じだ》にいくつも開けたピアスも、全部外していた。

枇杷の顔を見るなり、かすかに上唇の端を上げて、「これ微妙すぎね？」と呟《つぶや》く。流れる曲を指さすように、宙に人差指を立ててくるくる回して見せる。枇杷も同じことを考えていたから、「ね」と同じポーズ、小さく頷き返した。

会場にはずっとループで『若者たち』がかかっていた。曲調的に、若い人の葬儀の定番曲とかになっているのだろうか。とにかく、朝野には全然似合わない曲だった。それに、歌詞もなんだか聴いているとひどい。「だのにー、なーぜー」って。「そんなーにしてーまでー」って。目を閉じて花の中に納められ、もうなにも言えない朝野への追い打ちのような気がした。「希望」なんかもう、見るから明らかにないだろ、この状況。

「やっぱ枇杷ちゃんも思ってたか。なんか別のもっとマシな曲に変えてもらえるように頼んでみようかな。姉ちゃんのために」

「そうだね。これじゃあんまりにも……合わないっていうかなんていうか」

「ループで聴いてると、もうめちゃくちゃ気が滅入《めい》ってくるんだよ。頭変になるかも」

「……ごはんは食べられてる？　大丈夫？」

「ありがと、大丈夫。あれ食べろこれ食べろって、親戚のおばちゃんたちがほんとにいろいろ、次々持ってきてくれるんだ。ママたちと一緒に、一生懸命食べてるよ。てか、枇杷ちゃんこそなんか顔色やばいし。あっちの部屋でなんか食事出てるみたいだから、食べていってよ。海苔巻《のりまき》的なのとかあるみたい」

「うん、じゃあちょっとだけ頂いてくね。それで今夜は帰る。朝、早く起きないといけないし」

「明日も来てくれるの？」

「うん。来るよ」

夕香ちゃんと手を握り合って約束した通り、翌日の告別式にも枇杷は出た。

体型が近い兄嫁——のちにチェリーと呼ばれる——が事情を聞いて、夜のうちに家まで喪服と靴を届けてくれていたので、それを借りていくことができた。母親からはパールとバッグを借りた。リクルートスーツには、お通夜のイメージが強くついてしまった。ハンガーにかかっているのを見るたびに、看板を見て息を飲んだ時の胸苦しさが蘇《よみがえ》った。以来、二度と枇杷がそれに袖《そで》を通すことはなかった。

斎場には、ピアノとストリングスの綺麗な旋律で女性が歌う洋楽が流れていた。出棺の前に、親類縁者の輪からすこし外れていた夕香ちゃんがそっと近づいてきて、「音楽変わったでしょ」と声をかけてきた。

「昨日さ、真夜中にいとこたちと車で一旦《いったん》家に帰って、姉ちゃんの部屋に入ったの。良さげなCD探して、持ってきてかけてもらったんだよ。お通夜の時より全然マシになったでしょ？」

「うん、よくなったって思ってた。グッジョブだよ夕香ちゃん。すごい朝野っぽい感じがした」

「あーよかった。……んで、あのね、これ。CD探してる時に見つけたんだけど」

夕香ちゃんは、制服のポケットから封筒を取り出し、枇杷に手渡した。

「中見て」

開くと、朝野の写真が一枚入っていた。履歴書に貼《は》るサイズだ。リクルートスーツを着て、薄化粧をして、髪を一つに結んで、きりっと清々《すがすが》しく微笑んでいる。

「あっ……」

思わず声を出してしまったのは、その写真の眉間《みけん》に黒の一点があったからだ。でも〝肉〟を消して自ら描いた間抜けな黒丸ではなくて、それは針で刺したほどの小さな穴だった。ひどく痛々しく思えて、つい、枇杷は指先でそこを撫《な》でてしまう。大丈夫か。痛くないか。苦しくないか。つらくないか。

「姉ちゃんの部屋のコルクボードに、メモとかクーポンとかと一緒にして、適当にぶってピン止めされてたんだ。自分の顔でも平気で刺しちゃうとか、もうほんと姉ちゃんらしいっていうかなんつーか……それがこの世に残ってる、多分最後のちゃんとした姉ちゃんの姿だと思う」

「そうか……うん、そうだね、きっと」

そして、枇杷の記憶に残っている、朝野の最後の姿でもある気がした。ピンの跡は、あの日の黒い印と奇妙なほどにぴったり同じ位置についている。

あの日のファミレスで、あんなふうに笑いあったのが、枇杷が見た最後の朝野になった。

あれっきり、まさか本当に消えてしまうなんて、思ってもみなかった。

「遺影はパパの強い推しで成人式の時の写真になったんだけどさ。フィルムかデータさえあれば、こっちでもよかったかもしれないよね。あれ、メイク濃すぎだもん。振袖も黒に銀色ギラギラだし、若干演歌歌手入ってる」

「あれが演歌歌手なら、私なんか……なんだろ、幼虫じゃね。毒蛾《どくが》かなんかの」

「枇杷ちゃんは超かわいかったってば。振袖もフレッシュな黄緑でさ。この写真は、就職活動用のだよね。なんかすごい、女子アナとか目指す人が殺到する有名な写真館でわざわざ撮ってたヤツの余りだと思う」

「なにそれ、写真館なんて初めて聞いた。……なんだよあいつ、就活なんてただの儀式だし〜へへん、って涼しい顔してたくせに、結構気合い入れてたんじゃん」

「はは、姉ちゃんってそういう人です。かっこつけなんだわ。んで、これ、よかったら持っていってくれる？」

「私にくれるの？」

うん。と頷いて、

「枇杷ちゃんに持っていてほしい」

はっきりした声でそう言うなり、突然夕香ちゃんはなんの前触れもなく、目からたくさんの涙を溢《こぼ》した。表情も変えず、声も立てず、ただ息を吐くように。

枇杷はバッグから財布を出し、受け取った写真を、その場で大事に札入れにしまった。飾るんじゃなくて、ずっと持ってる。私は朝野とずっと一緒にい続ける。自分なりに、そんな気持ちを示したつもりだった。

「サンキュー！」

涙も拭《ふ》かずに、夕香ちゃんはくるりと綺麗なターンで身を翻《ひるがえ》した。朝野の両親たちのところへ、スカートを揺らして駆けていく。顔はあまり似ていないのに、姉妹の走り方はそっくりだった。

その時ふと、枇杷は自分の方を見ている男の視線に気がついた。

背が高い、地味な印象の、どこか眠たげな腫《は》れぼったい目をした若い男が、いつからか、少し離れたところに佇《たたず》んで枇杷のことをじっと見ていたのだ。駆けていった夕香ちゃんの背中にも、ちらちらと落ち着かない様子で目を遣《や》っている。

なんだあいつ、と枇杷は思った。

謎《なぞ》の男と枇杷の間を、そのとき同年代の男女のグループが横切って行く。そのうちの一人が、「あそこにいるの、昴か？」と、妙に冷たい声で呟くのが聞こえた。謎の男はびくっと肩を揺らし、やがて項垂《うなだ》れ、そのまま静かに踵《きびす》を返す。立ち去っていく。グループの面々は明らかにそいつの方を見ながら「なにしに来たんだ」「てか、よく来られたな」「朝野には会わせたくない」と、低い声音で言い交していた。

それで枇杷にもだいたいわかった。

今のが、昴なんだ。

紹介するよ、一緒にご飯食べようよ、枇杷と昴を会わせてみたい、と朝野に何度も言われていたが、断り続けてきたから、実際に姿を見るのは初めてだった。

（……葬儀には、来るんだ。復縁はしなくても……）

無意識に、逃げるように歩き去った黒いスーツの後ろ姿を追いかけようとしていた。

（ていうか……ていうかそもそも、そもそもおまえが……！）

ほとんど走り出しかけた足が不意に止まったのは、サイズが少し小さかったハイヒールの爪先《つまさき》が痛んだせいだった。

でも、止まってよかった。止まってよかったんだ。そう思いながら、なぜか震える拳を強く握りしめた。だって、追いかけて、そして自分はどうするつもりだったんだろう。自分は一体、昴の背中に、どんな言葉を浴びせようとしていたんだろう。

おまえが朝野を、だから朝野は——とか？

本当は、そんなふうに考えているのか、自分は。

ぞっとして立ち竦む。それは、考えてはいけないことだ。絶対に、その道筋を突き詰めようとしてはいけない。それは考えない。考えない、と、強く思う。考えたくない。

朝野がどうしてこうなったかは、自分にはわからないのだ。わからないのだから、そのままにしておくしかない。

八月十七日に、清瀬朝野は、一人で伊豆の海辺に倒れていた。

それがすべてだ。考えていいのは、ただそれだけだ。そこからは絶対に、逸《そ》れてはいけない。さもなければ、考えたくないことを考えてしまうことになる。

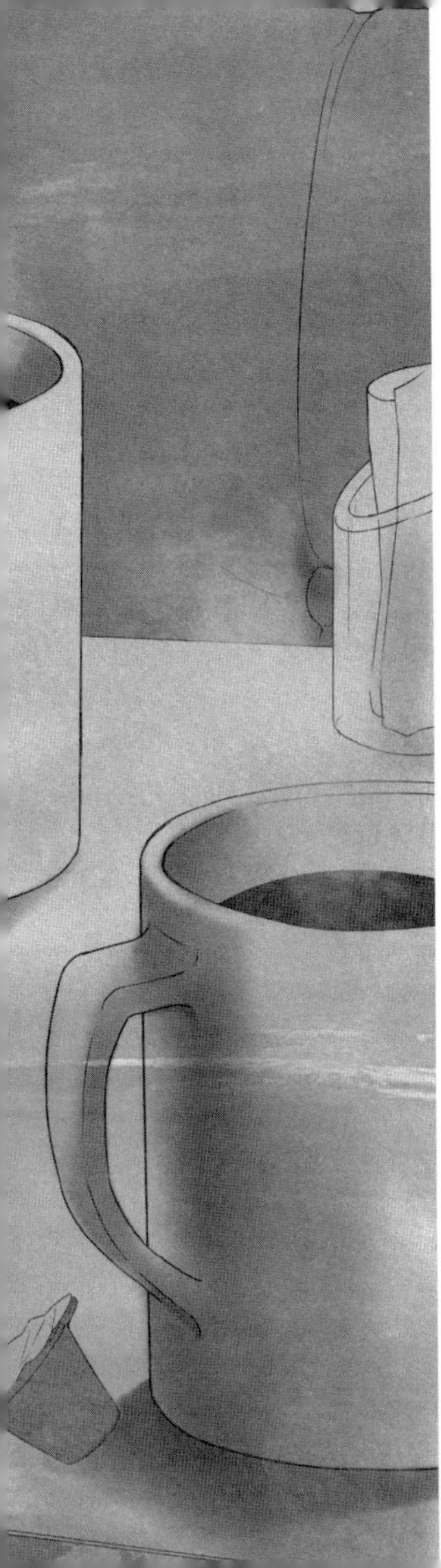

4

枇杷は、変態こと朝野の元彼氏・昴を、公開処刑することに決めた。

箸《はし》を突き付けられて、写真は返すから、ちょうど今も持っているから、と昴は言った。四月の犯行を後悔していて、ずっと返さないといけないと思っていたとも言った。

清瀬家の跡地からほんの数分のところに大きな公園があって、コインロッカーが設置されている。昴はそこに手荷物を入れて、公衆トイレでわざわざセーラー服に着替えて、今回も前回も変態行為に及んでいたという。

コインロッカーまでは、二人とも無言のまま歩いた。枇杷は昴のやや後ろを歩き、昴は何度か所在なさげに枇杷の方を振り返った。そのたびに箸で力いっぱい背中や尻《しり》を突き刺して先を歩かせ、枇杷は二度とその箸を使わないことを自分に誓った。道すがら、ランナーやこの付近の住民らしき人々と何度かすれ違ったが、誰にもなにも声をかけられることはなかった。

荷物を取り出させ、

「……絶対に逃げないから。着替えだけさせてくれないか？　頼む。着替えはこのバッグの中にあるんだ。トイレで着替えてすぐ出てくるし、その後はどこにでもついていくから。どんな要求にも従うから」

「お断りだ」

「……俺、一応勤め人で……こんな恰好《かっこう》で堂々とうろついたら社会的生命に問題が生じかねないんだけど」

「その分別を投げ捨てたのは誰だろう」

「……俺……」

「そうだよね。おまえ自身だよね」

「……」

　人質がわりに財布や携帯の入ったバッグを奪い、気持ち悪い女装のままの昴を連行したのは、いつものお馴染《なじ》みのファミレスだった。変態と話をするならば、二人きりではいやだった。人目のあるところが安全だと思えた。

　照明が煌々《こうこう》とついた明るい店内に入ると、

「いらっしゃ……」

　すでに顔なじみになっている若い男の店員が、あまりにもわかりやすく絶句する。乱れたカツラにセーラー服の昴を見て驚いたらしい。そりゃそうだ、と枇杷も思う。夜道の暗がりで見てもきついのだ。この眩《まぶ》しさの下で出会ってしまった皆様には、さぞかし衝撃的だろう。絶句するほど気持ち悪いだろう。

「すいません」

枇杷は心から謝った。こんな変なもん店に連れ込んで、すいません。本気で申し訳ない。

「今日はこの通り、二人です」

「……いま、せ……」

「本当に、二人です」

数秒の沈黙。

もしかして入店を断られるのだろうか。だとしてもこっちにはこんな変態だし、文句は言えない。しかし店員はややあって、枇杷の不安を払拭《ふっしょく》するような軽やかさで身を翻《ひるがえ》した。笑顔を作り直してレジカウンターからメニューを手に取り、

「禁煙でよろしいですか。こちらにどうぞ！」

何事もなかったかのように、普通に席まで案内してくれる。しかしその道中、存分に他の客からの視線を浴びる。見世物じゃないんだよ、っていうか、見世物なのか。

ぎょっとしたように昴をガン見する者。連れの肩を叩《たた》いて指さし、笑う者。冷たく一《いち》瞥《べつ》だけして、あとは関わりたくないとばかりに自分の世界に戻る者。枇杷をじろじろ見

る者もいた。もしかして「変態一行」とひとくくりに思われているのだろうか。自分はあくまでも連行している側なのだが。

ふと気になって自分の姿を見下ろせば、眼光鋭いコアラTシャツ。高校時代のジャージ。そして便サン。首にはタオル。手には箸（と変態のバッグ）。当然すっぴん。髪もくしゃくしゃ。いつもは別にこれでいいや、と通しているスタイルだが、いきなりちょっと不安になって、長い前髪をさりげなくかき上げてみる。

……え、私は、おかしくないよね？　だらしないというのはあるかもだけど、でも見るから明らかに異常なこいつとははっきり別次元だよね？　一応これでも就活が始まるまではバレエも続けていたし、体重の管理も厳格にしていた。あれからレッスンはやめたままだが、見た感じほとんど変化はしてないはず……え？　私は大丈夫だよね？　客観的に、こいつとは全然違うよね？　違うでしょ？　そんなの見りゃわかるでしょ？

なんとなく振り返って、枇杷は自分が連れている奴《やつ》の変態ぶりを再確認しようとした。違いっぷりをちゃんと見て、「まともな自分」を改めて確認したかったのだが。

「……なに姑息《こそく》な真似《まね》してんだよ！」

見てしまったこの一秒を、全力で夜空の彼方《かなた》に投擲《とうてき》したくなる。落下地点が地雷原で爆発すればなお幸いだ。木端微塵《こっぱみじん》に吹き飛んでもらいたい、とことんピュアな嫌さだった。

「あ、ばれました……？」

昴はカツラを外してくるりと丸め、ファーのバッグみたいに小脇《こわき》に抱え、必死にセーラー服の襟を内側に折り込んでごわごわに膨らんだVネックみたいにし、スカートも股《また》の間に挟みこんで、どうにか袴《はかま》のようなものに見せかけようとしていた。もちろん無理だ。ばかか。どう見てもセーラー服だ。そんなことで変態度を抑制することなどできるわけもないし、むしろ見てありありとわかる変態ぶりに、挙動不審要素もましましでプラスされている。

「どんだけだよおまえ……」

本当に、変態の風上にも置けない奴だった。変態としてのスケールが小さい。いっそこの状況を、おギンおギンもののご褒美として喜べるほどの変態であったならまだ見どころもあったものを。そもそも変態であるだけで嫌なのに、さらにそのカテゴリーの中でも卑しい低劣な身分だなんて。なんなのこいつは、と思う。心底、しみじみ、気持ち悪い。

「謝れよ……謝れ。同じ時代に生まれてしまったすべての生命に謝れ。おまえを目撃したあらゆる存在に謝れ。地球に謝れ。宇宙に謝れ。ていうかとりあえずおまえの親はすごく気の毒だ！」

「……一番痛いところを、こんなにもピンポイントで……？」

テーブル席に座りながら、枇杷はつい両手を宙に差し出して左手の小指と薬指、そして右手の中指をぷるぷる震わせてしまう。

「……しかも俺のことを、強制終了している……？」

よくわかったな、エアCtrl＋Alt＋Delが。

枇杷たちを先導していた同年代だろう店員は、素知らぬ様子でテーブルへメニューを置く。が、

「すぐにお冷とおしぼりお持ちします。……あのー、」

立ち去りかけてふと踏み止《とど》まり、振り返る。にこっ、といきなり、バイトの仮面を脱ぐ。そして、

「よかったっすね」

妙に懐《なつ》こく目を細めて、顎《あご》をしゃくるようにして枇杷に笑いかけてきた。

「は？」

「お友達。……ついに、来たんすね」

小さく囁《ささや》かれたそんな言葉を数秒考えて、意味が通じた。

通じたが、ちょっと待て。

「……はあ⁉」

――お友達、だと？　こいつ、なんかと⁉

頭を思わずかきむしりたくなる。かゆいのは頭皮じゃない、脳だ。ていうか意識そのものだ。冗談じゃない。あり得ない。

しかしこれは自業自得ではあった。とっくに去っていった店員に訂正も入れられず、枇杷はボックス席に座ったまま、一人ひそかに悶絶《もんぜつ》する。

朝野が亡《な》くなって以来、枇杷はこの店に一人で来るたびに「友達が後から来ます」と言い続けていたのだ。「だから二人です」と。何度も何度も、一人客ではないふりをしていた。もちろん誰も来るわけはないから、会計の時には毎度気まずい思いをすることになるのだが、それでもやめられなかった。

我ながら意味のわからない、それはおまじないみたいなものだったのだ。というか、ただの現実逃避か。

友達はいる、これから来る、そう言い続けてそう振る舞っていれば、そういう気分に本当になれた。朝野は二度と現れないというこの現実から、一時だけでも逃れられるような気がした。本当に自分は朝野と待ち合わせして、遅れてくるあいつを待っているように考えることができた。「枇杷、お待たせ」と、現れてくれるような気がした。去年までは当たり前だった日々のように。

枇杷の事情など知る由《よし》もないお店の人々には、きっとこれまでさぞかし変な客だと思われていたことだろう。あだ名だってついているかもしれない。「一人上手」とか「ジャージぼっち」とか「妄想健康法」とか、好き勝手に呼ばれているかもしれない。もしかしたら今頃、バイトたちの間に一大センセーションが巻き起こっている可能性もある。『あの一人上手についに待ち合わせ相手が現れたぞ!』『後から来る友達は実在していたんだ!』『女装変態と待ち合わせしていたんだー!』『な、なんだってー!!』……想像するだに、最低だった。最悪だ。嫌すぎる。違いますからぁぁぁー! と喉《のど》が裂けるまで絶叫したかったが、水とおしぼりを運んできたのはさっきの店員とは別の女性店員だった。何も言えなかった。

「錦戸さん」

「……」

「さっきの、よかったですね、ってどういう意味なんだろう?」

「……うるさい」

枇杷は思わず、頭を抱える。テーブルの向かいから身を乗り出して親しげにヒソヒソ、なんてやめろ。端からは本当に友達同士みたいに見えてしまうではないか。

「あれってもしかして俺のことなのか? でも」

「……うるさいから」

「俺この店に来るの初めてなのに、一体」

「ちょっとだまっとけうんカス」

「うんカス……？　え？　うんこの、カス……？」

昴に説明する気にはなれなくて（うんカスの意味を、ではなく）、枇杷はそのましばし目を閉じる。こんな奴と結局御一行様で括《くく》られているという、この屈辱。

でも、どうしてもこいつとはきちんと話をつける必要があった。写真さえ取り返したら後は警察へ、では、済ませることができなかった。

「……ねえ、あのね、おまえという変態に一つ訊《き》きたいんだけど」

「……はい」

「どうすればいいんだろうか」

「なにを」

「おまえをこの世界から抹殺するには、私はどうすればいいんだろうか」

「……それは、俺に対する殺害予告と受け止めていいのかな……？」

「うん」

こくり、と深く頷《うなず》きながら、枇杷は真剣だった。

殺害予告というのは、感情的にはほぼそんな感じではあったが、表現としては少し違う。より正確に、ちゃんと言葉にするならば、「なぜか知らぬ間に繋《つな》がっていたこの変態強盗と自分との関係を、完全に消去する方法が知りたい」のだ。「私の世界」から、こいつの存在を消し去りたい。ついでに「こいつの世界」からも消え去りたい。

枇杷が変態を見て昴だとわかったのは、去年の朝野の告別式で、姿を見ていたからだった。それほどはっきり、じっくりと顔を確かめたわけではなかったが、昴の背の高さと体格の良さ、一重目蓋《まぶた》の目元は、妙に印象的だった。しかし、昴が自分のことを知っていた理由はわからない。知られていたくはなかった。

「なんでおまえが、私のことを知ってるわけ？」

こいつは変態だし、という理由以上に、こいつが昴だから。だから、とにかくシンプルに、関わりたくなかった。

「もしかして、あの四月の強盗も、私だってわかっててやったの？」

頷くのは、イエス、の意味だろう。

「本当に、悪かった」

「……意味がわからない。なんなの？　どうして？　なにからなにまで、まじで全然わからない」

「どうかしてた」

「してた、じゃないよ。してる、でしょ。見るからに」

「とにかく、写真は返す。ちょっとバッグを取ってもらっていいですか」

バッグを渡すと中からスマホを取り出し、ケースの隙間《すきま》から、昴は枇杷から奪った朝野の写真を抜き取った。

「……あんなことをしてしまって、本当にすいませんでした」

頭を下げながら手渡されたのは、確かにあの夜に奪われた朝野の写真だった。眉間《みけん》に黒い印をつけた、最後の日の朝野だ。

受け取って、枇杷は壁の時計を見た。まだ十時をすこし回ったところで、日付は八月十七日のままだった。

「よかった……」

深く一つ息をついて、そのままぐにゃりと背を丸める。どうにか今日中に取り返すことができた。今年の今日は、一緒にいることができた。

あの日と同じに見える朝野の笑顔を、考えてみればあの日と同じ場所で、枇杷はしばしじっと見つめる。澄まして朝野は笑っている。

あれが最後だとわかっていれば、もっとなにかできたはずだった。きっと、こんなふうにはならないですんだ。できればもう一度、やり直したかった。もしもどこにでもいけるのなら、他のどこでもない、いつでもない、枇杷が選ぶのはあの日だ。朝野と最後に会った、黒い印のあの日だけだ。

あの日に帰りたかった。

なんでもするから、もう一度笑ってほしい。消えていく朝野を、呼び戻したい。そうしたら、そうできたなら——

「……朝野……！」

そのまま目を閉じ、祈るように自分の眉間に、写真を強く押し付ける。とにかく手元には戻ってきた。それについては本当によかった。今年の今日は、どうしても一緒にいたかった。

去年のように、朝野を一人にはしておきたくなかったのだ。もう二度と、朝野と別れたくない。朝野の手を離したくない。どこにも行かせたくない。

「……ごめん。また、あんたと離れ離れになっちゃうところだったよ……」

変態の前だというのに、それにここはファミレスだというのに、ぼろっと涙が零《こぼ》れてしまう。

さっき散々泣いたせいで、涙腺《るいせん》が緩んでいるのかもしれない。首かけタオルは我ながらやばいほどダサいが、でもやっぱり便利だ。こんな時にもさっと拭《ぬぐ》って、泣いた目元を隠すことができる。

「錦戸さん」

「……」

「土下座しても、いいですか」

「……」

無言のままでテーブルに放り出してあった箸をむんずと握り直す。尖端《せんたん》を向けるまでもなく、意志は通じたようだった。土下座はされずにすんだ。

「……本当に、心から、お詫《わ》びします。申し訳ありませんでした」

昴はシートに座ったままで顔拓しようとする人のように頭を下げ、ぐしゃぐしゃになって汗にまみれた伸びかけの髪を何度もかきあげる。その指がずっと激しく震えていることに、枇杷はいまさらのように気が付いた。

「あんなことして……夜道で襲うとか、自分でも信じられない。最低なことをしてしまったって思ってます。本気で後悔してます。あの後すぐから、ずっと、後悔してた。転ばせたりして……ケガとかさせてたらどうしようって。錦戸さん、ものすごく怖がってたなとか……写真、探してるだろうな、とか」

色を失《な》くした唇を噛《か》んで、深く俯《うつむ》く。その姿は、一応演技には見えなかった。きっと本心を話しているのだろうと枇杷には思えた。もしもこれが演技なら、むしろ騙《だま》される価値があるぐらいにはうまかった。

「……ケガは、してないよ。警察には行ったけど」

「ごめん。俺のことなんか、永遠に許してくれなくていいです」

「……あんたって、なんなの？」

湿ってしまった首のタオルを外して脇に置き、改めて昴を眺めた。顔色を蒼白《そうはく》にした、哀《かな》しい変態男。朝野があれほど復縁を願ってやまなかった、元彼氏。

こいつが。

「つまり、要するに、女装強盗の常習犯なの？　答えによっては改めて通報するけど」

「違う。本当にそれは違う。あんなことをしたのは、あの時が最初で最後だ。俺はただ……なんていうか、錦戸さんをずっと狙《ねら》っていたんだ」

答えを聞くなり、全身を悪寒《おかん》が駆け抜けた。耳に心地よい答えなど最初から期待はしていなかったが、それにしても。

「あれ……うっわ……超こえー……ぞくってした、今……」

「いや。狙ってたっていうか。……朝野の、あの時。見てたんだ。斎場で妹さんから写真を受け取ったところ。俺もあの写真欲しい！　って思って、だめならせめて見たい、一目でいいから、って……妹さんに、枇杷ちゃん、って呼ばれてただろ？　それで、あ、あれが朝野がよく言ってた『地元の親友の枇杷』だってわかった。でも俺、とても名乗り出たりする勇気がなくて……それで、あの日の帰り道にずっと後をつけたんだ」

「……まじかよ……」

つま先から脳天へ駆け昇っていった悪寒が、同じルートの復路を辿る。

「ごめん。というわけで、錦戸さんの家、知ってます」

「……漏れそうなんですけど……」

見た目だけでもこのインパクトなのに、実際には見た目よりももっとさらにやばい奴だったなんて。この男のポテンシャルを、低く見積もっていたかもしれない。ずっと自分を狙っていた変態よりは、偶然運悪く出会ってしまった行きずりの変態の方がまだマシだった。

「それから何度か、錦戸さんの家の近くまで行ったんだ。本当だったら、錦戸さんに普通に声をかけて、ちゃんと名乗って、あの写真をどうか俺にも見せてもらえないでしょうか、って言いたかった。でもどうしてもできなくて……俺はどう思われてるんだろう、とか考え始めたら、やっぱ……。そんなこんなのうちに、朝野の家族は引っ越しちゃって、家も取り壊されてなくなって、もうどうしていいかわからなかった。俺の前から、朝野の痕跡《こんせき》が完全に消えてしまうんだって思ったら、どうにかなりそうだった。日を追うごとに薄れていくみたいで、どんどん追い詰められてった。それで、ついにあの日、一人でぼーっとチャリこいでる錦戸さんを見てて……ああ、これ、今、って。チャンスかも、って。……写真を手に入れるなら、今しかない、と……」

「……頭、おかしくなりすぎじゃねえ……？」

「ですよね。うん。おかしくなりすぎた……。俺のしたことは、もう言い訳のしようがないって思ってる」

「……その恰好は、じゃあ……特殊な性癖っていうわけじゃなくて、私に正体を隠すための変装のつもりで？」

「いや、どちらかというとこれは性癖。っていうか、もっとこう、なんていうか……そう。運命？　に近いかな」

ごくり、と昴を見ながら枇杷は息を飲んだ。これ以上、まだ恐ろしい告白が続くのだろうか。朝野……なんでこんな奴と何年も付き合った……いや、まじで。一体どうして。この男のどこがよくて。

「ていうか錦戸さんが俺の顔を知ってるとは思ってなかったし」

「……私は、斎場でおまえを見かけたから。おまえが私を見たのと同じタイミングで、私もあんたの顔を見た。あんたを見て、昴だ、って言ってる人たちがいた」

「なるほど、そうか。……そうだ、とりあえず、なにか注文しないとお店に悪いような。あっ、すいませーん！」

「ボタン押せよ！」

メニューは見ずに、ドリンクバーを二人分頼む。昴をこの席から解き放つのは恐らく店にとっても客にとっても迷惑だろうから、枇杷が飲み物を持ってくることにする。

適当に飲みたくもないコーヒーを二つ、両手に持って席に戻ると、昴は枇杷の箸をいじっていた。箸は捨てて帰ろうと即決める。

「錦戸さんの荷物ってこれだけなのか」

「……事情があるんだよ。言っとくけど、私、財布もないからね。ここは全部おまえの支払だから」

「そんなのもちろん。なんでも頼んで下さいよ。いくらでも好きなもの食べてくれ。ここは俺のおごりだ」

「……そう言われるとなんかいきなり汚《けが》らわしいな、このコーヒー……」

「しかし財布持たないで箸だけとか、錦戸さんは結構変わってるな」

「!?」

コーヒーに口をつける気が失《う》せていてよかった。衝撃のあまりに吹き出していたかもしれない。くらくらと目にくる。変わってる、だと？　おまえが、私に、それを言うのか？

「……いやあ……おまえにはかなわないよ……？」

「ていうか、かなり不用心だと思う」

「うん、強盗犯にそう言われると、ほんと説得力あるよね……」

「錦戸さん、結構夜中に自分ちの近所うろついてただろ？」

「うん……おまえをどうにか捕まえようとしてね……」

「恩を売るわけじゃないけど、俺はこのところ何度か錦戸さんの後をつけてて、変な奴を見かけた」

「……おまえが変態一等賞だと信じてる……」

「いや、笑いごとじゃないから！　痴漢みたいな奴とかもいて、俺があえて姿を見せて追い払ったりしたのも一度や二度じゃないし。あんな時間にふらふらして、いつも危なっかしいな～って思ってた」

「……笑いごとになんかした覚えは全然ないけど……ていうか、写真を奪った後も私の後をつけてたんだ……へえー……。……な、なんで？」

「本当に後悔してたから。写真を返さないと、って思って、その機会を窺《うかが》ってた。あとやっぱり、錦戸さんの危なっかしさを見てたら、ちょっと放っておけないっていうのもあったし」

「全然放っておいてくれてよかったんだけど……いや、ていうか、じゃあなんでさっき逃げたわけ？　相当本気で走ってたじゃん」

「いざ見つかってしまうと、錦戸さんの勢いが怖くて、つい」

「……それはそれは……おまえに怖がられるとは光栄っていうかなんていうか……」

「いや、ちょっと待って。言い間違えた。訂正させて下さい。勢いっていうより、錦戸さんが泣いてる姿見たら、自分がしでかしたことの大きさに改めて恐ろしくなったっていうのが正確なところ」

「……今までおまえに気づけなかった私もたいがいだけど、どうしておまえは逮捕されなかったんだろうね。お巡《まわ》りさんに、あれほどセーラー服の変態を捕まえてくれって言っておいたのに」

「あの日以来、この恰好してなかったからかな。今日はやっぱり特別な日だしと思って着たけど……うん、身が引き締まる！」

「……」

黙ってしまったら負けだと思って、これまで懸命に言葉を返し続けてきた。

が、もう限界だと枇杷は思った。

ドン引き、なんて言葉では足りない。今、自分が辿《たど》り着いた境地は、言うなればゴン引き。鬼ゴン引き。後ろ向きにこのまま射出されて、地球を一周回ってまたこの席に戻ってきてしまい、さらにもう一周おかわりの旅に出る、ぐらいの激しさで、こいつに対してぐるんぐるん引いている。

「ところで、この恰好について、説明してもいいですか？」

「……いやだ。なんかもう本気で限界だから、これ以上おまえについての情報を脳に取り入れたくない……」

「これはただの女装ではない」

「だから、限界って言ってるじゃん⁉」

「コスプレだ。なんのコスプレかわかるか？　言っていいですか？」

「いいですか、とか言いながら、もう絶対言う目をしてんじゃん⁉」

昴はちょっと辺りを見回し、改めてそっとカツラを被《かぶ》り直して、嘘《うそ》くさい黒い人工毛をぱさっと払う。

「これは朝野のコスプレだ！」

「……解散！」

「いや、集合！」

「撤収ー！」

「錦戸さん」

「お疲れー！」

「ちゃんと見てくれ。これ。ほら、目を開けて。これ。ね？　朝野のコスプレ」

「いーやーだー！　怖いー！　そういうの私まじ無理だから！　ごめんもう無理！　負けでいい！」

「高校の時、うちの女子はセーラー服だったからそのイメージで。カツラは自分で前髪を切った」

「私帰る！」

もう付き合いきれなかった。感想すら抱きたくない。全部忘れて、なかったことにしたい。家に帰って寝て終わりにしたい。そうしなければ耐えられない。勢いつけて立ち上がろうとして、しかしはたと思い出す。帰れる家などないではないか。追い出されたのだ、自分は。帰る場所などもうどこにもない。

どうしようもなくて、枇杷は呆然《ぼうぜん》としながらも、すとんと席に尻を再び落とした。そうする他になにもできなかった。店を出たって行き場などない。なにしろ財布もないのだ。変態が押しつけがましく語るテーブルにしか、今はいられる場所がなかった。一体どうしてこんなことに。誰が悪い？　チェリーか、やっぱり。どうしてやろうかあの兄嫁。兄だってひどい。父親も母親も、絶対に許せない。こんなのあんまりではないか。一体どうして娘の自分が追い出されなくてはいけない。こんな理不尽が許されていいのか。改めてふつふつと腹が立ち、

「……あああっ、もう！」

枇杷はぐしゃぐしゃと髪をかき回す。

「なんなんだよ！　どいつもこいつも……勝手なことばっかしやがって！　意味わかんねー！　わけわかんねー！」

蘇《よみがえ》ってきた怒りと、目の前に聳《そび》える変態と。どっちも重い。どっちにも枇杷は耐えられない。試しに秤《はかり》にかけてみれば、秤ごとへし折れてぶっ壊れるに違いない。そんなもんを抱えさせられ、今や重みで足が埋まりそうだ。地面に膝《ひざ》ぐらいまでめり込んでいく。

「落ちついてくれ錦戸さん。ひとまず俺の話を聞いてほしい。コスプレ、というのは実はかなり控えめな言い方で、実際のところ、今はもはや、」

妙にきりり、と顔を引き締め、昴は言った。

「俺が朝野だ！」

「ひぃぃぃぃぃー……」

ゴン、と鈍い音がした。

哀しい悲鳴を上げながら前のめりに突っ伏した自分の額がテーブルに打ち付けられた音だということに枇杷が気づいたのは、しばらく経《た》ってからだった。その間、変態はずっと熱く語り続けていた。

「そもそも俺と朝野が出会ったのは、高校に入学してしばらく経ったとある日の朝だった。遅刻寸前でバスを降りた俺は――」

＊＊＊

遅刻寸前でバスを降りた俺は、どこにでもいる平凡な高校一年生だ！

そう、あの日までの俺は、退屈な毎日をただなんとなく生きているだけの、要するにつまんない奴だった。

（やばいっ、遅刻遅刻ー！　親たちが旅行で出かけている時に限って目覚まし時計が壊れるなんて、まったくついてない朝だぜっ！）

ところが、ダッシュで校門に駆け込もうとしたその刹那《せつな》。突如怪しい詠唱が響き渡って、辺りは闇《やみ》に包まれた。

こ、これは一体なんなんだ!? くっ、なにも見えない……なにが起こっているのか俺にはさっぱり理解できねーぞ!?

腰が抜けかけたそのとき、一筋の光が眩《まばゆ》い矢の如《ごと》く闇の空から降り注ぎ、俺の目の前に突き立った! 光の中に突如舞い降りるように現れたのは——って、うおっ!? あぶねえええっ!

どごぉ!

「あいたたた……って、ちょっとこれ、どうなってるの!? 嘘でしょ!? どうしてバトルフィールドにあんたみたいな一般人が紛れ込んでいるわけ!?」

「そ、そんなのこっちがききてーよ! これって一体どうなってんだ!?」

「くっ、仕方ない……! 説明は後よ! あんたはあたしの後ろに隠れてなさい!」

「ていうか……えっ、もしかして……」

このやたらと偉そうな口調の女は……清瀬朝野……だよな!? え!? マジかよおいっ!? 隣のクラスの超美少女で、テニス部のマドンナで、入学するなり注目の的になった、あの、清瀬朝野!? ていうかこれってどういう事態!? 現実なのか本当に!?

「ふっ、おいでなすった……! いいわ! 来なさい!」

闇の中からのっそりと、巨大な影が立ち上がる。おぞましい闇の中でもなお一際《ひときわ》黒い、それはとんでもなく混沌《こんとん》とした存在感を纏《まと》った敵だった。俺は震え上がったが、しかし清瀬朝野は怯《ひる》むことなくテニスラケットを構えた。片手には、聖なる力が込められたボール。俺を背にかばいながらもポーズを決めて、彼女は高らかに宣言を放つ！

「あなたの罪を——断じてあげる！」

……でも、ちょっと待ってくれ。

『あなた』ってのは、誰のことだよ？

＊＊＊

朝野は世界を救ってた、か。

不思議な敵と相対して戦っている朝野の姿を想像してみると、案外それは似合っているようにも思えて、

「……なくもない……って思えなくもないかも」

枇杷はいつしか、わずかながらも納得してしまいそうになっていた。

「だろ？　もうこれもんですよ！　スターンッ！　ドシュッドシュッ！　ドゥンッ！

うおおおぉぉぉ～！　ディラララッ、ドゥゥーンッ！　ティルルル……うぎゃああ～！　……って。そしてこう、ズッズゥゥーンッ！　トゥットルル……」

昴は枇杷の一メートルほど前方を歩いていきながら、まだ激しく身振り手振り、恐らくは「俺の考えたバトルの雰囲気！」を必死に表現しようとして、夜道をすれ違う人がみんな目を伏せるほどの荒々しさで思う存分とち狂っている。

背後からその姿を眺めながらしみじみ思う。

少なくとも、こいつに惚《ほ》れて、こいつと付き合って、こいつと破局して、こいつと復縁を願い続けていた、なんていう現実よりは、まだその方がずっと朝野らしい。人知れず戦って世界を救っていたのだ、などという戯言の方が、まだ納得できる。特別な奴だった朝野には、そういう特別な運命が似合う。

「……だが、朝野は負けてしまった。錦戸さんもご存じのとおり」

「存じてないんだけど」

「存じてくれ」

真夏の夜は湿気ていて、まるでぬるい水の中を泳いでいるような気分だった。溺《おぼ》れてしまわないように、闇の中、ひそかに必死に手足をばたつかせて前へと進む。自分も、そして恐らくは昴も。

「……朝野が消えてしまった今、世界のバランスは崩れつつあるんだ。とんでもなくやばい方へ向かっている。朝野は世界に必要だった。必要な存在、だった」

　街灯が白く照らし出す、人気の少ない住宅街。暗い道は静まり返って寂しいが、変態とともに歩いていると思えば一周回って安心だった。

「というわけで……朝野の後を継ぐ者がどうしても必要なんだ。だから、俺が朝野だ、っていう、話。でした」

　隙だらけの便所サンダルで、ミミズやその他の虫類を踏み潰《つぶ》すのはおぞましい。この暗がりでは足元を見ていても多分避けられないだろうから、いっそ見ないと決めて、枇杷はどんどん歩いていく。

「錦戸さんにも、これでわかってもらえただろうか」

「……いいからとっとと歩けよばか。ていうかいちいち振り返らないでいいから。顔が近いんだよ。そしてなんかやっぱ怖いんだよおまえ」

　夜の道を連れだって歩きながら、枇杷は薄々、自分がとんでもないところへ向かっているのを感じてはいた。しかし他に選べる道は思いつかなかった。今ならまだ、引き返すことはできるけれど。どうする。どうしよう。迷う間にも、どんどん事態は進行していく。足は前へ進んでいく。

「ま、別に、ばかにされたっていいけどね……。ただ、説明したかっただけです。錦戸さんに、俺という男のスタンスを」

「スタンスっていうか、女装の理由を、でしょ」

「女装とは言われたくない。俺は女を装《よそお》っているんじゃなくて、朝野になっているだけだから。さっきも言ったけど、錦戸さんのことだって、これまで陰ながら守ってきたし。だから俺が朝野の跡目を継ぐ権利は十分にあると自分でも思う」

「恩を売るつもりはないっていいながら、結構それ出してくるよな」

「一応揺るぎない事実なんで」

「でも、なにもあんな恰好しなくてもよくない？」

「気分が違うんですよやっぱり。見た目を似せることによって、よりぴったりと重なって溶け合って同一になっていく……俺はよりディープに朝野になっていく……」

「ていうか、そもそも別に似てないからね、あれ。あんたは朝野になりきってるつもりでも、見ているこっちからしたらただの下手な女装だからね」

「だから、女装じゃなくて……まあいいや。もう好きに言って下さいよ。なんとでも。俺は錦戸さんに対しては、人間としてのあらゆる権利を放棄したから」

「おう、さっすが。強盗犯の言葉には重みがあるよ。コクが違うわ」

ファミレスを出て、もう二十分以上も歩いてきてしまっただろうか。

蒸し暑い真夏の夜の道を随分遠くまでやって来て、あまり考えたくないことではあったが、昴の変態ぶりにもわずかながら慣れつつあった。店を出る前に着替えを許して、今は見た目だけは普通のナリになったというのもあるだろうが。

Tシャツにハーフパンツという、いかにもな独身男の部屋着スタイルになって、

「うち、あそこ」

昴は通りの向こうを指さす。その先のタイル張りの細長い建物が、昴が一人暮らしをしているマンションらしい。

「へー……変態強盗にしては生意気な住処《すみか》じゃん……」

「一階にコンビニ入ってるけど、寄る？」

「いい。ていうか……あれ？　そういえば、なんでおまえってこんなに近くに住んでんの？　つい言われるがままに後をついてきちゃったけど」

かつて朝野がぼやいていたことを、今になって思い出した。枇杷は立ち止まり、風呂《ふろ》上がりみたいにタオルをかけた首を傾《かし》げる。

確か、昴の家が結構遠くて遊びに行くのも大変だ、とか、朝野は言っていなかったか。いっそ一緒に住みたいけど親は絶対許してくれない、とか。もっと近くで一人暮らし始めてくれたら最高なんだけど、とか。

「地元は俺、そこそこ遠いよ。しんゆり」

「そう、それだ。新百合ヶ丘」

「こっちに越してきたのは去年の秋ぐらいなんで。四月から職場が池袋になったし、ち

ょうどよかった」

「ふーん……」

秋か。じゃあもう、朝野は……。もっと早くそうなっていたら喜んだだろうな、とか枇杷が考えたのが、昴にはなぜか通じたようだった。

「秋に引っ越してきたのは、たまたま、とかじゃないから。朝野が『もっと近くに部屋借りてくれればいいのに』って言ってたから、ここに住むことに決めたんです」

「……え、でも」

秋になってからじゃ遅いじゃん、と考えたのも、通じた。

「うん。遅いのはもちろんわかってるけど。でも、そうした」

枇杷は、釈然としなかった。そんなことまでするなら、じゃあなんで——というのは、通じなかったらしい。

昴はなにも言わずに、車の流れが途切れるのを見渡して、そのままスタスタと歩いて通りを渡っていく。その後を枇杷は小走りについていきながら、なんとなく今の自分の無力っぽさが腹立たしくもなる。

エアコンでひんやりとするオートロックのエントランスに入って、昴は鍵《かぎ》をかけていない郵便受けを開けた。封筒を選《よ》り分けてチラシを捨て、エレベーターのボタンを押す。

エレベーターを待っている間も、乗り込んでからも、気詰まりなのは予想通りだった。

遅くなったから家まで送る、と昴に言われて、今は帰れない事情があることを、詳細は省きつつも、流れで話してしまったのだ。

そうしたら昴は「錦戸さんが嫌じゃなければうちに来る？　一人暮らしだし」と誘ってきた。即答で「いやだ！」とは返したものの、じゃあどうしよう、と考えれば考えるほど、他に行き場は見つけられなかった。いっそ昴に金を借りてどこかで夜明かし、とも思ったが、金を借りるぐらいの濃い関係を持ってしまうなら、泊まってしまうのも同じことのような気がした。それって間違っている……だろうか。かもしれない。結果はまだわからない。

一人暮らしの男の部屋。それも自分をかつて襲撃した変態強盗の部屋。

もちろん抵抗がないわけはなかった。しかし、かりにもあの朝野と何年にも渡って交際をしてきた男なのだから、世間一般に言われるような危険はないような気がしたのだ。二人っきりで部屋に上がっても、きっと襲われるようなことはない、と――考えてみて我に返る。なにいってんだ、自分。三か月前に一度襲われているではないか。そんな奴にほいほいついてきてしまうなんて、相当焼きが回っている。

そして、こいつ。こいつ、なんなんだ。なんで部屋に誘ったりするんだ。

「……おまえは、やっぱ、なんなんだろう」

枇杷の問いに振り返る、無防備としか表現のしようのない、どこかくたびれた若い男の顔。

「え。なんなんだろう、と言われても」

六階でエレベーターを降りて、外廊下を歩き、昴はドアの一つの前に立ち止まる。

「まあ、二代目清瀬朝野だって思っててくれれば間違いはない、かな。カギ、カギ……あれ、どこだ……」

間違ってるだろ思いっきり、と枇杷はその後頭部をどつきたくなるが、攻撃衝動はぐっとこらえる。なんだかんだ言いながら、結局変態は変態だ。いらない刺激はしない方がいいだろう。腕っぷしではまともには敵《かな》わないのだし。それにそうだ、こいつには異様に痛い、謎《なぞ》の技があるのだ。

「……ねえ、あの指圧みたいなヤツってなんなの？　めっちゃ痛かったんだけど」

「あれは指圧です」

「は？　指圧みたいな、と思ってたら、ほんとに指圧なわけ？」

「おっと、あった。ご近所さんに響くので、ここではお静かに……」

昴はポケットからカギを摑《つか》み出し、ドアを開け、部屋の中へ入っていく。どうぞ、と言われて、枇杷も裸足《はだし》で上がり込む。玄関から廊下を進むと、フローリングのダイニングキッチンと、引き戸で繋がった和室が一部屋あった。

「……なんか、普通にまあまあいい部屋なんですけど」

一人で住むなら十分すぎるほどの広さに思える。ダンボールがまだあちこちに残っていて、家具も少ないせいで殺風景ではあったが、不潔ではない。

「まあまあ給料もらってるから。さ、ご自由にくつろいで下さいよ。なにもおもてなしできないけど」

部屋の中は暑かった。昴がピッとエアコンをつけると、すぐに冷たい風が足元から吹き上がって、室内の空気を冷やし始める。

「……ちなみに仕事ってなにしてんの。おまえの私生活になぞビタ一興味はないんだけど、一応身元は確かめとく」

「マッサージ師。国家資格です、一応」

「へえ……それで指圧か。なるほど、じゃあおまえはそのプロの技を、犯罪行為に用いたわけだ。凶器にしたわけだ。ならもう確実に大成しないフラグが立ったじゃん。指圧の神様はきっとおまえを許さないだろうよ」

「……錦戸さんにそう言われると、俺にはもはや返す言葉がないけど」

「しかし国家資格ねえ。頭がいい奴はなんだかんだ、結局うまいことやってるんだな。小器用にダブルスクールとかしたんだ？　この変態め」

「いやいや、俺、大学は一年の時に退学してるから」

「え？」

「その後専門に三年通って、国試受かって、今年から仕事」

和室の壁際に背中をつけ、ずるずると体育座りになりながら、枇杷は「え、え、え」と間の抜けた声をさらに上げてしまった。

「退学って、そんなの初耳、っていうか……あれ。なんか、朝野に聞いてた話と随分違うぞ……」

昴は確か、朝野と同じ大学に通っていたのではなかったか。朝野は経済学部で、昴はなんたら工学とかそんな感じの、小難しい理系の学部だったはず。眩いエリートカップルだなおい、とか、思った記憶がある。

「多分、朝野はそのこと、錦戸さんに言いたくなかったんだな。なにか飲み物とかどうすか」

「いらない」

「俺飲むから、欲しくなったら言って下さい。……うん、朝野は錦戸さんのこと大好きだったし、自分をよく見せたい、みたいなアレがあったんじゃないかな。付き合ってる男がフラフラ一年で大学辞めちゃうとか、かっこ悪い、とか思ったんだろうね。そんなのださーい、枇杷には言えなーい、みたいな」

キッチンに立って、昴は手を洗う。電気ケトルに水をドボドボ入れる。その立ち姿を眺めながら、そういえば手洗いもうがいもしていないな、と枇杷は思うが。

「俺としてはフラフラとかじゃなくて、かなり色々、真面目《まじめ》に将来のこととか、適性とか、手に職つけて若いうちに独立したいとか、親とも相談した上でそうしたんだけどね。受験の時には偏差値しか目に入ってなくて、実際に入学してから選択を誤ったことに気が付いて。でも朝野は反対してきた。専門学校の授業ってハードらしいし、根性なしの俺に卒業できるわけない、そんなのうまくいくわけないって。……今考えると、多分そのあたりから朝野と俺の関係は微妙な感じになり始めたんだと思う。いろいろ言われてるうちに、俺も普通に『はあ？』みたいな気持ちになっていったし……ていうか」

マグカップにティーバッグを放り込み、沸いたお湯を注ぎ、

「夏なのに、暑いのに、なんで俺は熱いお茶なんか飲もうとしているんだろう？」

訊《たず》ねられても、枇杷の方が困る。

「さあ……」

「すいません」

「……謝られてもな」

「俺、やっぱり微妙に緊張してるっぽい。錦戸さんがここにいるという状況に。すっげえ喉《のど》乾いてるのに、熱くてこんなもん飲めませんよ」

「置いとけば。その辺に」

昴は一つ頷き、湯気をもうもうと立てているマグカップをカウンターに置いた。冷蔵

庫から水のペットボトルを二本取り出し、一本を枇杷に手渡し、一本をゴクゴクと飲み始める。視線は枇杷を見つめたままで。

特に水を欲してはいなかったが、もらってしまったし見られてもいるので、とりあえず蓋を開けた。ちょっと口をつけると、昴はそれで安心したみたいにキッチンの方へ戻っていく。

「……錦戸さんは、俺のことを、変態とか、強盗犯とかって責めるよな」

「うん。事実じゃん。粛々と受け止めとけ」

「……それ以外のことでは、責めないよな」

黙っていると、昴はリモコンでテレビをつけた。いつも家で見ているニュース番組が流れる。これを見終わる頃にはみんな寝静まるから、それからそっと抜け出して、写真を取り返すために町を彷徨《さまよ》っていたんだよな、と枇杷は思う。

写真は取り返したし、犯人の家に今はいるけれど、それでも世間は素知らぬ顔でいつも通りに進行している。そういえばこれまでも、世間が個人の都合を斟酌《しんしゃく》してくれたことなど、一瞬たりともなかったっけ。

「錦戸さん、俺に言いたいことあると思うけど」

「手を洗いたい。あと、あ、歯ブラシがない」

「……洗面所そっち。歯ブラシは買い置きしといた新しいのがあるはず」

「フロスは？」

「フロスって、歯の？　あー、そういうの使ったことなくて……必要なら下で買ってこようか？　コンビニにあるかな」

「ないならいい。そこまで本格的に落ち着く必要ないし」

昴は洗面所の灯りをつけてくれた。ハンドソープで手を洗う。なぜかじっと見られていることに落ち着かなさを感じながら、落ち着かない自分を誤魔化すように、ついでに顔も洗面台に出してあった洗顔フォームでざばざば洗う。パッケージには速度を感じさせる字体で「男の肌にも潤《うるお》いを！」とか書いてあるが気にしない。

かなり吸水性の落ちてきた自前のタオルで水滴を拭い、はたと気づく。

「あ。顔につけるものとかなんにもないんだった……」

この乾燥肌を、どうしようか。

ニキビや肌荒れとは無縁な体質だったが、乾燥だけは夏でもひどくて、洗顔後のケアを怠るとすぐにかゆみを帯びて皮が剝《む》けるのだ。

「化粧水みたいなの？」

「あと乳液」

「それなら多分あると思う。ちょっと待って、古いかもしれないけど、俺わからないから確認してみて」

昴は洗面台の下からプラスチックのカゴを出してくる。そこにはメイク落としだの、ネイルリムーバーだの、髪のフローラルなんたらスプレーだのが入っている。

「えーと、化粧水、乳液……だよな？　これかな」

ガチャガチャと手渡されたガラスの瓶は、枇杷でも知っている有名なメーカーのスキンケアラインのものだった。デパートでしか売っていなくて、値段も高いはず。見ればほとんど減っておらず、匂《にお》いをかいでもおかしいところはなさそうなので、そのまま使わせてもらうことにする。とろみのある透明の液体を手の平に出して、頰になじませる。

こういうものが部屋にあるというのはつまり。

「なんか、女の影だな」

独り言のつもりだったが、昴にも聞こえたようだった。

「そうそう。それは前の彼女だった人の遺物」

なんとなく、化粧水に続いて乳液を塗り込もうとしていた手が止まってしまう。

時系列的に、朝野の遺物がこの部屋にあるわけはない。前の彼女、イコール、朝野ではない。つまり朝野と別れた後に、付き合っていた人がいたのだ。

……でも、別に、だ。

自分が口を挟むようなことではないと思う。こいつの人間関係について、感想を抱く必要も、筋合いもない。だから枇杷はなにも言わないでスルーしようと決めたのに、

「朝野に別れようって言われてへこんでた時に、告白してきてくれた女の人がいまして。バイトしてた居酒屋にお客さんで来てた人。普通にすっごいいい感じの人だったんで、別れた後、すぐ付き合い始めたんですよ。三個上で、落ち着いてて、穏やかで、でも口開くとおもしろくて、初台《はつだい》に住んでて、雑誌の編集してて、仕事かなり忙しいのに俺の面倒すっごい見てくれて、酒飲むの好きで、なにげに漫画家さんの知り合いとか多くて、いろんなこと知ってて、寺社仏閣マニアで、旅行ばっかして、ちょっとだけギター弾けて、貧血体質で、岡山出身で」

聞いてもいないのに、昴は勝手にペラペラと話し始めた。なにも言いたくはなかったが、

「そういう人がいたんですよ。俺。ねえ、それ、どうですかね。錦戸さん的に」

枇杷が感想を述べるのを、昴は狭い戸口を通せんぼするように立ったままで待っている。なぜか。

顔にいい香りの乳液をつけながら、枇杷は仕方なく口を開く。

「どうって訊《き》かれても……なるほどね、って感じ、だけど」

「なるほど、とは？」

「そういう人がいて、すでに気持ちが移っていたから、おまえは全然復縁とか考えなかったわけだ、と」

「俺に言わせれば、だから焦《あせ》って復縁を持ち掛けてきたわけだ、と」

その主語は、朝野、だろう。そういう人がいて、昴の気持ちが移っていたから、朝野は焦って復縁を持ち掛けてきた——と、昴は言っているのだ。

「朝野は新しい彼女のこと、知ってたわけ？」

「知ってたよ。全部ちゃんと話したから。俺はもう新しい彼女と付き合ってるからしつこくしないでくれ、って」

「……そんなこと、朝野は全然言ってなかった。ただ、昴がどうしても許してくれない、ってそればっか……」

「錦戸さんにはそれも言いたくなかったんでしょ。ださいことは全部伏せておきたかったんでしょ。彼氏が大学辞めたとか。ちょっと揺さぶりかけるぐらいの感じで別れを切り出してみたら、次の女がもうできちゃったとか。実は世界を救うために戦ってるとか。まあ、全部こうやって俺が言っちゃったわけだけど。……色々わかって、どう？　思ってたよりさらに嫌な感じだろ、俺」

「……さあね。しらね」

なんとなく、嫌な話の流れになってきた気がする。昴はなにか、枇杷に言わせたいことがあるらしい。そんなの知るかよ、と枇杷は思う。おまえの都合なんか知らねえよ。乳液も塗り終わったことだし、狭い洗面所からもう出たいのだが。

「責めて下さいよ、錦戸さん」

　ほら、来た――

「いいよそういう話は。なんでもいい。どうでもいい。おまえが誰となにしようが、私には関係ない。……ていうか、そうだ、歯ブラシちょうだい」

「責めたいって思うだろ？　だってどうだよこんな奴《やつ》。ずっと付き合っていたくせに、別れ話が出たらさっさと他の人と付き合い始めて、どんなに懇願されても謝られても復縁しなくて、そうしたら。……つまり、この俺のせいで朝野は……って。錦戸さんも、普通に絶対思ってるだろ、それ」

　昴が邪魔で、出られない。鏡越しに顔を見る。昴の視線は前には向いているが、どこを見ているのか枇杷にはわからない。

「俺は思ってるよ。ずっと。……俺が朝野をもう一度受け入れていたら、結果は違っていたよな、って」

　昴が朝野と復縁していたら、か。

　枇杷だってもちろん、そんなことは何度も考えている。でも――急に変な汗が背中に湧《わ》いた。

　冷たく這《は》い上がってくるような気分の悪さに耐えるため、枇杷は奥歯を噛み締める。でも、考えるのは「それ」だけじゃない。「それ」だけじゃすまない。こういうことになるのが嫌だから、こいつとは関わりたくなかったのだ。

「錦戸さんは、朝野になにが起きたか……ご家族とかから聞いた？」

「……私は、伊豆の海辺に一人で倒れてた、ってことしか知らないよ。ねえ、そんなことより早く歯ブラシちょうだいって言ってんだけど」

「俺もそれは噂《うわさ》で聞いた。でもおかしいよな。絶対ありえないだろ、あいつが海に一人で行くなんて。錦戸さんなら、それがどれほどありえないことかわかるよな。あと俺調べたんだよ、去年の八月十七日前後のニュースとか、わかる範囲でできるだけ広く。若い女の死体が夏場のビーチで発見されたなんて、普通ならちょっと事件じゃないか？報道されてても不思議じゃないだろ？　でもそんなの一つも見つからなかった。伊豆うんぬんも、そもそも噂でしかない。それに本当に溺れて死んだなら、あんな綺麗《きれい》なままで見つかるわけないんだよ。だから俺どうしても考えちゃうんだよ。つまり、多分、ていうか絶対、やっぱ俺のせいで、あいつは、」

「……歯ブラシ」

「朝野は自分で、」

「歯ブラシ！」

「自分を……あいた！」

差し出した手で、枇杷はびしゃっと昴の顔を引《ひ》っ叩《ぱた》いていた。「えっ!?」みたいな顔をされたのが腹立たしくて、ついもう一発同じ勢いで食らわせる。

「は、ぶ、ら、し！」

昴はしばらく呆然と枇杷を見つめ、叩かれた口許《くちもと》を押さえていた。この程度のことでこんなに驚くなんて、こいつ兄弟いないんだな、などと妙なことを思う。昴はやがて我に返り、流し台の下から新品の歯ブラシを差し出してきた。

やっとかよ。ひったくるようにそれを奪って、枇杷はパッケージをビリビリと破って開ける。ゴミを昴の胸元に押し付けながら、短く言う。

「……それを言い始めたら、お互い様なんだよ」

「お互い様って……誰と誰が？」

私と、おまえが。

それは口には出さない。でもそうだ。私とおまえだ。

昴が復縁しなかったせいで朝野が――なら。そういうロジックでいくならば。

この自分だって、責められるべきなのだ。だって、苦しんでいる親友を救えなかったのは誰だ。なにも知らずにいたのは誰だ。気づいてやれなかったのは誰だ。かける言葉を間違ったのかもしれない。あの最後の日、ちゃんと自分が正しく振る舞えていたなら、結果は違っていただろう。傍にいてやらなかったのは誰だ。助けて、と静かに叫んでいた朝野を一人で放り出したのは。二人が一緒なら最強になれたのに、永遠の瞬間を生きていけたはずなのに、手を離したのは誰だ。子供のころから繋《つな》いでいたこの手を、あっさり離してしまったのは。

枇杷だ。

枇杷だって、朝野を救える可能性があったのに、なにもしなかった。なにもできなかった。そういう意味では昴と同じだ。この結果を生んでしまった、という点で、自分たちはお互い様なのだ。

考えないでいられるわけがなかった。無数の「あのときもしも」が浮かびかけては、なにも実体を結ばずにただ沈み、消えていく。明滅するような虚《むな》しい繰り返しが、あのメールを受け取った時以来、枇杷の中で止《や》むことはない。今もずっとだ。あれからずっと。最後の笑顔が消えてしまってから、ずっと。

想《おも》いは繰り返し、あの日へ戻る。でも為《な》す術《すべ》なく、今へ押し返される。

一瞬でもこのループから逃れられる方法があるなら、枇杷は縋《すが》り付きたかった。

「朝野は……戦っていたんでしょ」

昴の目が、枇杷の目を見た。

「おまえが言い出したんだよ。朝野は世界を守るためにずっと戦ってた。しかし負けてしまった……って。じゃあ、そうなんだろ。それ以外のことなんか、考えんなよ」

喋《しゃべ》りながら歯をガシガシと磨き、ぺっと洗面台に泡を吐く。

「その設定でいくって決めたなら、貫けよ」

「……取り入れてくれるのか」

「うん。ぶったりしてごめん」

逃げ込むように。必死に。溺れてしまわないように。どれほどの重みを抱えても、苦しくても、無様にもがくしかない。それしかできない。さもなくばどこまでも沈んで、二度と浮かび上がれない。

「ていうかさ。……実は、私もそれ、前から薄々感じてたんだ」

「え」

「朝野を襲う恐ろしい敵がいるのはわかってた。そいつのことを、朝野は、破壊神とか呼んでいたよ」

――朝野が消えたこの世界で、どうにか生きていくために。恐ろしい考えからは、ひたすら目を逸《そ》らし続けるしかない。

枇杷は口を濯《すす》ぎ、まだ戸口を塞《ふさ》いで立っている昴の顔を振り向いて見上げる。

清瀬朝野は戦っていた。そして今は、こいつが二代目・清瀬朝野。とんでもない話ではあるが、死者への冒瀆《ぼうとく》とは思わないのは、こいつがあくまでも真剣でいるのが枇杷にもわかるからだった。

変態だが、強盗だが、相当深刻なレベルでぶっ壊れているが、こいつはそれでも確かに真剣なのだ。本気で、その設定を取り込もうとしている。恐らくは、自分と同じぐらいには必死で。

「私がおまえに訊きたいのはいっこだけだよ。新しい彼女もいたのに、どうして私を襲ってまで、朝野の写真が欲しかったわけ？」

「本当は、朝野がまだ好きだったから」

答えるのに、昴はすこしも躊躇《ちゆうちよ》しなかった。迷いなど一秒もなかった。こいつはそれをずっと考え、そして自力でとっくに答えに辿り着いていたのだろう。

「本当は朝野しか好きじゃなかった。こんな結果になるってわかってたら、絶対別れたりしなかった。なにがあってもあいつのこと離さなかった。初台の人と幸せになろうって思ってたのは本当だ。でもそれも結局、俺をポイ捨てしていつでも取り戻せるなんて思い上がっていた朝野に対するむかつきがベースだった。幸せになれた自分を見せたいっていうのが本音だった。俺の人生、良くも悪くも全部のベースに、気が付いたら朝野しかいなかった。こういうことにならなければ、それがわからなかった。なんていうかもう、ただただ残念、無念……」

昴の感情をまともに正面から受け止める勇気はなくて、

「……おせー」

枇杷はなんとかせせら笑って受け流そうとした。これをまともに食らってしまったら、自分までこいつの残念無念に引きずり込まれるような気がした。

「そのとおりですよ。おせー。俺、頭わりー。意味ねー。なにもかももう意味ねー。去年からずっと、俺、意味ねー。意味ないんですよ。ていうかなんにもないんですよ、ほんとに。手遅れですよすべて。すっかすか。もうまじでなんにもないんすよ」

「……初台の人、気の毒に思えてきたな」

「もうね、それはほんとにそう。申し訳ないとしか言えない。形としては俺の方が振られて終わったんだけど」

「なに、そうなの？　流れ的におまえが振ったのかと思った」

「朝野の葬式以来、俺本当に頭おかしくなっちゃってて。彼女がずっと世話してくれてたんだ。朝野のうちの近くに引っ越ししたいとかいっても『うんうん』ってただ賛成して、手伝ってくれて、俺が泣いてても、喚《わめ》いてても、朝野の名前を呼び続けたりしても、『うんうん』って宥《なだ》めてくれてたんですよ。でも俺、錦戸さんにこんなこと言うの申し訳ないけどでも言うけど、その頃から完全にEDになっちゃったんですよ……」

「……ぶほっ！」

うがいのラスト、口に含んでいた水を半分ぐらい鼻から噴く。

「はあ、女子にわかってもらえるだろうか。現象としては要するに、」

「きっも……その情報いらない！　聞きたくないからまじで！　要すんじゃねえ！」

「大丈夫、間接的に表現するから。想像して下さい……錦戸さんは今、ローションでぬめらせたロングブーツにかわうそをにゅるりと挿入しようとしている。ところがかわうそはぐにゃぐにゃになっていて、ブーツの口に頭から突っ込みたいのに『いやいや！』ってして身体をくねらせて逃げてばかりだ。やがてローションもかぴかぴに乾いてきてしまう。一方かわうそはぐったりと疲れ果て、もう寝てえ～、みたいな」

「……結構直接的じゃない!?　ああもういや……！　かわうそ好きなのに、おまえなんかに汚された……！」

「そしてそのうち、そういうできるできないの次元をもやがて通り越して、とにかく嫌《けん》悪《お》感《かん》がすごくなってきて。いざ、ってなると我に返っちゃうっていうかね。おしり丸出しで俺はなにこれ、って。ばっかじゃねえ？　って。朝野があんなことになったっていうのに、俺はまだ自分を気持ちよからしめたいのかと思ったら、一瞬で心の中が荒野みたいにビエエ……として、吐き気しかもう感じなくなった」

「こっちが今まさにビエエとしてるわ！」

「でもそういう時って、女の人の方がダメージでかいみたいで。おかしくなってるのは俺なのに、彼女がなぜか超ダメージ受けて、傷ついてるのがわかってきた。夜とかふと目が覚めると、隣で声を殺して静かに泣いてたりするし。もうすごいかわいそうっていうか申し訳ないっていうか、このままじゃさすがにいかんでしょ、と。で、状況を打破するためにドンキ行ったりネットショップ見たりしてたらさ」

「しかしこの話なげーな⁉」

「いや聞いて、大事なところだから。あったんですよ。これは、と思うセーラー服一式と、かつらが。その瞬間に頭の中ですべての点が線になった。これか！　って。俺がやるべきことが完全にわかった。即買って、セーラー着て、かつらつけて、この鏡を見た。そうしたらそこにいたんだよ。朝野が。ああ、いた！　って。ここにいたのか！　ずっと探してたんだぞ！　って俺は泣いちゃって、鏡の中の朝野も泣いてた。で、こうして」

昴は洗面所の鏡の前で、両手をクロスさせて華麗にポーズを決めてみせる。鏡の中からびし！　と枇杷を指さしてくる。

「『あなたの罪を、断じてあげる！』ずびしっ……て決めてたら。いつしか彼女が後ろに立ってて、そんな俺をじっと見ていた。だからバッ！　ってこう勢いよく振り向いて、『俺が朝野だ！』って名乗ったら、『うんうん』って頷《うなず》いて、そのまま部屋を出ていって、二度と現れることはなかった……とさ。それで終わり」

どっ、と疲れた。話が終わってくれて助かった。

「……あ、そう」

「俺と初台の人の物語は、ここまで」

「……へー」

「あのさあ……こんなに個人的なこと、しかも性生活に関することまで詳しく聞きだしておいて。そして錦戸さんは、あっそう、へー、しか感想がないのか？　それってなんかすごく冷たい」

なんとなく、同じようなやりとりを、誰かといつかした気がした。でもこんなノリで喋る奴、こいつの他にいたっけか。

「ほとんど全部、おまえが勝手に喋ってたんだけど」

「なんだよ……そういうふうにまとめてくんのかよ……」

見るからに、昴はがっくりと肩を落とす。そこまで残念な様子を醸《かも》し出されると、枇杷も若干居心地が悪くなってくる。

「……まあ、そうね。……多分だけど、初台の人の正体は『罪』だったんじゃない？　断じられたから消えていったんだよ、きっと」

かなり無理矢理に返してみるが。

「あ！　なるほど！」

ぽん！　と一つ手を打って、昴は顔を上げた。そして枇杷に大きく頷いて見せる。

「錦戸さん、なんか深い！」

「いやいや……おまえの狂い方が一番コク深いよ」

和室に置いた脚つきマットレスを昴は勧めてくれたが、知り合ったばかりの他人、それも男がいつも寝ているシーツに身を横たえる気にはなれず、枇杷は客用布団《ふとん》を敷かせてもらった。

壁際にお互い、できるだけ大きく離れる。部屋の灯りが落とされる。暗い部屋に、沈黙が沁《し》み渡る。

久しぶりに他人と朝野のことをいろいろ話したせいか、枇杷の頭の中はまだざわめいていた。興奮状態は部屋が暗くなっても醒《さ》めず、しばらく眠れなさそうだと思う。いつもの就寝時間よりもずっと早いというのもある。日付も変わっていないし。

昴は暗闇の中でずっと黙っている。静かだが、寝ているか起きているかはわからなかった。

寝付けないまま、いらないことを色々考え始めてしまう。

去年の夏以来、枇杷は他の友人たちとの連絡も絶っていた。朝野とは関係のない大学の友人たちとも、付き合うのをやめた。だから今、友達と呼べる人間は本当に一人もいない。ちょうどみんな社会人になったところで、それぞれに忙しく、縁が切れるにはちょうどいいタイミングだったのかもしれない。

自分のことは、わかっている。状況は、理解できている。朝野を急に失ったことで、自責と後悔の虚しいループにはまり込んで、動けなくなってしまっているのだ。

ぱっちりと目を開いたまま、天井を見上げる。いつかテレビで見た、カニの大移動のことをなぜかいきなり思い出す。

季節がくると、カニは一斉に山から海を目指して降りてきて、途中の街の地面を甲羅の色で染める。先に進めるかどうかは、まさに知力、体力、時の運。無事に海に辿り着けたヤツには、次世代を海に放流するという次のフェイズが待っている。

一方落伍者《らくごしゃ》の惨《みじ》めさは多彩で、力尽きたり、捕食されたり、誰かの車に踏み潰されたり。側溝に嵌《はま》るヤツもいる。

カニが新卒の若者たちなら、自分は側溝組なんだろう。ぽろりと無様に転げ落ちて、這い上がることはもうできない。楽に死ぬこともできないまま、海にも出られず、こうしてただ目を見開いて、ずっと空を見ているのだ。

空を見ながら考えるのは、将来とか希望とかそういうものではなくて、あのときもしも、でもそしたら、やっぱりでも、あのときもしも――その繰り返し。

それが、今の錦戸枇杷だった。今、そうやって生きている。

こんな自分を人に見られるのは恥ずかしく、耐えがたかった。去年の夏休み明け、理由を言わずに就職活動もやめてしまった枇杷に「なにかあった？」と声をかけてくれた子もいた。でも、はっきりと答えることはできなかった。ゼミの教授にも説明できなくて、逃げるようになんとか卒論だけは仕上げ、四年間の大学生活を終えた。

もう、とっくに山を降りる季節だった。それなのに、どうして自分と朝野は、まっすぐ海を目指せなかったんだろう。無駄な考えはぐるぐると巡る。意味なくずっと、回り続ける。ループ、ループ、ループ。

（……本当は、私の方こそ、ずっとこどものままでいたかったのかな。こどものままなら、いくらでも、ぐるぐる回っていられるって思ってた。朝野と二人で、ただ楽しく遊んで、笑って、ずっと一緒になって……）

枇杷ー、と伸ばされた朝野のハサミ。朝野ー、と伸ばした自分のハサミ。ハサミとハサミを、しっかりつないだつもりだった。最後のあの日も、ぐるぐる回って、枇杷はまだ朝野と遊んでいようと思ったのだ。朝野は助けを求めていたのに、それにも気づかずに。

枇杷は明らかに間違えた。助けようともしないで、ただ楽しく、ただガキのように、ぐるぐると回り始めてしまった。二人は、やがて遠心力に負けた。離れ離れになって、吹っ飛んで、そのままポーンと宙を舞った。

この手を離してしまった親友は、本当だったらあの季節、必ず海へと出られたヤツだ。なのに無の闇《やみ》へと落ちて、二度と会えなくなってしまった。枇杷の前から消えてしまった。もう、あの笑顔を見ることはできない。

（じゃあ、私は……？）

現実には、カニなんかじゃない。

ていうか側溝なんて、現実にはない。現実でいえば、本当には、この世界のどんな隙《すき》間《ま》に自分ははまりこんでいる？　ここはどこだ？　自分はどうなる？　いつまでこのまま？

考え始めると恐ろしい。足を踏ん張って、この半端《はんぱ》な状態に、ただ耐えるしかないと思う。そして止まれ、と願う。全部止まれ。回転する万物の力に逆らって、今はとにかく、踏み止《とど》まっていたいのだ。なにも考えたくない。もうなにも、考えたくなんかない。

枇杷は夜の中でまだ目を開き、天井を見上げている。

そういえば今夜ここに来て、また一つ自分の罪を見つけてしまった。朝野のことは全部わかっている、なんて思い込んでいたのだ。

昴に聞いて初めて知ったことが、いくつもあった。朝野がすべてを話せなかったのは、自分がこんな人間だからかもしれない。口が悪いし、言い方がきついこともあるから、ありのままを話すのが怖かったのだろう。自分なんかのちっぽけな価値観で、ジャッジされるのも嫌だったのだろう。自分の前で朝野が口を噤《つぐ》んだことは、他にもまだまだきっといくつもあるに違いない。

（ごめん、朝野）

もっとちゃんと聞いてあげればよかったよね。もしそうできていたら、きっと——と、またいつものループ。たった一人で、さらなる回転。止まれ、止まれ、止まってくれ。頼むから、止まってよ。なにも考えさせないで。

声には出さずに願う枇杷から数メートルの距離。そのとき昴が、のそりとベッドから起き上がった。背の高い、黒いシルエットが、夜の闇の中に見える。

起きていたのか。トイレだろうか。なんとなく眺めていると、昴はベランダへ出るサッシをそっと開いた。その窓辺に立ったまま動かなくなる。足の半分ほどを外に踏み出して、夜の景色を見ているらしい。「実は俺って翼があって、こういう高さから跳べちゃったりとかするんですよー」……なんてな。まさかね。あるわけない。

昴がなにを眺めていようが別にどうでもよかったが、エアコンでせっかく冷えた空気がどんどんぬるくなっていくのがわかって、

「……逃げるよ」

枇杷はつい、布団の中から声をかけた。

黒く塗られたような昴の背中が、その瞬間、震える。驚かせたかな、と思った。昴はゆっくりと枇杷の方を振り返り、

「……え？」

間の抜けた声を出した。

「冷房が逃げる」

「……あ、ごめん」

と低く謝り、サッシを閉め、そのままベッドへ戻る。なにも言わずにまた黙り込む。

（こいつんちの冷房なんだから、なにもこいつが謝ることはないんだけどね。ていうか……）

それにしても、本当におかしなことになった。

黒々とした沈黙の中で、枇杷はごろりと寝返りを打って昴に背を向ける。

助けて、と叫んでも、誰も来ないと思っていたのに。この世でただ一人、こいつだけは駆けつけてくるつもりだったらしい。かつて枇杷を襲撃した変態のくせに。まあそれも、恩着せがましいこいつ自身の言い分を信じるなら、だけど。

昴は、いや、朝野は、世界を守るためにまだ戦っている。自分を襲った時と同じ、あのセーラー服姿で、みんなの世界を守るために真夜中の道を駆け抜けていく。

——あいつが語るそんな設定を取り入れるなら、世界にはまだ朝野がいることになるのだ。世界はまだ、変わっていないことになる。

変わらないまま古い世界に留まっていたいと願っているのは、この世で自分だけではなかったのだと枇杷は知った。あいつとは、どうやら同じ世界を生きているらしい。

ふと目をやったデジタル時計に、ゼロが連なる。日付が変わった。

今年の八月十七日が、今、過去になった。

5

落ち着いて考えてみればみるほど、よくわからないことをしたもんだ。

(会ったばかりの男の部屋に、ほんとに一晩泊まっちゃったよ!)

それも強盗されたことのある男の部屋に、だ。「強引な男の部屋」にならば、世の中ままある話かもしれないが、「強盗の男の部屋」に泊まるなんて多分相当レアだ。

枇杷は昨夜の己の行動の無軌道ぶりを改めてしみじみ思い返しながら、便所サンダルでぺたくたと歩いていく。家に帰るところだった。

枇杷が寝ていた間に、かなりの雨が降ったらしい。今は晴れているが、歩道のいたるところにまだ水溜《みずたま》りが残っている。水溜りを踏んだ後の足跡を、アスファルトに点々と残しつつ歩く。

ぬめっと湿った空気は変に生臭くて、たまにちょっとドブ臭い。そして凄《すさ》まじい蝉《せみ》時雨《しぐれ》。

公園の植え込みからは、濡《ぬ》れた草木が目にも見えそうなほどに濃厚な草いきれを放っていた。ミミズが濡れた路上のあちこちで、のたくったり死んだりふやけたりしていて、それがたまらなくおぞましい。ひー、おげえ、とか思いつつ、注意深く避けていく。

　時刻はすでに、午後の三時を回ろうとしていた。

　陽射《ひざ》しはまだまだギラギラと凄まじい。頭上の太陽の強すぎる光線のせいで、視界が若干紫がかってさえ見えた。直射日光でもろに炙《あぶ》られた肌は、ひりひり痛んでもう火照《ほて》っている。できるだけ木陰を選んで歩いてはいたが、きっとそんなのほぼ無意味だろう。己のすっぴんが恐ろしかった。元から色白でほとんど日焼けもしない体質だが、火傷《やけど》しそうなレベルでこの陽射しは危険に思える。

　枇杷が起きた時には、昴はとっくに職場へ出かけた後だった。でもその前に、

（錦戸さん……）

　一度、声をかけられた記憶がある。枇杷の意識はまだまだ全然夢の中だった。うすらぼけたままで昴の声を、遠くから響くＢＧＭみたいに聞いていた。

（今もう八時過ぎてるけど、起きなくて大丈夫？　仕事は？）

　自分無職なんで、と、一応答えたつもりだった。でも実際に口から出た音声は、間抜けな「ふが」、それだけだった。

（ふが、か。……これわかんねえな。どっちだ。いいのかな。まあいいや。錦戸さん、俺はもう出ないといけないんだけど、これ、うちのカギです。カウンターのとこに置い

ておくから。出る時はカギ閉めて、一階の郵便受けに放り込んでおいて）

頷《うなず》いた、気はする。とにかくその時はものすごく眠たくて、目を開けることはできなかった。外が明るくなるまで寝付けなかったせいで、睡眠が足りていなかったのだ。

（じゃあ俺仕事行きます。なんでも自由に使っていいから。飲み食いも適当に、ほんと好きにしていいんで。まあ、いたいだけいて下さいよ）

いたいだけ、ねえ。

そう言われてもなあ。

こっちだって別にいたくているわけじゃないんですけど。

……と、はっきり目が覚めて思った時には、カーテンが引かれたままの昴の部屋は静まり返っていた。枇杷はエアコンの音以外にはなにも聞こえない静けさの中に一人で取り残されていて、とっくに世界は午後だった。出掛けの昴に声をかけられた時点から、また何時間も寝続けていたのだ。

起き上がるなり、全身の肌のべたつきが不愉快だった。昨日は顔だけは洗ったものの、やっぱりこの真夏にシャワーなしでは、乙女ながらも厳しい。長い髪も絡《から》まりまくって、手櫛《てぐし》ではどうにもならなかった。

歯を磨き、顔をざばざば洗って、気の毒な初台の人の遺物を使わせてもらい、とりあえず（帰るか……）と枇杷は伸びをした。

一晩経《た》って感情も鎮《しず》まり、追い出されたあの家に帰ってやってもいいような気持ちになっていた。

昨日は連絡もせずに、本当に一晩帰らなかった。携帯も財布も持たずに、だ。さぞかし今頃、親も兄夫婦も心配していることだろう。娘、もしくは妹にした酷《ひど》い仕打ちを悔やみ、反省し、己の顔面にパンチを食らわせながら、今も必死に町中探し回っているかもしれない。

まあ、とはいえ、枇杷も立派な大人だ。さすがに捜索願を出して、なんて大げさなことにまではなっていないと思うが。でも消えた娘の足取りを懸命に探し求めているのは、もう絶対に確かだ。しかしどんなに探しても、この居場所には辿《たど》り着けまい。

「ふっふっふ……！　あっはっはっは……！　あーはっはっはっは！」

ざまあだぜ！　いい気味だ！

洗面所の鏡の前で一人、悪役みたいに仰《の》け反《ぞ》りながら高笑いしてやる。してやったり、の心境だ。家族たちの右往左往ぶりを想像するだけでも相当スカッとした。

さあ、焦《あせ》るがいい！　困れ！　惑え！　そして激しく心配しろ！　その胃の痛みは私が与えたお仕置きだ！　お灸《きゅう》を据えてやったんだよ！　思い知ったか！　ふふん！

枇杷は家族の面々の様子をひとしきり想像で楽しんだ後、飲み物を求めて冷蔵庫を開けた。興奮しすぎた。ペットボトルの水は、夜の間にとっくに飲み終わっている。

昨日昴があてどなく淹《い》れたお茶のマグカップが、冷蔵庫の中にぽつんと放置されているのを見つけた。鼻を近づけてくんくん嗅《か》ぐ。見た目どおりにただの緑茶だとわかって、枇杷はそれを一気に飲み干した。

枕元《まくらもと》に置いておいた朝野の写真をジャージのポケットにきちんと納めて、布団《ふとん》を片付ける。思いついてまた写真を取り出し、目線の高さに掲げて、昴の部屋を一周見せてやる。特に意味のある行為でもなかったが、きっと朝野は見ておきたいだろうと思えた。

ほら、初台の人が泣いたベッドだよ。最低だよな、あいつは。たいしてイケメンでもないくせに次から次へと。ていうか朝野、あんたもあんただよ。あいつのどこがそんなによかったわけ。今なんかぐにゃぐにゃのかわうそだってよ。知りたくもないのに知らされちゃったよ。

部屋の中を歩き回り、ベランダにも出て、六階からの景色も見せた。コンクリートの地面は遠い。マンション群に遮られて特におもしろいものも見えなかったが、それなりに気が済んで、写真をポケットにしまい直す。そしてエアコンを止め、借りたものをすべて元通りに戻し、カウンターの鍵《かぎ》を摑《つか》んだ。

鍵の下には千円札が三枚置いてあった。貸してくれるつもりなのだろうか。でも、それには触れずに部屋を出た。この辺の道ならだいたいわかるし、歩いて帰るだけだから借りる必要はないと思った。

言われたとおりに鍵は郵便受けに入れた。６０３、森田《もりた》。

森田昴、というのか。

でも今更フルネームがはっきりしたところで、恐らく二度と用はないと思う。あいつに会うことはもうない――いや、同じ区内だし沿線も一緒だし、偶然会うことぐらいは普通にあり得るか。まあいい。なんでもいい。

錦戸家に帰還するべく、炎天下の湿った道を歩きながら枇杷は思った。とりあえず、これでもう、あいつと自分の意志で積極的に関わることはとにかくないのだ。

奪われた写真は戻ってきた。しばらく手元に置いたことで、昴もきっと気が済んだだろう。あれだけ必死に謝っていたのだから、後悔してたというのも本当だろう。だから自分の後をつけ回す理由ももうないし、自分もあいつをもう探すことはない。接点はなくなった。

（しかし、本当に変な奴《やつ》だったな……）

思っていた以上に狂っている奴だった。あの恰好《かっこう》で夜の町をうろついていたとか……誰かに見つかれば即逮捕必至の壊れぶりだ。

でも、もはや憎んではいない。強盗された恨みも、今は忘れた。

昴があぁなってしまった理由も、そして今でも苦しみが続いているのも、枇杷には十分に理解できるのだ。一応、こうして一晩泊めてもらった恩義もできたし。それに朝野を失ったという点においては、妙な連帯感すら実はある。現実をまだ認められないで、無様にもがいているという点でも同じだ。自分だって、踏み留まっている地点の座標は相当あいつに近い。

もしも今後、近所の夜道を駆け抜けるセーラー服の変態を見かけてしまったとしても、枇杷は通報などせずに、生暖かく、そっと無視してやるつもりだった。


見通しが甘かったことを理解したのは、昴のマンションを出て二十分ほども歩いたころだった。

さして遠くもないし、普通に歩ける距離だと高を括《くく》っていたが、この昼間。八月の午後の陽射しは弱まるということを知らない。ギラギラの灼熱《しゃくねつ》地獄だ。水分も取れずに歩き通すとなると、考えていたよりもずっと過酷な道のりだった。

途中何度か倒れそうになりながらも、さらに十数分。

やっと枇杷は、自宅の前まで戻ってきた。自分の身体が熱くなり過ぎているのがわかって、恐ろしくなるほどだった。頬や腕はもうかなり前からひりひりと痛い。

しかしはた、とドアの前で気が付く。そういえば鍵を持っておらず、

「……あれ？　じゃあ、どうすればいいんだ……？」

平日のこの時間、家族はみんな仕事だった。

いやでも自分を探すために、母かチェリーは仕事を休んでいるかも。一縷《いちる》の希望を持って呼び鈴を鳴らすが、やはり誰も出てこない。本当に留守なのだ。もちろんドアには鍵がかかっている。

「……いや、まじで。どうすんのよ」

問いかけたのは自分にではなく、家族の面々へだ。

鍵を持たずに家から出ていった娘がいるというのに、普通に留守にしてしまって、一体どうするつもりでいるのか。これではせっかく帰ってきてやったのに、家に入れないではないか。

子供の頃に一度、鍵を忘れて学校に行ってしまった時のことを思い出す。その時はドアに「お隣のおばちゃんにお願いしてあります」と母からのメモが貼《は》ってあって、訪ねるとすぐに鍵を渡してもらえた。

そのおばちゃんはもう何年も前に亡《な》くなっていて、今お隣には賃貸で四人家族が暮らしている。付き合いはほとんどないが、ダメで元々、一応呼び鈴を鳴らしてみた。でも誰も出てこなくて、留守のようだった。

炎天下、また自宅の玄関前まで戻ってきて、庇《ひさし》の下で枇杷は考え込む。

これはつまり……日本橋のにしきどデンタルまで、家の鍵を取りに来いということ、なのだろうか。でも徒歩でいける距離では絶対にない。財布もないのにどうしろと……

タクシーで乗り付けて、鍵をもらうついでに運賃も借りて払えばいいのか？

えーまじで、と思いながら、枇杷は植栽を跨《また》いで庭の方へ回り込む。無職はタクシーになど乗り慣れていない。それに千円や二千円で行ける距離ではない。電車なら数百円なのにと思えば、タクシーという選択にはかなり抵抗があった。

昴が置いていった三千円を、借りてくればよかったのだろうか。あれがあれば電車に乗れた。飲み物を買ったりもできた。でもさっきは、借りれば次には返すということになって、またややこしいと思ったのだ。そこまでしてくれなくても、とも思ったし。

縁側からリビングのサッシを引いてみるが、もちろんしっかりと鍵がかかっている。カーテンも引かれていて、中の様子はわからない。

家の外周をそのままぐるりと回って、西側の自分の部屋の窓に手をかけた。まったく期待はしていなかったが、試しに窓に手をかけると、意外にすらっと簡単に開いた。驚いて、自分で開けたくせに「わあ！」とか声が出てしまった。鍵をかけ忘れていたらしい。今この状況においてはラッキーだったが、

「なんだよ……入れちゃうじゃんか。危ないな」

こんな不用心でいいのか、錦戸家。いや、閉め忘れたのは多分自分なんだけど。

窓枠に手をかけ、よっ、と声を出しながらジャンプし、窓から家の中へと侵入する。桟に跨るような体勢でサンダルを脱いで、手に持って室内に降り立つ。その瞬間から、

むわっと部屋にこもっていた熱気が不愉快に立ち上ってくる。

サンダルを玄関に置きに行って、枇杷はやっと一息ついた。

静まり返ったリビングへ向かい、テレビもつけずに床に転がる。というか、倒れる。汗に濡れた身体はもはやうまく動かない。本当に疲れた。ありえないほど暑かった。もうほんと……とにかく……そうだ、シャワーを浴びよう。あれこれ考えるのはそれからでいいか。

しばらくそのままで息をして、せーの、で勢いをつけ、起き上がった。立ったついでに、キッチンを見てやることにする。

自分がいなかったこの朝は、食事の後片付けはすんでいないはずだった。「ああ、枇杷ちゃんがいないとこんなひどい有様だよ！」「これじゃ生活がまともに立ち行かないわ！」「早く枇杷を探して呼び戻さないと」「しかし我々の愚行を果たして許してもらえるのだろうか？」……想像してほくそ笑む。

（ほんとそうだよ！　簡単に許してもらえると思うなよ！）

暗くニヤつきながらシンクをひょいっと覗《のぞ》き込み、

「あれ？」

そのままのポーズで、枇杷は固まる。ぴたりと停止して、立《た》ち竦《すく》む。

錦戸家のキッチンは、綺麗《きれい》になっているのだ。どう見てもきちんと、清潔に片づけられている。食器も調理器具も整然と並べられて、静まり返っている。自分がしていたのと同じように、水気も残さずに拭《ふ》き上げられている。

――なぜだ。

自分がいなければ、本当はみんな困るはずではないのか。みんなフルタイムで朝から夜まで仕事をしていて、この家に暇な枇杷がいなければ、家事にも手が回らないのではなかったか。だからこんな枇杷にも、ここに居る理由が、資格があるのではなかったか。

枇杷がいないのに綺麗になっているなんておかしい。ちゃんと出来ているわけがない。だって、それなら、なんなんだ。今まで自分がやってきたことはなんなんだ。役に立つから、必要だから、だからいていいはずだった。

「え？　……え？　なんで？　なんでなんでなんで……？」

予感に突き動かされて、キッチンを出てリビングも出て、廊下を小走りに洗面所へ向かう。やっぱりだった。洗面所も、ちゃんと整理されている。洗濯機の中を覗いても、なにも残っていない。洗濯物も溜まっていなくて、何枚かの服が浴室乾燥にかけられてすでに皺《しわ》ひとつなく乾いている。その浴室も綺麗に掃除されている。

え、じゃあ、つまり――全然意味がなかったのか？　自分がしてきたことなど、ただの独りよがりの、勘違いだったのか。本当には役になんか立っていなかったのか。必要ではなかったのか。

そういうふうに思われる、とかじゃなくて、「本当に」そうなのか。

意味ねー、と変なテンションで、哀《かな》しげに喚《わめ》いていた昴の声が不意に蘇《よみがえ》る。もうまじでなんにもないんですよ、とか、言っていたあの男の声。

まるで不吉な予言だったみたいに、今になって枇杷の鼓膜から、じわりと脳まで沁《し》みてきた。

そう、なのか。「ありがとう枇杷」「いてくれて助かったよ」……つまりあれは、単なる嘘《うそ》か。

居場所のない枇杷のための、嘘だったのか。

そして嘘をやめて、本当になった状態が、これか。今、この感じか。

本当の本当にこの家は、もうだいぶ前から、自分などが「いていい」場所ではなかったのか。

出ていってと言われたのも、そして締め出されたのも、全部なにかの間違いとか騙《だま》されて云々《うんぬん》とかではなくて、家族の……錦戸家の本当の形、あるべき正しい形、だったのか。自分が締め出された今の形こそが、正しい状態なのか。

「……あっれー……」

そうなのか。

じゃあ、本当に、出ていくしかないのか。

それも、今。

「……意味ねー……」

枇杷は口を半開きにしたまま、ぐるり、と辺りを見回す。これまでの二十三年間、ずっと自宅だった場所を眺める。

古びてはいるが、広い家。かつては兄と一緒に走り回った家。当たり前にこれから先もいていい場所だと信じていた家。ここにならこどものままで踏み止《とど》まっていられる、そう信じていた場所。

ここにいる限り、どこにも行けない代わりに、どこにも行かなくていいのだと思っていた。

でも。

「……まじで、なんにもねー……」

居場所じゃない。ここはもう、枇杷がいていい場所じゃない。

急にぐるぐると視界が回転し始め、枇杷はよろめき、そのまま廊下に座り込んだ。膝《ひざ》を抱え、壁に背をもたせる。炎天下を水も飲めずにずんずん歩いてきたから、脳貧血を起こしているのだとわかった。ジャージの尻《しり》がだらしなく床を前方へ滑る。

やがてその姿勢をも保てなくなって、横に倒れてしまいながら、（そっか、もう二十三歳か……）と考える。気分が悪くなって目を閉じる。カニは森に守られた山を出て海へゆく。どこに辿り着こうと、道を誤ろうと、側溝に落ちようと、季節に押し出されてきた道を戻れる術《すべ》など、はなからなかった。

もう二十三歳。もう全然、こどもじゃない。

ジャージのポケットをそっと上から押さえる。

こんな時、朝野だったらどうしただろう。育った家がもう居場所ではないのだとわかってしまって、そしてどこにも本当の居場所を見つけられないとしたら。朝野なら、どうやってこの状況を脱しただろう。

いや、朝野ならこんな状況には決して陥らないか。無職なんてださい立場、そもそもあいつは絶対に選ばないいし。というか、世間があいつを放っておかない。みんな朝野を欲しがり、取り合い、自分の陣地に置きたがる。

(朝野は、どんな大人になっていたんだろう……?)

消えてしまった朝野の未来。無数の可能性。いくはずだった、明るい道。ずっと一緒にいるはずだった二人。最強になれたはず。永遠があったはず。……すべてが本当に、もうこの世からは失われてしまったただなんて。

眩暈《めまい》に耐えきれず、いていい場所ではないところに、またごろりと転がってしまう。どうしようもなく悲しいのは、自分のことか。朝野のことか。目が回る。まだ立ち上がれない。

朝野なら、どこにだっていてよかった。どこだってきっと居場所にできた。自分とは違って、誰にだって望まれるようなヤツだったんだから。昴だって、本当は、朝野を失いたくなんてなかったのだから。なのに一体どうして。なんであんたみたいな奴が、海まで辿り着けなかったんだよ。砂浜で倒れて、そこで一人で終わってしまうなんて。

我知らず、目からまた涙が零《こぼ》れた。

（あの最後の日に戻りたい。あの日のあんたにまた会いたい。あの笑顔をもう一度、私は呼び戻したいよ）

そうしたらもう二度と、絶対に、繋《つな》いだこの手を離したりしない。絶対にしない。しないから。そう誓うことで、なにかが変わったらいいのに——そのためならなんだってするのに。

少しして、枇杷は壁伝いによろけながらも立ち上がった。とにかくここを出なくてはいけない。もう行かなくちゃ。早く行かなくちゃ。

（でも、どこへ？）

今が十六歳なら……せめて十九歳だったなら、話はちょっと違っていただろう。

でも枇杷はもう、二十三歳だった。未成熟なフリも相当きつい。もう家や親や教育のせいにもできない。だめにしてしまった自分の人生を、自分で生きていくしかない。己の重みを己で背負って、ずるずる無様に引きずりながら、必死に歩いていくしかない。

行き先なんかどこにもないまま、季節に追い立てられていく。でも、せめてシャワーぐらいは浴びさせてほしい。本気でいろいろ厳しいのだ。生きている身体は。

＊＊＊

現実的にはネットカフェ、とか？

やっと陽射しが傾きかけた夕暮れの町をよろよろと歩きながら、枇杷はとりあえず駅へ向かおうとしていた。

兄の部屋から持ち出した巨大なバックパックに、下着類と替えのTシャツ、タオルなど身の回りのものを詰め込み、斜め掛けにしたポシェットには財布とスマホと充電器、パスポート、全財産入りの通帳と印鑑、年金手帳。これが現在の、錦戸枇杷のすべてだ。社会における存在の、本当にこれがすべてだった。

まとめてみれば、呆《あき》れるほどに自分の存在はちっぽけだと思ったが、背負えばそれなりにずっしりと重い。

頭を超える高さの荷物を背負い込んで、便所サンダルで歩いていく。時々重みに止まりかけては、ずり落ちてくるバックパックを身震いするようにして、何度も何度も背負い直す。

時刻はもう五時を回りかけていた。

とにかく池袋に出て、追跡できない「その他大勢」の中に紛れるつもりだった。そしてマックかどこかに一旦《いったん》落ち着いて、それからスマホでこの先の身の置き場を探そう。そういう予定で家を出たのだが。

（なにか食べてくればよかった……こんなすきっ腹で、ばかか、私）

食事のことを、すっかり忘れていた。今日はまだなにも食べていない。いろいろな出来事に取り紛れて、不思議なほど空腹は感じなかった。

栄養不足のせいか、信じられないほど全身がだるい。重力がズーン、とのしかかってくるようで、足もうまく前へ進まない。

昨日はなぜか、ボーナスステージだったんだよな。などと、妙なことを思い出す。チェリーの餞別《せんべつ》めいたご馳走《ちそう》を食べたせいなのだろうか。やたらエネルギーが漲《みなぎ》って、これまでにないほど身が軽くて、逃げる昴を追うこともできた。戦闘力も爆上げ、一対一の攻防を制することもできた。ああやって昨日パスした分の重力を、今日、きっちりと背中に積み重ねられているのかもしれない。

この時間では、電車に乗っても座れはしないだろう。駅につく前にコンビニで栄養ドリンクか、ゼリーみたいなものでも買って、とにかく急速にカロリーを摂《と》らないと本当に身動きがとれなくなる気がする。

枇杷は方向転換して通りを渡り、一番近いコンビニへ向かった。店に入り、ドリンク剤と、手っ取り早く一番手前にあったゼリーを摑む。レジに並びながら財布を出して、そういえば、と思い出す。

昴からせっかく取り返した朝野の写真を、財布に戻すのを忘れていたではないか。ジャージのポケットに手を突っ込むと、

「……あれ……？」

指先が、ポケットの中の布地に触れた。

さーっと鳥肌が立つ。え、反対のポケット？

「……あれ？　あれ、あれ、あれ……⁉　うそ⁉」

ない。朝野の写真が、ない。

慌《あわ》ててポケットをさらにまさぐる枇杷を、後ろに並んでいたサラリーマンが胡乱《うろん》げな視線で眺める。レジの順番が来ていて、「お次でお待ちのお客様ー」と呼ばれている。でもそれどころではなくて、枇杷は摑んでいた商品を慌てて棚に戻して店の外に飛び出した。

（ちょっと待って待って、まじで待ってこれ……！）

心臓が嫌な勢いでドクドク高鳴る。写真がないのだ。どこにもない。でもどうして。ジャージのポケットにちゃんと入れておいたはずだ。そう思った瞬間、

「あれ⁉　……そうか！　ったくもう……！」

盛大に独り言を喚いてしまう。シャワーを浴びるためにジャージを脱いで、その際に落としてしまったんだ。多分そうだ。思い当たって、舌打ちする。ばかか、自分。信じられない。あの写真は大事なものだった。なにしろ、最後の日の朝野だ。失《な》くしてしまったら、もう取り返しがつかない。

来た道も一応目で探しながら、やっと歩いてきた道のりをまた家へと戻る。家族が帰ってくるのは十九時頃だから、今はまだ留守のはず。それだけは救いだった。だって間抜けすぎるだろう、いくらなんでも。こんな大荷物抱えて、忘れ物してまた戻ってきちゃうとか。

枇杷は蒸し暑い夕暮れの中、大汗をかきながら再び自宅まで戻ってきた。玄関先にバックパックをどさっと放り出して、家の中へ駆けこむ。しかし、

「……ない！　ないよ！　なんで⁉　ないじゃん！」

洗面所にも、廊下にも、脱いだジャージを置いたカゴの付近にも、写真は見当たらない。自分の部屋もすみずみまで見て、二階に上がって兄たちの部屋も見る。バックパックを借りに入ったからだ。でも考えてみれば、その時はパンツだった。

「うそ！　なんでだよ⁉」

一人で喚いても出てくるわけもない。本当にどこにもない。ずっと大事に持っている

と約束したのに。あんなに必死に、やっと取り返したのに。眉間《みけん》に黒い印がついた、最後の朝野の笑顔なのに。

自分のアホさ加減にほとんどヒステリーを起こしそうになりながら、サンダルに足を突っ込む。再び荷物を担《かつ》ぎ、玄関からまた飛び出す。

家にはなかった。コンビニまでの道すがらにもなかった。——じゃあ、家に戻る前に失くしていたんだ。

最後に写真をしっかり確かめたのは……ええといつだっけ、いつだっけ、いつだっけ、確か、……そうだ。昴の部屋だ。朝野に昴の部屋や景色を見せようと思ったんだ。だからあの時は絶対にちゃんとあって、その後ポケットに確実にしまった。と、思う。

焦りと不安で次第に息が上がる。胸が苦しくて、目の前がチカチカする。

どうしよう。どこに落としてしまったんだろう。どうしよう。見つけられるのかな。どうしよう。爆発しそうだった。

(落ち着け……落ち着くんだ。落ち着いて、冷静に考えよう。家に戻るまでに落としたのなら、じゃあ、昴のマンションとの間だ。そのルートのどこかにあるんだ。戻って探すしかない)

もはやミミズが気持ち悪いなんて言ってもいられなかった。

枇杷は目を皿のようにして、昼間に歩いたルートを再び逆に辿り始める。段々と日が翳《かげ》って暗くなっていくのが今は恨めしく思える。さっきまではほっとしていたのに。

（……ほんっと、なにやってんだ私。どんだけ間抜けなんだ。ばか！　もう、スーパーばか！）

荷物の重さも忘れて、必死に身を屈《かが》め、朝野の写真を探した。自分を責めながら植え込みの陰やゴミの吹き溜まりをいちいち全部覗き込んでいく。

湿った枯れ葉を爪先《つまさき》でかきわけたそのとき、でかめのカエルのでろんぐちゃぁ、と色々飛び出た酷い死体を見つけてしまった。飛《と》び退《すさ》りながら、思わず野太い悲鳴が出た。偶然通りがかった小学生男子の集団が「なになに？」「なにがあんの？」「みてえ！」とよせばいいのに止める間もなく覗きこんできて、「おわあああー！」「きめえええー！」「カエル汁ぶっしゃー！」と叫びながら逃げていく。まじで最悪……と呟《つぶや》いて、そこだけはあんまり見ないようにして、それでも枇杷はまだ探し続けた。

焦るな焦るな、と、呪文《じゅもん》のように唱える。

焦って見落としてはいけない。絶対に見つけなくてはいけない。

しかしそんな枇杷の事情にはまったくお構いなしに、世界は夜へと近づいていく。気が付けば蟬の大合唱も聞こえなくなっていて、辺りはどんどん暗くなって、やがてパッと白い街灯がつく。

昴のマンションの下まで戻って来てしまって、枇杷はしかしすぐに引き返す。がっくりしている暇などなかった。見つけられなかったのならもう一回だ。もう一回、探すしかない。

　同じ道をさらに丁寧に見て歩く。ずっと屈んで歩いたせいか、腰に嫌な痛みが走った。頭痛もするし、軽い吐き気までしてくる。しかし休むことなんかできなかった。絶対に、どうしても、見つけなくてはいけない。どうしてもどうしても、あいつを失えない。そんなことは二度とあってはならないのだ。

（……ごめん朝野。あんたをまた見失うなんて。それにごめん夕香ちゃん。大事にするって約束したのに。……あいつにもごめん、だ。大騒ぎして取り返して、すぐ自分で失くすなんて信じられないよ）

　泣きたくなってくる。でも必死に堪える。泣いている暇があるなら探せ。その瞬間を惜しんで探せ。

（……ごめんよ。まじでごめん。本当にごめん。ごめん、ごめん、ごめん……ごめんなさい……！）

　なぜか今、こんな時に、ふと思い出したのは朝野のメールだった。あの、最後に会ったファミレス。

　朝野が昴に送ってしまったというメールを読んで、枇杷は「ひええ……」と引いた。それはもう思いっきり引いたし、全力で震えた。

『別れるなんて言ってごめんなさい。嫌いなんて言ってごめんなさい。わがままばっかりでごめんなさい。感情的になってしまってごめんなさい。昴の気持ちを考えなくてごめんなさい。全部ごめんなさい、ごめんなさい、ごめんなさい、ごめんなさい。』

ちょっと改行して、目立たせたラストの一行が、

『こんなメールを送ってしまって、ほんとに、ごめんなさい。』

だった。とどめの一撃だな、と枇杷は思った。

朝野に見せられた、その送信メールの画面の異様なドス黒さとは対照的に、返信メールの画面はやたらとすかすかで白っぽかった。

『おまえという女のクソさがよく表れている』

昴からはそれだけ。たった一文。

そりゃそうだろ！　とか、枇杷は言ったのだ。こんな一面のごめんなさい畑、見せつけられた方は普通に引くに決まってるだろ！　と。

(ごめん朝野……ごめん、ごめん、ごめん……本当に本当にごめん！　全部、ごめん！)

今は自分が、ごめんなさい畑のド真ん中。ここに立っている者にしか、見えない景色というのもある。それをこうなって、初めて知った。

写真を見つけられないまま、結局また錦戸家まで戻って来てしまう。まだ誰も帰って

いなかった。

枇杷はもう一度家の中に入って、自分の行動を巻き戻してみた。それでもやはり写真は見当たらなくて、また家を出て、コンビニまで行ってみる。交番へも行ってみるが、落とし物は届いていなかった。

また、昴のマンションへ向かうことにする。

音はなにも聞こえなくなっていた。自分の息の音さえも、もう聞こえない。暗がりに、ただ目を見開いて、下を見ながら歩くことしかできない。さっきのカエルにもまた出会ってしまったが、今度は悲鳴も上げられなかった。

暑いとも寒いとも思わなかった。なのになぜか震えが止まらない。指先は異様に冷たくて、全身の鳥肌が立ったままおさまらない。

（……なくしちゃったのかな。まじで……）

朝野の、あの写真。最後になってしまった、あの日のままの笑顔。こんなふうにいきなり失うなんて、これまで必死にしがみついていようとしていた「あの日」から、無理矢理引き剝《は》がされてしまったような気がした。

昨日までも写真は手元になかったが、でも、在《あ》り処《か》はわかっていた。変態が持ち去ったのだから、その変態を見つけ出して、取り返しさえすればよかった。

今の方が、ずっと焦りは大きい。どこにいってしまったのか、本当にわからないのだ。

誰かの意志——悪意でもいい——で持ち去られたのなら、まだ耐えられた。そいつに対する怒りとか、悔しさとか、許せなさとかが、自分を次の行動へと自然に駆り立ててくれたから。

でもこんなふうに忽然《こつぜん》と、誰の意志も介在しないままただ物体が消えてしまったのでは、どうすればいいのかわからない。悲しむ？　自分のせいなのに？　怒る？　自分のせいなのに？　ていうか、自分のせいだと表現することさえおかしくないか？　どういう力が作用して、「それ」が見えないところへ移動したのかさえ定かではないのだ。ただ、わからない。わからない、しか、枇杷にはない。

わからないまま、探すことしかできない。

見つかるまでずっと、こうやって探し続けることしかできない。どこだ、ない、どこだ、ない、どこだ、ない、どこだ……それしかできない。そういうループに、また嵌《はま》ることしかできない。

消えてしまった朝野の笑顔を、探すだけ。

もういやなのに。

本当にもう止めてくれと思う。

誰か、私を止めてくれ。止めてよ。——もう止めてよ！

喉《のど》の奥からせりあがってきた嗚咽《おえつ》を、ついに飲み込み切れなくなった。ばかみたいに一人で泣き出してしまう。

(ないよ、どこにもない。見つからない)

首のタオルで顔を必死に押さえながら、でもまだ歩く。もはや何往復めかも自分ではわからない、昴のマンションへの道のりだった。疲れたとか身体が痛いとか気持ちが悪いとか荷物が重いとか、そういうのはもうまったく、何一つ、意味がない。行動と結びつかない。この身体は動き、探すだけ。見つかるまで、探し続ける。何周でも何周でも、同じ動きを繰り返す。

時間すらもわからない、ただのまっ黒な夜が訪れていた。

「……錦戸さん?」

その声にはしばらくの間、本当に気が付かなかった。

「ちょっと、錦戸さん。錦戸さん!」

「……あ?　ああ……」

おまえか、と思う。

でもすぐに顔を下に戻す。まだ見つかっていないのだ。

「ああ、じゃなくて。なにしてるんですか。どうしたの、その荷物は」

ポロシャツにトレパンという部活へ向かう学生みたいなナリで、昴が枇杷の前に立ち塞《ふさ》がっていた。

また会ってしまっても、まあそうか。不思議ではないのだ。自分がこいつのマンションのすぐ近くにいるのだから、なにも驚くようなことはない。

「妙にふらふらしてる人がいると思ったら……もしかして錦戸さん、具合悪いのか？」

「写真、なくしちゃった」

「ん？　なんて？」

「朝野の写真。おまえから取り返した、あの写真。なくしちゃって、夕方ぐらいからずっと探してるの。家に帰る途中で落としちゃったんだと思う」

「えっ！　どこで？」

「あのさあ……それがわかったら、こんな苦労、してないでしょ……!?」

とぼけた昴の言葉に苛立《いらだ》って、つい声を張り上げた瞬間。ぼたぼたぼた、と、また両目から涙が溢《あふ》れ出た。動物みたいに低く唸《うな》りながら、枇杷はその顔を必死にタオルで隠した。

「そうか。そうだよな。ごめん……」

「……いいから。もう放っといて。おまえは帰って、無関係に生きろ」

昴の身体を押しのけて、その脇《わき》を通り抜けようとする。しかし、

「そういうわけにはいかないでしょ。一緒に探しますよ。今ちょうど仕事終わって帰ってきたところで、そういや錦戸さんどうしてるかなって思ってた。そんな荷物持ってる

ってことは、一度家に帰ったんだ？」

　昴は追いかけてきて、横に並ぼうとする。

「うるさい」

「それ貸して、持つから」

「……なんでだよ⁉　うるさいなあ！　構うなよ！　どっかいってよ！」

　泣き声を抑えられなくなりながら、伸びてきた昴の腕をさらに思いっきり押し返す。

　悪いけれど、今は本当にこいつが邪魔だった。朝野を探さなくてはいけないのだ。こんなところでのんきにお喋《しゃべ》りしている暇があったら、次の1メートルを這《は》い回るべきだと思えた。

「いや、ちょっと！　待てって！」

「いやだ！」

「錦戸さん！」

「うっせえ！」

　振り返りながら枇杷は、

「おまえなんか！　おまえなんか……っ」

　息を吸い直し、

「変態だ！」

身体を折りながら、全力で叩《たた》きつけるように叫ぶ。

「はい」

昴はきょとんとしている。

「変態ですが、なにか」

「……そうじゃなくて！」

「いや、変態だよ俺なんか。しかも強盗ですよ。それでいいよ」

「……もおおおおっ！　わあああああっ！　うわあああああっ！　んあああああああっ！」

枇杷は喚き、その場でめちゃくちゃに無様な地団太を踏んだ。なぜか脳裏に、さっきのカエルの酷い死に様が思い浮かぶ。ひっくり返って大股《おおまた》開き。裂けた腹。潰《つぶ》れた眼。ハエがたかる、腐った臓物——

「そうじゃないそうじゃないそうじゃないいんだボケ！」

「え……？」

「おまえだって、私を責めろよっ！」

一体なにをこんなに泣いて、昴に喚いて大騒ぎしているのか、もはや枇杷自身にもわけがわからなかった。

「なに……？」

「責めろ、って、いってんの！　おまえこそ私を責めろよ！　たとえば無職とかっ！

役立たず、とかっ！　腐れカニとかエニタイムジャージとかいろいろあんだろ⁉　最低限、写真なくすとかなにやっててんだ間抜け、ぐらい……言っ……」

いきなり地面が目の前に迫って、あれ、と一瞬考えた。どうしてこんな速度で地面が近づいてくるんだろうか。

「あぶない！」

激突の寸前で、地面が止まった。いや、身体が止まった。自分が倒れていっていたのだ。

足が痺《しび》れてぐにゃぐにゃになって、気がつけば力が入らない。止まったのは、昴がバックパックを後ろから引っ摑んでくれたおかげだった。

それを振り払おうとして、でも腕にもまったく力が入らなかった。どうなってしまったのかわからなくて、枇杷は浅い呼吸を繰り返した。おかしい。息をしてもしてもどんどん苦しくなる。どんどん胸が一杯に張り詰めて、なのに全然ちゃんと酸素が吸えない。肺に余裕がなくなって、すぐに気道にぴったりと蓋《ふた》がされたようになる。びい、ひゃあ、と、悲鳴にも似た甲高い音が喉から出てくる。なんだこれ。息ができない。口元も冷たくなってって痺れてきて、このまま窒息しそうだった。息が、本当に、できない。まじでなに、なになに、やだ。やだ、怖い。恐怖でさらに目が眩《くら》む。苦しさのあまり自分のTシャツの胸元を思いっきり摑む。

「錦戸さん。膝ついて、座っちゃって。もっとゆっくり息して」

「くるし……！」

「大丈夫大丈夫」

「しんじゃ……な、にこれ、こわ……っ、いき、できな……」

「全然大丈夫だから、錦戸さん、はい、ゆっくり、ゆっくり。見て見て、俺を見て。吸って……吐いて……ゆっくり、吸って……また吐いて……」

「……は、……っ……あああ、……っ、ふ、あああ……っ……」

「そうそう。繰り返してー……落ち着いてー……すー……はー……」

座っていることすらできなくて、地面に崩れ落ちる寸前。言われるままに必死に息を長く吐く。気道が痙攣《けいれん》するみたいに激しく戦慄《わなな》くのが怖かった。喘息《ぜんそく》とも違う。こんなふうになったことは今まで一度もない。懸命に息を吸いながら、そこにあったものに無意識の無我夢中、枇杷は全力で縋《すが》り付く。温かいそれは、ポロシャツの袖《そで》から伸びる昴の腕だった。枇杷が縋ったぐらいではびくともしない。

やっとすこしずつ、酸素が吸えるようになってくる。息苦しさが晴れていく。顔だけが冷たいままで、触っても感覚が蘇らなかったが、どうにか窒息の恐怖は過ぎ去った。

昴は枇杷を支えながら、もう片腕でバックパックを下ろさせる。それを身体の前側に持ってきて、

「はい」

しゃがみこみ、背を向けて、自然と前方へ倒れていく枇杷の体重を受け止める。うまいことすっとそのまま自然に背負われてしまって、

「……なに……これ……」

「うち行きましょう」

「……いやだあ！」

「ふぉお！」

暴れる枇杷の便所サンダルの足が、ちょうど昴の股間《こかん》あたりにヒットしたらしい。昴は夜をゆく猛禽《もうきん》みたいな声で悲鳴を上げて、前につんのめりそうに傾いていく。

「やだやだやだ！　やだよ！　探さないといけないんだってば！　朝野を探すの！　見つけないといけないんだってば……！」

「……そんなこと、言ったって。錦戸さん、まだまともに歩いたりできないだろ？　ちょっと休まないと」

「だめなんだってば！　いいから下ろせ下ろせ下ろせ下ろせおろ……っ」

ごぼ、とその瞬間。突然口の中いっぱいに、ゲロの気配が満ち溢れた。ごくり。どうにか一旦飲み下したが、喉が胃酸で焼けつくようだった。背負われたままでもくらっと大きく目が回って、

「……いや、まじで……これまじなやつ。……ちょっとお願い、動かないで……無理、ガチ、気持ち悪い……」

無力な身を必死に捩《よじ》る。多分立つこともできないのだが、それでもこのまま運ばれて休んだりすることはできない。探さなければいけない。というか本当に、枇杷を背負った昴が歩く振動にさえ、今の脳みそは耐えられない。

「困ったな……」

あまりに枇杷が嫌がるので、昴も移動を諦《あきら》めてくれたらしい。歩道の端の縁石にひとまず下ろされる。でもやっぱり、自力で立つことはまだできない。

「錦戸さん、ちょっとここで待ってて。絶対動かないで。頭をこう、下に向けて。俺はこの荷物をとりあえず部屋に持っていって、またすぐに戻ってくるから。身軽になって、朝野の写真、一緒に探そう。マグライトもとってくるし」

「……」

眩暈がひどくて頷《うなず》くこともできず、枇杷は小さく片手を上げてみせた。走り出す昴を見送る。細長いマンションはすぐ近くにそびえ立っている。

言われたとおりに頭を膝の間につっこむように下げて、枇杷は立ち上がれるようになるのを待った。荷物がなくなれば、確かに探すのはだいぶ楽になるかもしれない。

それにしても情けなくて、また涙が滲《にじ》みそうになる。なんて有様だよ、自分。写真は失くすわ、フラフラになるわ、また変態の世話になってしまうわ……どうしてこうなってしまうのか。世間の二十三歳は、みんなちゃんと生きているみたいなのに。

「錦戸さーん！　お待たせー！」

走ってくる足音と声が聞こえ、枇杷は顔を上げた。その途端、

「……っ！」

またこみ上げたゲロを、危うく噴き出しかける。ぎゅっと口をすぼんで飲み、なんとか耐えた。

「ほら、見てこれ！　これがあれば探しやすいだろ？」

昴はこちらに駆け寄りながら、息を切らして意気揚々と晴れやかにドヤ顔。小さなペンライトの強力版みたいなものを、ピカピカとつけて自慢たらしく見せてくる。それは確かにあれば便利に違いないが。

でも、どうして。

「さあ、じゃあとりあえず、俺もこのルート辿《たど》ってみますか！」

どうしてなんだろう。森田昴。

どうしておまえは、まともなナリから、わざわざセーラー服に着替えてしまったんだろう……。

「錦戸さんはもうすこしそこで休んでる?」

しかもかつらまで装着して。まだ深夜といえるような時間でもないのに。ソックスにローファー……ああ、今夜も脛《すね》が異様に白い。闇夜《やみよ》にぬらっと気持ち悪い。もしかして脱毛とかやってるのか。

「……つ、つ、」

「え、ついてくる? でもまだ動けないでしょう」

「……じゃ、なくて。……捕まる、よ……おまえ……それ……」

「ああ、この恰好? でもほら、俺は朝野だからさ!」

セーラー服女装の変態ルックで、昴はぐいっと親指を立て、枇杷に向けて堂々と微笑《ほほえ》んでみせた。

「俺はここにいるよ、錦戸さん。だから、大丈夫でしょう!」

大丈夫って、なにが、とは思った。

でも訊《き》けないまま、昴はセーラー服を闇に翻《ひるがえ》す。小さいが強い光を放つライトを手に、すたすたと歩いて行ってしまう。妙に慣れた感じでライトをすっ、すっ、と動かし、植え込みや排水口の蓋のあたりを確認している。

枇杷は、まだまともにはなってくれない頭を抱えたまま、かなり本気ではらはらしていた。通りを向こうから歩いてくる人が少なからずいる。その半分ぐらいは特に昴に注意を払うこともなくそのまますれ違っていくが、残りの半分はぎょっとしたように二度見したり、気分を害したように睨《にら》み付けたりしているのだ。

もしもあいつがこれで通報され、捕まったりしたら、自分が事情を説明しなくてはいけないだろう。でも、昴の事情を他人に話して、わかってもらえる自信はあまりない。

（あれは性癖というより運命なんです。ただの女装ではなくて、二代目清瀬朝野なんです。世界には朝野が必要だから、こいつがその跡を継いだんです。そしてより一体性を高めるためにコスプレをしているんです。それに今夜は、）

——それに、今夜は。

（私が、朝野を探している……から）

だから、着替えてくれたんです。「ここにいるよ」と「大丈夫でしょう」、私にそれを言うために。

多分ですけど。

（そっか……）

そうなんだ。

しばらく考えて、やがて、枇杷は顔を上げた。

そろりと立ってみる。荷物を下ろした身体は、どうにか立ち上がることができた。自分の肉体はそれでも結構ずっしりと重い。でもどうにか、二本の足だけで支えてみる。

息を吸って、力を入れて、この重さに耐えてみる。

そろり、そろり、と前へ進んだ。ゆっくりならば歩くこともできた。枇杷は慎重に足を踏み出して、昴の後を追いかけた。

追いつくことはできなくても、錦戸家までついてしまえば昴は引き返してくるだろうから、いずれまた出会うことができるだろう。

ふらついて倒れたりしないように注意深く進む。さほど行かないうちに、歩道の隅に座り込むセーラー服姿の男を見つけた。もちろん昴だった。こんな男が街に複数いたらやばい。

光がちらちらと、昴のすぐ前方の地面で動いている。一体なにをしているのだろう。

昴は近づいてくる枇杷に気が付いて、「ここ見て！」と自分の足元を指さしてみせた。

ようやく傍に辿り着き、枇杷もそこを覗き込んでみる。

「あっ⁉　うそ、あれって……！」

思わず声が出てしまった。

アルミの蓋が嵌った排水溝の底に、落ちているもの。枯れ葉に半ば埋もれたそれは、朝野の写真に見える。枇杷は人目を気にする余裕もなくしてその場にべたっと這いつくばり、暗がりにさらに目を凝らす。やっぱりそうだ、落としたあの写真だ。最後のあの日の、笑顔の朝野だ。

「なんでこんなところに!?　ていうかすごい、よく見つけたね!?」

テンション高く騒いで、またクラクラ倒れ込みそうになってしまうが。

「ちょうどライトに反射して、写真が光ったからわかったんだよ。でも問題があって。ほら、見て。あれ」

昴はライトでアルミの蓋の端を照らし出す。そこには盗難防止のためなのか南京錠《ナンキンじょう》がかかっていて、蓋を溝から取り外せないようになっていた。

「手なんかもちろん、全然通らないし」

「棒かなにかあれば届くよね。棒っていうか……そうだ、箸《はし》だ！　コンビニかどっかで買うかもらうか……って、おまえはその恰好《かっこう》じゃ店には入れないな」

「無理だな。面目ない」

「昨日ならちょうど箸持ってたのに。ここから一番近いコンビニってどこ？　私、箸ゲットしてくる」

「いや、まだ動き回るのはやめといた方がいい。ていうか、錦戸さんの箸なら捨ててないよ。うちにあるけど」

「え？　なんで？」

あのファミレスに置いて、というか、捨ててきたつもりでいたのだが。

「俺がバッグに入れて持って帰ってきたんだよ。なんだ、気づいてるかと思ってた」

「あれがあるならちょうどいいじゃん！　よし、あれ使おう！」

「じゃあ俺、うちから取ってくる。錦戸さんはここでこのまま待ってて」

一つ頷いて、すぐに昴は身を翻していく。マンションへまた上がり、ややあって再び駆け戻ってくる。

でもその手には、枇杷の箸ではなく、普通の割り箸が握られていた。

「あれ？　なんで私の箸じゃないの」

「なんかちゃんとした箸だったし、やっぱもったいないかと思って。ちょうどうちにこれがあったから。これでもいいだろ？」

「うん、もちろん。箸ならなんでも。……よし、じゃあいくぜ……！」

「がんばれ！　ファイトだ錦戸さん！　君ならできる！　絶対いける！　ヒュー！」

「しっ！　うるさい！　気が散る！」

「……」

「黙るな！　気まずい！　適宜声出せ！」

「……がんばれー」

改めて枇杷はべったりと腹這い、排水溝を昴に照らさせて覗き込んで、まるでＵＦＯキャッチャー気分。箸でうまいこと写真を挟み、アルミの蓋の隙間《すきま》から、拾い上げるというミッションだ。

箸の長さが足りなくて、難易度はかなり高い。一番嫌な展開としては、箸まで排水溝に落としてしまうことだろうか。さすがに昴を何度も行き来させるのも悪いし、世間の皆様にも変態を晒《さら》すのは申し訳ない。

真剣に枇杷が操る箸の先が、写真を枯れ葉ごと摘《つ》まむ。

「お、うまい。いい感じだ錦戸さん……それにさ、あれさ」

「……おおお！　っと、と、と……！　……え？　なに……？」

「ああ、もう少し！　落とすな！　……いや、箸さ」

「……くおぉ……いける、か⁉　……え、箸が、なに？」

「お、お、いいぞ！　そこ、気を付けて！　……ほら、また、これからも使うでしょ」

「う、お、おぉぉぉ……わああ！　やった、取れた！　取れたぁ！」

「おおっ！　やったー！」

プルプル震えながらも、アルミの蓋の隙間から、写真がようやく摘まみ上げられた。また落としてはたまらないので、枇杷は急いでそれを手に摑《つか》む。

「ああもう、よかったよかった！　もう見つからないのかと思ったよ！　まじでほんと、二度と絶対なくしたりなんか……って、え？　な、なんて？」

「なに？　どうした？」

「いや、おまえさっきなんか言わなかった？　なんて言ったの？」

「いやだから箸をさ、これからも使うでしょ、って。うちで。え、錦戸さんはうちに来るんだよね？」

「……え？　なんで……？」

朝野の写真をようやく手に取り戻し、枇杷は座り込んだまま、ぼんやりと昴の顔を見返してしまった。写真の中では、眉間に黒い印をつけた最後のあの日の笑顔で、朝野が澄ましてこちらを見ている。呼べば、今にも帰ってきそうな笑顔のままで。

「え、だって実家を出てきたんだろう？　あの荷物の感じだと。うちはもう、全然構わないんで」

「……え？　だから……え？」

「え、いて下さいよ。錦戸さんがいたいだけずっと。さあ、朝野の写真も帰ってきたし、なにか食べよう！　夕飯！　なににする？　今夜は俺がおごりますよ、なにしろ変態だし強盗犯だし」

「……え？」

「え？」

ふと思う。

荷物は、というか枇杷の全財産すべて、すでにこいつの部屋に持っていかれてしまっている。こいつのペースに、気が付けば取り込まれてしまっている。

6

ネットカフェはだめでしょ！　と。

それが昴の言い分だった。

「だってそもそも普段行くことってある？　どこかの会員になってる？」

「ないけど」

「やっぱり！　だと思った」

いればいるだけお金かかるってこともわかってないでしょ？　それにいろんな人が始終出入りするわけで、そんなに安全な居場所とも思えませんよ。ずっといられるわけでもないし。そのうち手持ちの資金が尽きたらどうする？　住所も固定電話もないんじゃ短期のバイトだって見つからないでしょ今時。現実として、錦戸さんは実家を追い出されたわけだ。そして仕事もない。つまり社会で宙《ちゅう》ぶらりん。この状況でまず考えるべきは、いかに今ある財産を減らさずに、安全な住処《すみか》を手に入れるかじゃない？　そうでしょう？　なにはともあれそこからでしょう？

「……だからってここに居座るのも変だろうよ」

「でも錦戸さんには悪い話じゃないと思うけど」

「私の中の『常識』が、それはいかんでしょ、と囁《ささや》くんだよ。世間体とかさ」

「ネットカフェに住みついちゃうのも、世間的には褒められたものではないでしょう」

「よく知らない独身男の部屋で寝起きするよりはマシじゃない？　私はそういうの平気でできる女じゃないんだよ。彼氏いない歴＝生きてきた年月の、鉄股キャラなんだよ」

「鉄股かあ……それなら俺のことは、独身男、なんて思わなければいいよ」

「じゃあなんだと思えばいいの」

「こういう形をした、生肉でできた置き物だと思ってみたらどうだろう」

「……うーん……それはそれで気持ち悪い……」


中華のデリバリーをなぜか結局奢《おご》ってもらって食べながら、そんな話をした。あれはもう何日も前のことだ。

思えばすでに木曜日。

「なんか適応してるな……私」

枇杷はイカの燻製《くんせい》を貪《むさぼ》る手を止めた。昴の部屋に、すっかり居候《いそうろう》として暮らし始めてしまっているではなイカ！

ちなみにイカは、朝食兼昼食だ。午後になってから目が覚めて、一階のコンビニで買ってきた。昴はとっくに出勤していて、今、部屋には枇杷しかいない。

押入れのゾーンから、この時間は気ままに這《は》い出すことができる。枇杷は和室でイカを食い、テレビをつけて、エアコンもつけて、畳にだらだらごろごろ転がっていた。ふと気が付けば、普通にリラックスしきっている。歯に挟まったイカを舌で探る。取れなくて指を口につっこむ。

一人でいるのは気楽なもんだった。パンツでもいられる。

ジャージはさっき、コンビニから帰ってきた瞬間に脱いだ。そのまま風呂場《ふろば》に直行して、シャワーも浴びた。シャワーのついでにパンツとタオルだけの洗濯を簡単に手洗いで済ませ、それらは今、灼熱《しゃくねつ》のベランダに干してある。タオルで囲うように干せば、下着も昴の目には触れない。濡《ぬ》れた髪は自然乾燥でいいやということにして、清潔なパンツと清潔なTシャツ、清潔な身体で、枇杷は涼しい冷風を全身に心地よく感じていた。

こんなことで本当にいいんだろうか……そう思いながらも、他ならぬ昴の強い勧めを断り切れず、この部屋で暮らし始めてしまって早数日。家主・昴と居候・枇杷の間では、次第に生活のルールも固まりつつあった。

まず、昴が部屋にいる時は、そのプライバシーを最大限に尊重すること。枇杷はできるだけ存在感を消す。昴にそうしろと言われたわけではなかったが、そうするべきだろうと思った。どんな奴《やつ》にも私生活はあるのだ。具体的には、枇杷は今、主に押入れで暮らしている。

最初、昴は枇杷に和室のゾーンをすべて明け渡そうとしていた。自分はダイニングキッチンゾーンをワンルームのようにして暮らすから、と。さすがの枇杷も、「そこまでしてくれなくていい！」と必死に固辞したが、昴は「男と女だし、物理的障壁はお互いのためにも必要」としつこく食い下がってきた。

じゃあ襖《ふすま》で仕切られていればいいんだな、という話になり、枇杷は押入れを占領させてもらうことにした。押入れの上段は客用布団《ふとん》が一組しまってあったきりで、ほぼデッドゾーンと化していた。

枇杷の身長に対して、押入れの幅はおよそ八十パーセント。身体を伸ばしては寝れないが、やや膝《ひざ》を曲げれば一応横にはなれる。その窮屈さにも案外すぐに慣れた。

昴がいる時は、その押入れに納まり、足側の襖を三十センチほど開けている。そうするとテレビも見えるし、エアコンの風もいい感じに入ってきて涼しく、それでいて座椅《ざい》子《す》でくつろぐ昴の視界にも入らないですむ。会話をして盛り上がろう、などという気は恐らくお互い全然ないのだが、テレビを見ながら枇杷が呟く独り言に昴がコメントを返したり、コント番組で同時に噴いたり、しょうもないクイズになぜか熱くなって競うように回答したり、は、ある。別に不快ではなかった。二人してずっと黙っていることもあったが、それも不快ではなかった。

昴は枇杷のために、押入れの中までケーブルを伸ばして、デスクライトを引き込んでくれた。照明を手に入れたことにより、昴が寝た後に漫画や雑誌を読んで夜更《よふ》かしできるようになった。

そして枇杷がまだ起きないうちに昴は出勤するので、目を覚まして一人であることを確認するや、こうして這い出して、買い物に出たり、シャワーを浴びたり、洗濯をしたり、和室で思いっきり身体を伸ばしたりする。

水も電気も使うのに、昴は決して生活費を渡すという話に頷《うなず》きはしなかった。言うのはいつも「俺は錦戸さんに悪いことしたし」と「いたいだけいて下さいよ」、こればかりだった。

初回の中華は奢ってもらって一緒に食べたが、それ以降の食事はそれぞれ勝手にしている。昴は外食で済ませてきたり弁当を買って帰ったりで、自炊はまったくしないらしい。枇杷も適当に、その時食べたいものを一階のコンビニで買ってくるだけ。今はイカだ。昨日は袋詰めのロールパンをそのままむしゃむしゃ食べた。昼も夜もそれだけで済ました。おとといは新作のカップラーメンを昼に買ってきた。でも想像した以上にパンチの効いた味で、夜までずっと胃がもたれてしまい、他にはなにも食べられなかった。

こんな食生活が身体によくないことはわかっている。もしもチェリーにでも見られようものなら、なにを言われるかわかったものではない。でもどうしても、自分しか食べないものに手をかける気持ちにはなれないのだ。なにか食べるということに、注意を払うのが嫌だった。そもそもおいしさを求める気持ちがない。面倒だし、意識の照準をそこに合わせたくない。考えずにすむならそれが一番いい。要するに、食欲がない。

（ひょっとして私は今、いわゆる夏バテってやつを体験してるのか？）

イカを食いつつ、なんとなく萎《しぼ》んだような感覚がある胃のあたりを押さえる。

考えてみれば、夏とはいわず結構前、それこそ実家にいた時から体調はこんな感じだった気がする。でも母親は食べ残しを許さず、出てきたものは全部食べろとうるさかった。作り手が変わってからはもっと単純で、チェリーの料理は好きだった。気が進まなくても口にすれば、その全部がおいしかった。だから実家では、一日最低一食はまともに食べることができていたのだ。それなりに健康は保てていた。

で、一人の時は――今と同じような感じだったっけ。目の前にパンがあればそのまま口に押し込み、鍋《なべ》に味噌汁《みそしる》&炊飯器にごはんが残っていれば、炊飯器の釜《かま》にどぼどぼ注いでしゃもじで口に流し込んだ。あとは父親が好きで勝手に買ってくるスナック菓子とか。ハッピーターン、味しらべ、ばかうけ、わさビーフ……そんなのばかりだった。

自分のメシ如《ごと》き、どうでもよかったのだ。なにもないならないでもよかった。本当に、どうでもよかった。

今にして思えば、多分、そんなことだから自分が作る食事はまずかったのだろう。適当に作れば適当ゆえにもちろんまずく、たまにはレシピをちゃんと見ようと思っても、すぐに集中力を失ってなにもかも嫌になった。結局調味も過程も適当に投げ出していた。大匙《おおさじ》2？　しらね、容器からぺっぺっ。沸騰《ふっとう》した湯に？　めんどくせ、もういいだろ。ここで卵白を加えて？　味に関係なさそうだな、省略。火が通ったのを確かめて？　まあ、見た感じよかろ！　はい出来上がり！　みんな食べてー！　そんな具合だった。おいしいわけがないのだ。

（もっと前はこんなじゃなかったはずだけどなあ……）

枇杷はイカを口に運びつつ、他人事みたいに己のことを考える。

前は、「おいしいものを食べたい」という人間らしい欲求が普通にあった。普通に食事作りの手伝いもしていたし、揚げ物を覚えた時は、遊びにきた朝野に天丼《てんどん》を振る舞ったりもした。我ながらかなり上出来で、すごい！　と朝野も写メを撮りまくっていた。清瀬家では餃子《ギョーザ》パーティーもしたっけ。まだボンバーヘッド化する前、可憐《かれん》なバレリーナだった夕香ちゃんにも手伝ってもらって、一緒に色々な味の餃子を作った。水餃子、焼き餃子、揚げ餃子、シソ餃子、チーズ餃子、にんにく餃子、野菜餃子、あとなんだっけ。本当にたくさん、色とりどりに……あれはかなり楽しかった。

あの頃、自分は料理が嫌いではなかったし、興味もあった。

そうじゃなくなったのは確か——そうだ。朝野が亡《な》くなった、去年の夏の頃か。あれから、料理が好きではなくなって……というか、食欲に変調をきたしたのかもしれない。だとしたら、と枇杷はイカを噛《か》みながら考えた。

（もしかしてこの『胃袋がしぼしぼ状態』って、あいつの『かわうそがぐにゃぐにゃ現象』と根っこは同じなわけ？）

人としての根源的な欲求を見失ってしまうという点では、かなり共通するものがある気がする。

ロングブーツを哀しげに見つめるかわうその姿を、つい、ありありとイメージしてしまった。そこに昴のツラがくっきりオーバーラップする。そして萎む胃袋のイメージには自分のツラが。ローションと胃液の違いはあれど、二人はお揃《そろ》い！　ずっと一緒！　いつまでも一緒に、こうして仲良く暮らしていっ——

（おげぇ……！）

元から乏しい食欲がさらなるガチさでしょんぼり減退していく。膝を抱えたポーズのままでブチッとイカを食い千切り、その断面を枇杷は思わずじっと眺めてしまう。なんだかいろいろ、呪《のろ》わしくないか……？

呪わしいついでに身体の冷えも感じて、エアコンを弱める。部屋のエアコンは、基本的には日中はつけたままにしてある。昴にそうしろと言われたのだ。

「えー、電気代がもったいないよ」

枇杷は最初、ここでも無職の掟《おきて》を適用しようと思っていた。

「私は暑さに強いし、一人の時はつけないで耐えとく。実家でもそうしてたし」

「そんなのだめだって！　あんな広い一軒家とは違うから！　この部屋で、外の気温が三十度超えてる日にエアコンなしとか、人間が生き延びられる環境ではない！　つけるってちゃんと約束してくれ！」

「あーあ、はいよー。つーけまーすよーっと」

「こ、こんな口先だけの嘘《うそ》つく人は初めて見たぞ……もういい。わかった。気温が三十度を超えたら自動的にエアコンがつくように、俺がプログラムする」

その時枇杷は、はっ、としたのだ。思い出した。そういえばこいつって元はそういう系だし、普通に頭もいいんだっけ。枇杷の中でこいつの印象は、すっかり「狂った馬鹿《ばか》野郎」というシンプルな一色に塗り替えられていたけれど。

「なに、おまえってそういうのできるんだ。パソコンとかで制御するの？」

「いや、スマホを使う」

「へえー、なんかすごそうだな」

――なんのことはなかった。

単に暑くなってきたら、昴がスマホで職場から「錦戸さんエアコンつけた⁉　え、つけてない!?　つけてつけて!!」としつこく電話をかけてくる、というだけのシステムであった。そういうのは自動的とはいわない。理工系の学部を一年で辞めたのも、あながち間違いではなかったのかもしれない。あきらかにその手の適性はなさそうだった。

イカを片手にゴロゴロしたまま、そんなやりとりをふと思い出して、枇杷はすこし笑ってしまった。あんなすっとぼけた奴が一体どんなツラをして、他人の身体を預かって、押したり揉《も》んだりしているんだろう。そういえば自分も、あいつに指圧されたことがあるんだっけ。鬼のような力だった。馬に蹂躙《じゅうりん》されたようだった。

(でもなんか、妙にすかっとしたんだよなあ。あの容赦ない感じ、癖になる人もいるのかもしれない……)

やがて、よいしょ、と起き上がる。うなじがすーすーと冷たくて、濡れたまま結んで放っておいた髪を、やっぱり乾かすことにした。


「錦戸さん、このイカは……」

部屋の方から声をかけられて、

「んー、食べていいよ。お昼に食べてたんだけど、残した」

押入れの中に寝そべったままで返事だけする。

昴が仕事から帰ってきたのは、見ずとも音でわかっていた。カウンターに置いておいた食べ残しのイカを発見したらしい。

「お昼、イカか……侘《わび》しいね」

「ほっとけ。そういうおまえはなに食べたの」

「そばに親子丼のセット。こんな、イカなんて……おやつですよ。いや、つまみですよ。夕飯はどうした?」

「まだ。っていうか抜くかも」

「また? こないだも抜いてなかった?」

「いーの別に。動かないせいか、すきっ腹にイカなんか食べたせいか、やや胃のあたりが気持ち悪いんだよ」

「え、大丈夫なのか?」

「大丈夫大丈夫。っていうか無職なんかこんなもんよ。こんなごろごろうだうだしてて、でもメシだけはばかばか食うってのもアレじゃん。あ、ちょっとトイレいっていい?」

「もちろんどうぞ」

急激に高まった膀胱《ぼうこう》の意欲を汲《く》んで、枇杷は納まっていた押入れからひょいっと飛び出した。昴はカウンターの前に立ったままでイカを摘《つ》まんでいる。その視界になるべく入らないように、枇杷は若干身を屈《かが》めて部屋を横切る。

用を済ませ、トイレからこざっぱりした気分で戻ってくると、昴がまだじっとこちらを見ているのに気が付いた。なにかこのビジュアルに、排泄《はいせつ》の名残でも感じさせる要素があるのだろうか。枇杷はヘッドライトに照らされた野良猫《のらねこ》のように立ち止まり、「なんだよ」と一応訊《たず》ねてみる。

「いや、錦戸さんさ……ちょっと前から言おう言おうと思ってたんだけど。そのジャージ。かなりの勢いで終わってるよね」

「それはどういう意味で？　おなごとして？」

「それもあるけど、主にここでは汚染度的な意味で」

改めて見下ろしてみるまでもなく、それは確かにそうだった。前に洗濯したのは確か七月。そしてずっと真夏の間穿《は》き続けて、寝たり起きたり食ったりまた寝たり、汗だくダッシュで変態を追ったり。先日倒れかけた時には地面に膝もついてしまったし、そういえば朝野の写真を拾うために思いっきり腹這いになったりもした。おっしゃる通り。汚染度的な意味では確かに完全に終わっている。

「よし。明日おまえがいなくなったら、脱いで洗おう。ちょっと早めに起きて干す！」

枇杷は決意するが、

「今のうちに洗濯機に放り込んどいてくれたらいいよ。寝てる間に洗濯終わるようにタイマーセットして、朝出る前に俺が干すから。俺の服とかパンツとかと一緒に洗うのが嫌じゃなかったらだけど。ていうか、自由にいつでも洗濯機使って下さいよ」

「いいよそんなの。居候如きに洗濯機なんて、なんかパワーがもったいないじゃん。こんなジャージの一枚ぐらい、シャワーのついでに手でわしわしって洗っちゃうから」

「いやあ、やっぱ洗剤でぐわあ～！　って、化学の力をもってして洗わないとさっぱりしないと思うよ」

「ていうか今これ脱いだら、私に残された下半身の守りはパンツだけになるんだよ。おまえには受け止めきれないほどセクシーに成り果てるんだよ」

「あ、じゃあ、そうだ、ちょっと待って」

昴は摘まんでいたイカを置き、ジジむさく手を叩《たた》きながら部屋に入っていく。現在枇杷が居住中の押入れの下段から、半透明の衣装ケースを引っ張り出す。そこから取り出したのは、紺色のハーフパンツだった。それを枇杷に投げて渡してきて、

「洗濯してあるし、あんまり穿いてないから」

「……なに、貸してくれるわけ？」

広げてみると、洗剤か柔軟剤の女っぽい香りがする。

「ここは男らしく、錦戸さんにあげます！」

「え。いいの？　いいヤツだよこれ。ナイキだよナイキ。ほんとに全然新しいじゃん」

「それに着替えて、ジャージは洗濯機に放り込んでおいて」

断る言葉はこれ以上浮かばなかった。まあ、不潔なジャージを穿いた奴がうろついて

いるというのも、家主には迷惑な話かもしれない。これで寝ている客用布団にも、汚染が拡大しかねないし。

「……じゃあ、お言葉に甘えて」

「どうぞどうぞ」

枇杷は洗面所に向かい、昴の言う通りにジャージを脱いで着替えさせてもらった。ハーフパンツはやはり昴のサイズで、ウエストがだいぶ大きかったが、紐《ひも》をきつく締めればずり落ちるようなことはなさそうだった。

「ありがとうね」

フリーになった膝下をなんとなくあまり晒《さら》したくはなくて、ちょっと足早に昴の前を横切った。早々に押入れの居場所へ戻ることにする。

ほっ、と勢いをつけて上段に上がり、すでに定位置と化した布団の窪《くぼ》みにはまり込んで、枇杷はいつものように気配を消していようとするが、

「あのさー」

ガラッと、

「わああ……」

戸を大きく開けられてしまった。油断して股をパカーンと開いたところを見られる。

今日は随分、昴に話しかけられる日だった。

押入れの戸に手をかけたまま、昴はまだじっと枇杷を見ている。落ち着かないことこの上ない。

「錦戸さんさー」

「な、なによ」

「うちに来てまだ三日？　四日？　それぐらいだけど」

「おう」

「明らかに痩《や》せてきてませんか」

「……はい？」

「元から細かったけど、なんかさらにげっそりっていうか、不健康そうっていうか」

「そう？　自分じゃわかんないけど……まあ……言われてみりゃそうかも？　あんまり食べてないからな」

「なんで食べないんですか。もしかして、節約しようとして？」

「いや、そういうんじゃないよ。なんか食欲なくて。下のコンビニであれこれ見てても、あんまり食べたいものも見つからないっていうかね」

二秒ほど昴は考えて、よし！　と顔を上げた。

「なんか食いに行こう。俺もメシまだだし。奢るし」

「……え、いいよそんなの」

「なんで？」

「私のことなんか気にすんな」

「いや、看過できないね。うちに来てもらっておいて不健康にさせるなんて、俺は自分を許せない」

「来てもらって、って。私がいさせてもらってるんだけど」

「いいから行こう。錦戸さんがメシを食うまで、じゃあ俺も食わない！」

「うわ、なんかすげーめんどくさいことに……」

「行こう行こう！　さあ、なんでもいいよ！　なんにする？　錦戸さんが食えそうなもの。ファミレスでもいいし、駅の方までいけば結構色んな店あるよ。ラーメン、焼き肉、居酒屋系もあるし、俺がいつも弁当買ってるところもあるし、なにかテイクアウトしてもいいし。ちょっと頑張って歩けばパスタもあるよ。とりあえず外に出よう」

「……えー……」

挙げられたメニューの中に、特に食べたいと思えるものはなかった。しかし昴は枇杷がうん、と言うまで、押入れの戸口からどく気もないらしい。連れ出すのを諦《あきら》める気などまったくないのが丸わかりの目。

仕方なく、枇杷はまた押入れから這い出した。

ハーフパンツと便サンで、昴と一緒に夜の町を歩く。東京は今夜も蒸し暑い。

この時間になるとさすがに蟬《せみ》の声はしないが、その代わりに草むらから虫の鳴く音が聞こえてきた。蚊もあちこちに大発生していて、枇杷は歩いてものの数分で、ふくらはぎの辺りを何か所も食われてしまった。

時々立ち止まり、食われたところをぼりぼり搔《か》く。足の薬指の関節部分を食われたのが一番痒《かゆ》くて腹立たしい。昴は枇杷が足を搔くのを立ち止まってぼけっと待ちつつ、自分も腕を搔いている。帰り道にかゆみ止めを買うことを話し合って決める。

同じ沿線の錦戸家から二駅分しか離れていなかったが、枇杷がこの町の商店街をゆっくり眺めるのは初めてだった。若者向けらしい安くて量のありそうな飲食店や、チェーンの居酒屋、ファストフードの看板が目立つ。

しばらく歩いてもどこに入るかをなかなか決められず、

「私はほんとになんでもいいよ」

「俺は昼にそば食ったから、それ以外ならなんでも。いや、なんならそばでもいいや。全然そばでいい。あ、そば以外でもいい。できればそば以外がいいけどそばでもいい」

「余計混乱するんだけど……あー、まじでわかんない。決められない。おまえがなにか提案してくれたらそれに乗る」

「じゃあ、ラーメンにしない？　そばそば言ってたら、改めて麵類《めんるい》の気運が高まった」

「えー、ラーメン……？」

「いろいろあるよ。あの暖簾《のれん》がかかってるところは味噌ラーメンメイン。向こうが豚骨で、その先の赤い看板のとこが家系。家系とか今は無理でしょ。あっさり系でいうと、そうだ、塩の店ができたんだ。そこ行ってみようか」

「ラーメンはやだなあ……わー、なんか典型的にうざい女の言動しちゃった」

「とりあえず、塩ラーメンのところまで行ってメニュー眺めてみようよ。見たらいける気になるかもしれないし」

「んー……どうだろ」

ぐだぐだと言いながら、昴の後をついていく。新しくできたという塩ラーメンの店の前まで辿り着く。

店の外に貼ってあるメニューを昴の後ろから肩越し、枇杷も爪先《つまさき》立ちして見てみるが、選択肢は「こってり塩」と「あっさり塩」しかないらしい。どちらにしても食欲が湧《わ》いてくる可能性は見いだせそうになかった。しかも店内はカウンター席のみで、男たちが私語もなくぎゅうぎゅうに座り、汗をかいてハフハフしている。あまりに激しくハフハフするから、店のガラスは曇っている。表にはそこそこ長い行列もできていて、入るまでには相当時間がかかりそうだった。「ここはやだ」と枇杷が言うと、昴も「だよな」と引き下がってくれた。

そのまま来た道を二人して引き返していく。途中、また蚊に食われながら、たくさんの店を覗《のぞ》く。歩いているうちに腹も減ってくるかもと、意味なく古本屋や雑貨店まで覗いてみる。が、結局。

「ごめん。こんだけ歩き回らせといて、やっぱ全然食べる気にならないわ」

「そう言わずに、もうすこしブラブラしようよ。隣の駅まで行ってみる？」

「いや、もういいよ。おまえは明日も仕事だし、これ以上ぐだぐだして遅くなったら悪いもん。私は先に戻ってるから、一人で食べるなり買って帰るなりしな」

「錦戸さんが食べないなら俺も食べない！」

「それさあ、まじでめんどくさい思想なんだけど……」

「だって、心配だから」

商店街の外れの歩道で立ち止まり、枇杷はつい昴の顔を見上げてしまった。昴は本当に心配そうに、首を傾《かし》げて枇杷の顔をじっと見返している。だらしなく伸びかけた前髪の下で眉根《まゆね》を寄せ、息まで止めて。作り事の気遣いではなさそうだった。

正直なところ、枇杷にはもう意味がわからない。どうして自分なんかのことを、こいつはここまで心配するのだろうか。ありがたい、よりは、もはや不気味に近かった。悪いがはっきり過剰だった。ここまでしてもらえる筋合いなんかないのだ。ただのいい奴、の域などは、とっくの昔に踏み越えているし。

「……なんでなの？」

この食事のことも含めて、写真の捜索や他にもいろいろ。そもそも泊めてくれたところから始まって、全部。

「おまえはどうして、そんなに私に構おうとするの？」

「それは最初から言ってるでしょ。俺は錦戸さんに対しては、あらゆる権利を放棄するって」

昴は確かに、強盗などというとんでもないことをやらかした。その負い目があるのはわかる。でも、それにしてもやりすぎだろう。枇杷は昴の負い目につけこんだし、甘えてもきたが、「それでは最後にご精算を」なんて、先々言われてはたまらない。こっち側からこいつにお返しできるものはなにもない。こいつはちゃんとそのことを、わかってやっているんだろうか。

「俺はただ、罪滅ぼしさせてもらいたいんだよ」

「……おまえはずっとそればっか言うけど、でもさ」

「本当に申し訳ないことをしたと思うから」

何度も言ったのと同じことをまた言って、昴は一旦《いったん》言い終えたような顔をした。が、そのすぐあと。付け加えるようにわざわざ、

「錦戸さんには」

と。どこか慌《あわ》てたみたいな早口で。結構わかりやすく焦《あせ》りながら。

それがかえって、枇杷に（私には、じゃないんだ）と感じさせた。どうした変態強盗。本音がぽろりと出て焦ったか。

（『錦戸さんには』じゃ、なくて。罪滅ぼしさせてほしい本当の相手は——）

あ、と思う。

なるほど。そうか。そうだよな。なるほど。改めて考えればそれは明らかに、
俺はただ、罪滅ぼしさせてもらいたいんだよ。朝野には本当に申し訳ないことをしたと思うから。

（……『朝野には』、か……）

——うん、なるほどね。

詰まっていた鼻が通るように、この瞬間、やっと昴の行動が枇杷にも理解できた。つむじあたりに乗っていた疑問という名の塊が、ほろほろと分解されながら胃のあたりまで落ちてくるようだった。完全にわかった。

錦戸枇杷という人間は、森田昴から見れば、あくまでも「朝野の地元の友達」でしかない。彼の心の大半を占める清瀬朝野という存在の、その片隅に内包される物のうちのひとつ。要するに朝野の一部分。朝野が死んでしまった後も世界に残されていたわずかな組織片。そんなのがいきなり現れて、昴にしてみれば、大事な朝野の一部がまだ息を

しているのを見つけたように思えたんだろう。

だからこんなにも力を貸してくれるのだ。枇杷が朝野の一部だから。

だから、枇杷のことをこんなにも心配して、気にかけてもくれる。一生懸命、必死になって、助けようとしてくれる。

錦戸枇杷に対して己の罪を贖《あがな》えば——罰ゲームみたいな犠牲精神でこうしてひたすら力を貸し続ければ——それが朝野に通じるとでも思っているのだ。朝野に贖っているのと同じように感じているのだ。自分の罪を、そうやって、断じてもらっているつもりなのだ。「朝野には申し訳ないことをしたと思うから」＝「その罪滅ぼしに」＝「いたいだけいて下さいよ錦戸さん」……こうやって繋《つな》がるのだ。

「とにかく、食べたくなくても、健康のためにはなにか食べないと」

「……ああ。そうだね」

真剣な顔をしている昴に軽く頷いてみせながら、でも枇杷は、ちょっと笑いそうにもなってしまう。

（健康のためには、って。それって一体、誰の健康のことを言ってるんだよ？　おまえが本当に気遣っている相手はすでに死んでいるってこと、自分でわかって言ってんのかよ？）

昴の意識が自分には向いていないのは、もはや明らかな事実だった。一つ結びにした髪をしゅるりと手の中で弄《もてあそ》びながら、便所サンダルの爪先を見る。

昴は、一生懸命頑張っている。枇杷を助けて、朝野に罪滅ぼしをしようとしている。でもその努力は無駄だと思う。そんなの頑張ってもどうにもならない。自分はなにもしてやれない。朝野なんかもっとなにもできない。だって死んでいるんだから。誰もこいつに、なにもしてやれない。

目を上げると、昴は「やっぱパスタかなあ。パスタならつるつるっていけそうだし」などと言いつつ、どこか遠くに視線を投げている。本当にはどこを、なにを、誰を見ているか、枇杷にはすぐにわかってしまう。

昴はずっと、この世界のどこかに朝野の姿を探しているのだ。

枇杷の形をした生肉を見ながら、そこに朝野を見つけようとしている。

別にそれは悪いことではないし、枇杷が責める筋合いでもない。ただ、正しくもない。そんなふうに私の前に首を差し出されても困る、と枇杷は思う。

おまえの目には、私が朝野の一部にしか見えないとしても、実際にはそうじゃないんだから。

私が朝野の代わりに首刈りの刃を振りかざし、おまえを断罪してやることなど、本当にはできないんだから。

（いつか、永遠に許さなくていい、とか、確か言ってたよねこいつ……）

つまりその意味するところは、永遠にこうして、朝野への罪滅ぼしのためにお世話を受け続けていてくれ、ってことか？　朝野の一部分、ていうか代理として？

（それで、なにか？　なんならいっそ、そんな『許さない』まま続く永遠の果てに、私にいずれ殺してほしい、みたいなこと？）

冗談じゃない。そんな役を一方的に自分に押し付けられても困る。殺人なんてデカすぎる仕事、受けてやる義理なぞあるわけないのだ。もし本当にそんなことをこいつに言われたらどうしてやろうか。そんな自滅用システムみたいな扱いをされたら、腹が立って本気でぶっ殺してしまうかも。私はおまえなんかのために存在してるわけじゃないんだよ、と。

「え、なに？　俺の顔になにかついてる？」

「別に。ただ……見てただけ」

「じゃあパスタ、行ってみよう！　乗らなかったらそれでもいいし。まあ歩いているうちにまた気分が変わってくるかもしれないし。俺の方はどうにでもなるんだから、ここは錦戸さんペースで適当にいきましょう」

「……困るわー……」

「なにが？」

昴の問いには答えないまま、再び二人して歩き出す。

十分ほどでそのパスタの店についた。喫茶店みたいな外観の店はいかにも入りやすい、気軽な雰囲気で、決して「イタリアン」などではなかった。もう歩き疲れたし、時間も遅くなってしまうし、なんなら残してしまってもいいか、と思って、枇杷はその店で食事をすることに決めた。

さして待たされずに注文した帆立の和風パスタが出てきて、見ればそれなりにおいしそうに思えた。

枇杷が食べ始めると、昴は明らかにほっとした顔になる。先に来ていた自分のミートソース大盛りにフォークを差し入れ、しかし、

「あ、よかったらこっちも食べる?」

急にそんなことを言い出した。は? と枇杷は動きを止めてしまう。

「いやいや、自分が頼んだの食べるだけで多分精一杯だし。っていうか、なんで私がおまえの分まで食べたがってると思ったんだよ」

「なんかこう、切なげな顔してたから」

切なげな顔など、していただろうか。フォークにパスタを提灯《ちょうちん》みたいになるほどずっしり巻きつけ、そのまま口いっぱいに頬張って、表情を隠しながら考える。多分それは、

「……ほれは、ほうひゃなふれ……」

「う、うん？　なんて？」

ちゃんと咀嚼《そしゃく》し、飲み込んでから改めて言い直す。

「……それは、そうじゃなくて。多分、寂しい顔をしてたんだよ」

「えっ！　なぜ？」

「簡単には説明できない」

「切ないと寂しいはどう違うんだ？」

「結構いろいろと。とはいえおまえが気にすることじゃない。どうでもいい。忘れろ」

「えー……」

こんな寂しさを感じるのも、随分久しぶりだった。もう二度と感じることはないと思っていたが、そうでもなかった。

朝野と友達になってから、しばしばあったことだ。

枇杷と朝野が一緒にいると、人には枇杷の存在が見えなくなる。朝野はいつでも注目を集めてしまう子だったから、その隣にいても気づかれず、まるで自分は透明人間になった気がした。朝野だけが、透明人間を見られる特別な力を持っているようだった。

それは枇杷には寂しいことだった。しかし朝野もそういう空気には敏感なタイプだったから、随分気を使わせてしまっただろう。枇杷は、枇杷も、枇杷と――朝野はいつも一生懸命、そうやって枇杷の存在をその場に蘇《よみがえ》らせようとしてくれた。その試みはいつもうまくいくわけではなかった。でも、たとえうまくいかなくても、しょうがないことと飲み下す分別を枇杷はやがて持つことができた。つまらない嫉妬《しっと》や卑屈さに取り込まれることはなく、朝野とずっと友達でもいられた。

ただ、そんな朝野も、見てくる相手が彼氏となれば話は別だろうと思った。彼氏は朝野のことしかもちろん見ないだろうし、そして朝野だって、自分以外の女をことさら彼氏に見てほしいとは思わないはず。枇杷は、枇杷も、枇杷と、と、いつものように試みようとはしないはず。

ということは、朝野&その彼氏と一緒にその場にいる自分は、朝野にしか見えない透明人間になることがもう確定。なら、その場にいる意味なんか、そもそもない。

そう思ったから、朝野が何度も「彼氏を枇杷に会わせたい」「一緒にごはん行こうよ」「みんなで遊ぼうよ」と無邪気に誘ってくれても、枇杷は昴に会う気がしなかった。そんなの意味ない、と断り続けた。

だってどうせ会ったってあんたといる限り私はそいつには見えないんだから、わざわざ会う意味がないでしょ。それにあんたも自分の方しか見て欲しくないって思ってるんだし――感じ悪くしか聞こえないだろうから、そこまで詳しくは言わなかったが。

でも、なぜか今、世界から消えてしまったのは朝野で、自分は昴の部屋の押入れで暮らしたりしている。どういうわけか同じテーブルで、一緒にパスタなぞ啜《すす》っている。

そして結局というか、やっぱりというか、昴の目に自分は見えていなかった。

「あ、錦戸さん、また切ない……じゃない、寂しい顔を……」

「いや、違う。今のは『奥歯に挟まった胡椒《こしょう》の粒を嚙んでしまって辛い』の顔」

それは寂しい。寂しいことだ。寂しいのだが。

その寂しさをどう飲み下せばいいのか、枇杷にはわからなかった。なんでこんなに寂しいのかわからない。相手が昴じゃなくても、誰にでも、自分が見えてなければこれぐらいは寂しいものなんだったっけ？　会ったばかりの奴に対して、ここまで寂しくなるものだったっけ？　こんな寂しさを感じたのは久しぶりすぎて、大きさの測り方が思い出せない。

とりあえずなにかがいやーな感じ、それだけはわかるけれど。

（でも……しょうがないよな）

パスタをさらに食べ進める。しょうがない。そうだ。そうやっていつも処理してきたんだ。そう、しょうがないんだ。朝野がいる限りはしょうがない。

（って、待てよ。『いる』……？）

枇杷は、パスタを巻き取る動きを止めた。ふとこの瞬間だけ、頭の中が真っ白になる。いる、だと？

（私、なに考えてんだ？　朝野はもう——）

「俺のも胡椒、かなり効いてるわ」

真向いで昴は水をちょっと飲み、急になにか思いついたみたいな勢いでテーブルのメニューを開く。

「遅ればせながら、俺やっぱビール飲もう！　あ、でもなんかもう食い終わっちゃいそうな気配もあるな。あー、どうせ飲むなら最初から飲めばよかった……どうしようかな。どうするべき？　どう思う？　あれ？　錦戸さん？」

「……ん？」

「俺の話聞いてた？」

「え、ごめん。全然聞いてなかった」

＊＊＊

昴の勤め先は、不規則にしか休みがとれないようだった。昴はその週、土曜日も日曜日も、それまでの数日間と同じ時間に出勤して、同じような時間に帰ってきた。

帰宅するなり「なにか食べた？」とうるさく聞いてくるので、枇杷は一階のコンビニでほぼ毎日、ローテーションでおにぎりを買い、まるで仕事のように食べ続けた。

押入れに枇杷が住み込んで以来、昴が休みというものを初めてとったのは火曜日のことだった。

「錦戸さん……」

締め切った押入れの襖を叩かれて、枇杷は目を開いた。スマホを見ると、まだ朝の九時。一体なにごとか、と襖を数センチだけ開く。でもそこから昴は中を覗いてきたりはせずに、

「驚かせたらいけないから言っておくけど、俺今日休みだから」

声だけをかけてきた。

「……あっそ」

「家にいるから」

「はいよ」

短くそんなやりとりをして、襖を再びぴちっと閉め、枇杷は眠りの中へ戻った。

薄々気が付いていたことだが、昴にも枇杷と同じく、友人付き合いらしきものはほとんどなかった。これといって趣味もないらしい。部屋にいる時は漫然とテレビを見たり、たまにネットをして、あとはゴロゴロしている。なので仕事が休みでも、誰かに連絡を取るでもなく、遊びに出かけるでもなく、昴は部屋にこもっているようだった。

午後になって目を覚ました枇杷は、昼間に一応起き出して、いつものようにシャワーや洗濯を済ませた。でも昴がずっと部屋にいるとやはりなんとなく気詰まりで、風呂上

がりのなりでうろうろするのも抵抗があった。とはいえ、押入れに戻る気もしなくて、

「……私どっか行こうかな」

髪を乾かしながら、ぼけーっとテレビを見ている後ろ姿に声をかけてみた。

「どっか？」

「近所。買い物とか」

じゃあついていく！　心配だから！　とか、またうざったいことを言い出したらどうしてやろうかと一瞬思うが、

「買い物か……いってらっしゃい」

意外にもあっさりしたもので、枇杷はひそかにほっとする。適当に口をついて出ただけだったが、本当に買い物でもしてこようと思う。そういえば昴が使っているボディソープは気に入らなくて、シンプルな無香料のマイ石鹸《せっけん》が欲しかったんだ。

「どの辺まで行く？」

「とりあえずドラッグストアと、本屋でも久しぶりに見よっかな」

「あ、なら、ついでに俺の買い物も頼んでもいいですか」

「いいよ。重くないものならな」

そうだ、ヘアバンドも買ってこよう。ドライヤーのコードをくるくると本体に巻きつけて片づけて、枇杷は生まれつき栗色《くりいろ》がかった長い髪を両手でかき上げる。簡単に一つ

結びにして、白い額を丸出しにする。ふわふわといつも鬱陶《うっとう》しいこの髪も、ヘアバンドがあればガッと一発で上げられる。

「なにが欲しいの」

「えーと、えーと……待って、待って」

昴は妙にスローな動きで座椅子からのそっと身を起こす。ずりずりと膝でバッグにいざり寄り、財布を摑《つか》み出す。一万円札を枇杷に手渡そうとしてくる。

「え？　お金は後でいいよ。レシートもらってきて、後で請求するから」

「えーと……」

まだその体勢でいる。

「いいっつの。自分の買い物と支払い分けるのが面倒だから」

「……えーと、冷えピタと、風邪薬……解熱《げねつ》って一番でかく書いてあるヤツ……あとドリンク剤と……」

「話聞いてんのかよ」

「……あと冷えピタと……」

ん？　と思う。なんか変だ。

昴は一万円札を差し出した形の彫像みたいになっている。枇杷はその正面に回り込む。今日初めて、まともにこの男の顔をみた。なんだかいつもよりも全然表情がない気がする。目蓋《まぶた》も唇もぼてっとむくんでいるようで、頬は赤く汗ばんでてかって、それでいて目がどんより暗く濁っている。ぼわーん……とか、音を立てそうなツラ。二回も言うだけあって、確かに冷えピタが必要そうだった。

「……おまえ、具合悪いんじゃない？」

「ちょっとね」

「ちょっと？　その顔、かなりやばそうなんだけど」

枇杷はつい、昴の額に触って熱を確かめてみたくなる。しかし触れることにふと躊躇《ためら》い、それを自覚してしまうとかえって変に（家主の熱ぐらい確かめたっていいじゃん。なんで躊躇ったんだ私）などと意識してしまい、躊躇いに気持ちがフォーカスされそうでもあり、（……そんな場合じゃないし！）と気をとり直す。テーブルに体温計が置いてあるのに気がつく。

「熱計ったの？」

「うん」

「何度？」

「朝起きた時、7度5分ぐらいあって……頭痛くて、バファリン飲んだけどよくなんなくて……」

「ていうかなんだよ、もしかして今日の休み、病欠なの？　普通の休みってなくていいんだっけ？　無職がいうのもなんだけどさ」

「……強制されてるわけじゃないんだけど。やっぱ、新人は、勉強も練習もしないといけないし、できるだけ出させてもらうもんだよなー……っていう空気があって……休むヤツとか、普通に全然いない感じで……」

「あーあ、大変だ。もう一回熱計ってみなよ。朝からまた上がってるかもよ」

「……俺、バファリンにやさしさっていらないと思うんだ……求めてねえし……」

「そうね」

「本気出して、倍効かせろよ、と俺は言いたい……」

「はいよ。ほら、熱」

「……朝起きた時、7度5分ぐらいあって……」

「それはもう聞いたんだよ」

半ボケなツラのまま、昴は枇杷に向かって口をぱかっと開き、一万円札を差し出したポーズでまだ止まっている。ええいもう、と枇杷はお札を一旦奪ってテーブルに置き、体温計を昴のTシャツの脇《わき》の下にずぼっと思い切り突っ込んでやった。

そのまま腕を押さえつけ、熱を計らせる。ぴぴっと鳴った体温計を抜いて見て、枇杷は「わーおう！」と声を上げてしまった。大変だ。8度7分だ。元から平熱が低い枇杷なら、こんな熱が出たら座っていることさえできないだろう。

「おまえこれやばいよ。病院行かないと。インフルとかかもしれないよ」

「……いやー、ただの風邪なんだよ、多分……おとといかな、悪い感じの咳《せき》してる人がいて……仰向けで施術中、顔に思いっきりゲホゲホされてツバ浴びまくったし……」

「はい、立って。支度して。着替えはしなくていいよね？」

「……いや、しばらく寝れば多分……」

「トイレとかは大丈夫？」

「……このまま安静にしてれば……」

「なんで自然治癒の道を探ろうとすんの。無理だろもう。一番近い内科はどこだ？　診察券ってある？　保険証と、それからなんだ、ええと、今何時だ」

「……まあ、そうね……そうよね……もしほんとにインフルとかで、錦戸さんにうつしたら悪いわよね……」

「お、心が折れた」

「……わかっちゃったかしら……」

「なんとなくね。とりあえず発病が平日でよかったね。土日だったら病院もやってないもん」

　昴は立ち上がる時にわずかにふらついただけで、いつもよりもだいぶもっさりめな動きながら、ちゃんと自分の力だけで荷物を支度した。

出勤する時と見た目だけはほぼ大差ない感じで家を出て、商店街とは逆の方向にある内科クリニックへ歩いて向かう。枇杷がそのすぐ後ろをぴったりとついて行っていることに、気づいているかどうかは微妙だった。

その人物に遭遇してしまったのは、夕方だった。

昴に内科で診察を受けさせ、一旦マンションへ連れ帰って、枇杷だけが再び外出してきた時のことだった。もう五時を過ぎていた。

驚いて声を上げてしまいそうになりながら、枇杷は口許《くちもと》を慌てて押さえ、素早く乾物の棚に身を隠す。

並べられた鰹節《かつおぶし》の袋越し。こっそりと首だけ伸ばして、鮮魚コーナーの様子を窺《うかが》う。

そこにいるのは、巨悪の義姉・錦戸チェリーだった。

なんでこんなところにあいつが……！　いや、そう不思議なことでもないか。ここは錦戸家からもさほど遠い場所ではないのだ。それに今日は火曜日。熟れ熟れのフルーツ先生たちがおどけて童《わらべ》どもを迎え撃つ、にしきどデンタルも週に一度の休診日。

だからチェリーがコットンレースの襟がついたブラウスに、クロップドパンツにサンダルのなりでこのスーパーに現れたとしても、驚くようなことではない。ここはこの界《かい》隈《わい》では一番大きくて品揃えもいいし。料理好きのチェリーには、わざわざ二駅分の距離をやって来るだけの理由があるのだろう。

に、してもだ。

（くっそ……！　久しぶりに見りゃ今日もまた若作りしやがって！）

チェリーはカートをのんびり押して、見るからにのんきな様子。お嬢様風にくるんとカールさせたボブヘアーを肩の上で弾ませて、涼しい顔で冷蔵ケースを覗きこんでいる。

やがてその手に取ったのは、

（……小鯵《こあじ》？　小鯵だよね、あれ！　くっそー！　さては南蛮漬けにでもする気だな!?　なんだよ！　私だってそれ好きなのに！）

枇杷は乾物の陰、ひそかにどんこで顔を隠しつつ、ハンカチでもあれば「きー！」と噛《か》み締めたい気分だった。追い出された実家の食卓には、今宵、枇杷の好物が並ぶらしい。さぞやみんなでワイワイと、盛り上がって頬張るのだろう。スライス玉ねぎたっぷりの甘酸《あまず》っぱいソースはチェリーのオリジナルレシピで、にんにくが思いっきり効いていて、しゃきしゃきのカイワレの上からレモンをケチらずにたっぷり絞って、揚げた鯵に味が沁《し》みまくって……おいしいんだ、本当に。あれ、好きなんだ。

虚《むな》しく実家の今夜のメニューに想いを巡《めぐ》らせていると、

『グロロロロロ～』

（……やべ……！）

いきなり我ながらびっくりするような重低音で、激しくお腹《なか》が鳴ってしまった。慌ててヘソの辺りを片手で強く押さえ、乾物の陳列棚からはみ出していた半身を引っ込める。もういい、急いでこのまま退散しよう。

（ていうか今の音、チェリーにも聞こえてたりして）

早足で歩き出しながら、いやいや、と枇杷は首を一人横に振る。まさかね。それに万が一聞こえていたとしても、さすがに腹の音だけで枇杷とはバレないだろう。そう思ったのだが、

「あっ！　やっぱり枇杷ちゃんだ！」

「……⁉」

「おっと、逃がさないぞ。今、おなか鳴ったでしょ～？　隠しても無駄無駄無駄、ちゃんと聞こえてたんだから～！」

チェリーが棚の向こうから、ゆっくりと回り込んでくるように現れた。枇杷を指さし、勝ち誇ったような満面の笑み。聞こえていたし、バレてもいた。あっさりと。

「やっだ～も～、久しぶり！」

丸顔でへらへらしながら、チェリーは枇杷の肩をばし！　とどつく。

「いった……！」

恰好《かっこう》は若作りなのに、こういう仕草はおばさんそのものだった。

「どうどう、元気にしてた？　あれ、なんかちょっと痩せた？」

「……苦労してるからな！　誰かさんのせいで！」

「やだ〜！　も〜！　またまた〜！」

「……ばしばし叩くの、それやめてくんない!?」

「あはは、外で偶然会うとなんか新鮮だね！　おっとそうだ、ちょっと待っててね」

いきなりチェリーはくるりと背を向け、カートを押して鮮魚コーナーに戻っていく。

小鯵を冷蔵ケースに戻して、そして「さ！　いこ！」と。

「……なにそれ」

仲良しみたいに組まれた腕を、ペッと枇杷は振り払うが。

「カフェに行こうよ。あっついところ自転車で飛ばしてきて、ちょうどアイスコーヒーでも飲みたいなって思ってたところだし」

チェリーはさらにしつこくもう一度絡《から》みついてくる。さらに思い切り振り払い、

「い、や、だ、ね！」

はっきり四文字分、叩きつけてやった。

「あれ〜枇杷ちゃん、もしかして機嫌悪い？」

「そんなの当たり前なんですけど！　自分がやったこと忘れたの!?　ていうか、まじでそんな暇ないんで。こう見えて私も忙しいんで。さよなら」

「そんなつれないこと言わずに。そうそう、この近くにいい感じの喫茶店ができたんだよ、知ってた？　でも雰囲気よすぎて、なんとなく一人じゃ入りづらくて」

「知るか！」

　たとえチェリーにむかついていなくても、本当にのんびり喫茶店になど寄れる状況ではないのだ。

　幸い昴はインフルエンザではなく、ただの風邪ということだった。高熱が出やすい体質らしい。注射を打たれ、薬をもらって、今は和室のベッドで寝ているはず。

　水分をたっぷり摂《と》るように指示されたというので、枇杷はこうしてスポーツドリンクを買いに出てきた。ついでになにか栄養とれそうなものも……と思ってスーパーまで来たところで、チェリーを発見してしまった。というか、腹の音でチェリーに発見されてしまった。

「え～行こうよ行こうよ！　どうしてそんなに冷たくするのぉ？」

　それにしても、この鬼腹黒は……枇杷は思わず言葉を失い、くねくね動く義姉を見やる。

　何日間にも渡って行方をくらまし中の義妹のことを、本当にすこしも心配していなかったのだろうか。アイスコーヒーに誘うよりも先に言うべきことはあるだろう、普通。今どこにいるの⁉　とか。ずっと心配してたんだよ！　とか。あんなふうに追い出してごめんね！　とか。無職が実家で役に立っていたかどうかは別問題として、そこはもう常識的に。

「あ、そうだ。これ聞いたら枇杷ちゃんもきっと機嫌治るよ。あのねあのね、その喫茶店、ホットケーキあるみたいなの！　や〜ん！　メイプルシロップ〜！」

「さよならだ、丸顔」

永遠にな。言い捨てて踵《きびす》を返そうとするが、

「ま、丸顔のことは言わないでよ、これでも結構気にして……はっ！　そ、そうか。もしかして、今一緒に来てるんだ？」

いきなりチェリーは目を輝かせ、きょろきょろと辺りを見回し始める。いい大人がなにをやっているのやら。他人のふりしてとっとと立ち去りたいが、腕をはっしと掴まれてしまう。

「気安く触んなや！　ていうか落ち着け！　超恥ずかしいんですけど！」

「え〜、だってほら、もしかして彼氏と一緒だったりして〜って。なんだ、いないんだ、ざんねーん」

「……はあ？」

「彼氏なんでしょ、やっぱり。あの背が高い……森田くんって言ったっけ」

「……ええ？」

「結構かっこいいよね、すらーっとしてて。優しそうだし。マッサージの仕事してるんだって？　私も肩こりひどくて、最近は頭痛までしてくるの。今度やってもらいたいなあ、池袋なんだよね。私も連れて行ってよ」

いきなり酸素が足りなくなって、枇杷はあぶあぶと溺《おぼ》れかけた。脳が痺《しび》れたようになる。

チェリーは一体なにを言っているんだろうか。というか、どうして昴のことを知っているんだ。というか、

「……待って。まじで。ほんとに全然、チェリーが言ってる意味がわかんないんだけど」

「だから、枇杷ちゃんの彼氏だってば。今一緒に住んでるあの人」

「か――」

キュゥウゥン……と、目の前の宇宙が突然一点に狙《ねら》いを定めて絞られて、収縮していくような気がした。か、か……かれ……かれ、……か、

「彼氏……!?」

昴が!?

「彼氏……!?」

昴が!?

「彼氏……!?」

昴が!?

「なんで三回も言ったの？　ていうかまさか、いきなり同棲《どうせい》まで行っちゃうとはねえ。やるもんだね、枇杷ちゃんも」

……同棲……!?

彼氏が!?　昴で!?　同棲を!?　私と!?　……初耳!!

（ていうかそれ違う!!）

そう言いたいが、衝撃のあまりにうまく声が出なかった。本当に、なにも出ない。枇杷はただあうあうと口だけを動かしてチェリーの笑顔を見る。一体どういう誤解なんだ。どうしてそういう話になった。

「あ、ハーフパンツも彼氏のだ？　男ものだよね、それ」

チェリーはナイキのマークをちらっと見やって、うふ、と口を窄《すぼ》めてさらに笑う。

「お父さんはなにげに寂しそうにしてるよ。『枇杷だけは本当に一生独身だろうって思ってた』って」

それはそれでまたなにかちょっと言いたいが。いやでもそうじゃなくて。そんなことよりも。くわ、と両目がかつてないほど大きく開いて、睫毛《まつげ》と眉毛がかさっと触れる。

「その驚きよう……あれ。もしかして、枇杷ちゃんは知らなかったの？」

「でゃ、でァ、だ、ぬぁ、」

舌がうまく回らない。受けた衝撃は自我を保てる許容値をとっくに超えている。自分の頬をバシ！　と叩《たた》く。わあなんだ、とかチェリーが言っているがどうでもいい。ちゃんとしろ顔筋。動け、そして喋《しゃべ》れ、日本語を。

「……な、なにを……私は、なにを……知らなかったの⁉」

「いや、ほら、森田くんっていう彼。こないだうちに挨拶《あいさつ》に来てくれたんだよ。『枇杷さんはこの住所にいますからご心配なく』って。わざわざ勤め先の名刺にアドレスメモして、菓子折りも持って。……あれ？　どうしたの枇杷ちゃん。もしかしてだけど、倒れかけてる？」

必死に頷《うなず》く。チェリーのカートに摑まる手が震える。

「今日暑いもんねー。やっぱり喫茶店行こうよお」

「い、いかない……！　けど！　話は聞く！　ここでな！」

えー、と不満げな顔をしながらも、チェリーはすべてを話してくれた。

それによると、昴が錦戸家に現れたのは先週。枇杷が居候《いそうろう》を始めてすぐのことだったという。

あいつは「枇杷さんの友人の森田という者ですが」と名乗って、いきなり訪問してきたらしい。

——突然申し訳ありません。枇杷さんはいろいろ悩むことがあって、しばらく一人でゆっくりと過ごしたいようなんです。話を聞いたら、ネットカフェに行くつもりだったようで、ちょっと不安を感じましたので、うちにいてもらえるように説得しました。非常識だとご叱責《しっせき》いただいても仕方ありませんし、さぞかしご心配されると思いますが、自分は部屋には寝に帰るぐらいですし、部屋には余裕もありますし、枇杷さんのためにどうか云々《うんぬん》——とか。

「なにを勝手なことを……ていうか……」

部屋に余裕ってなんだよ？　まさかおまえは、もしかしておまえは、あの押入れを、部屋の一つに数えているのか……？　頭を抱えて、枇杷はそのままこのスーパーのド真ん中に蹲《うずくま》りたくなる。どんな悪徳不動産屋でもさすがにそこまではしないだろう。

「わざわざ挨拶に来てくれるってことは、かなり真面目《まじめ》に付き合ってるんだよね？　森田くんは、やたら『友人』だって強調してたけど」

実際は、彼氏どころか、友人ですらない。しかしどう説明してもチェリーには通じなさそうな気がして、枇杷は思わず虚しく宙をパンチする。もちろんパンチはどこにも当たらない。すっかすか。

要するに、枇杷の行動は、全部家族に筒抜けだったのだ。

とんでもないことをしているような気分でいたのは、自分だけ。周囲の人間みんなに

「はいはい……（笑）」と生ぬるく観察されていたようで、とても、とっても、気分が悪い。

家を飛び出したようなつもりになっていた。自分の意志でなにか一つ、小さな決着めいたものをつけたつもりでいた。たった一人、悲壮な覚悟で、えい！ と跳んだ気になっていた。事実、追手が来ないのは、自分の跳躍がそれなりに大きかったからだと思っていた。

なのになんだこれは。必死になって、目をつぶって、踏み切って、この身はどこへ落ちるのかと恐怖しながらも、でも……それなのに。まだここは側溝だったのか。

もがいても、もがいても、ただの間抜けか。

どこかへ行ける可能性など、そもそも孕《はら》んでもいなかったか。

でもさあ。

ていうかさあ。

「……知らなかった。あいつが、そんなことしてたなんて……なんだろう、すげえむかつく」

「えー、どうして？ そんなに怒るところじゃないよ。むしろ若いのにちゃんとしてるなあって、結構ポイント高かったよ？」

「余計なお世話なんだよ。なんのつもりだよ。そんなことまでして……なんなの？」

わざわざ家にまで行ったりして。錦戸家の面々まで巻き込んで。それもまた、おまえの勝手な贖罪《しょくざい》のバリエーションか？　こっちの立場とかは無視か？

（おまえの都合に利用されるのはもうたくさんだ。いい加減、うんざりだ。私を朝野の代わりにしようなんて——）

「なんなの……まじで。本当に、むかつく」

「え、どうしよう。言ったらいけなかったのかな……」

「……行くわ、もう」

「枇杷ちゃんごめん！　ちょっと待って！」

チェリーの声を振り切って、まだ空だったカゴをそのまま荒っぽく出入口に戻し、枇杷はスーパーから走り出る。

＊＊＊

——ならやってやるよ、と、胸の中で叫びながら町を駆けた。

マンションまで戻って、エレベーターで部屋へ上がる。

走ってここまで帰ってきながら、むかついて、腹が立って、どう文句をつけてやるかを考えに考えて、一番効果がありそうな方法を思いついていた。

（なら私が三代目になってやるよ！　朝野になってやるよ！）

昴の前に、朝野の姿で現れてやる。ほら、蘇ったよ。おまえがずっと探してた朝野がいるよ。求めてた言葉を言ってやる。なあ、こっちを見ろよ——私を見ろ！　これがおまえの望みだろ⁉　よかったな！　私は、朝野は、おまえのせいで死んだんだよ！　おまえが殺したんだよ！　これが聞きたかったんだろ⁉　なら言い続けて、居座ってやるよ！　おまえは罪を抱えたまま、せいぜい苦しんで罰のように生きろ！　お望み通り、永遠に許さない！　そして、そして——

ドアを引きちぎるように開き、便所サンダルを蹴《け》り飛ばして脱いだ。ずかずかともう暗い部屋に踏み込むと、ベッドの盛り上がりがわずかに動いた。

掠《かす》れた声がなにかうわごとめいたことを言った気もしたが、無視してクロゼットからセーラー服一式を取り出す。そうだ、ハサミもいる。

洗面所で枇杷は、着ていたTシャツとハーフパンツを脱ぎ去り、ブラジャーとパンツの上から直接セーラー服を着こんだ。ばかめ、わかってないんだやっぱり。普通こういう制服の下には、セーラーズニットっていうババシャツみたいなものを着るんだよ、女子は。襟から出ない形をした、機能的なださい肌着がいるんだよ。

鏡を覗《のぞ》き込み、左手で長い前髪を引っ摑む。ぐっと下に引っ張り伸ばしながら、目のラインで迷わず一断ち。じゃきっとハサミを入れる。前髪が黒い束になって洗面台に落ちる。一度では切りきれず、さらにハサミをじゃき、じゃき、と横に動かす。

朝野のように、あのカツラのように、前髪を切るのだ。ハサミを動かし、三度切って、ちょうど顔の半分まできた。

右の目が、鏡に映る。

（あなたの、）

怒りと興奮で鋭く吊《つ》り上がった、ナイフみたいな形の目。

（罪を、）

潤《うる》んで強く輝いて、こちらを睨《にら》み付けている。

（断じてあげる！）

さらに前髪を切り落とそうとして、ハサミを深く差し入れたその瞬間だった。鏡の中にいるのは――

「……っ……！」

すとっと手からハサミが滑り落ちる。

――朝野？

（あんたが断じる罪人は、『あなた』っていうのは、……私のこと……!?）

でも、私の罪ってなんだよ。なんなんだよ。

ふと見ると、足と足の間の床に、開いたハサミの刃先が突き刺さっている。あと数センチずれていたら、とぞっとする。なにしてんだ、と我に返る。

なんだこれ。

（……ほんとに、なにしてんだ、私は……）

鏡の中に映る顔をまた見た。

半分だけ切り落とされた前髪の向こうで、右目が泣いていた。

どうして泣いているんだろうか。寂しそうに見開かれたまま、止《と》め処《ど》なく涙を溢《こぼ》している。なにがそんなに寂しいんだろうか。涙は顎《あご》のラインを伝って、雨のように滴《したた》り落ちていく。

鏡に映る自分は、セーラー服を着て、前髪を切って、朝野のふりをしようとしていた。

でも、そんなことをして、なんになると思っていたんだろうか。どうなることを期待したんだろう。

清瀬朝野のふりをして昴の罪を断ずるなんて、自分にできるわけがないのに。できるわけがないのだ。できるわけないじゃないか。だって本当には、朝野じゃないんだから。

――でもそうしなければ、朝野のふりをしなければ、朝野の身代わりを演じなければ、昴の目には映ることすらできない。

（……それの、どこに、不都合が……？）

無関係に生きていけばいい。それだけじゃないか。なのにどうして泣く。どうして鏡に映る自分は、泣いて動けなくなっている。

（……一体なにが、こんなに寂しいんだろう……？）

朝野の親友である自分と、朝野の元彼氏である昴。

朝野はある日、消えてしまった。自分と昴はもういない朝野を探し続けて、それぞれ逆方向から走ってきて、朝野という存在がかつてあった磁場に引き寄せられるように、やがてぶつかるように出会った。

そうして出会った自分と昴は、ここにまだ本当には朝野がいるという設定にしようと決めた。

本物の朝野は、永遠の二十二歳。一番最後の笑顔は、眉間《みけん》に黒い死の印つき。いかにも将来有望な目をして、きちんと座って澄ましている。

設定上の朝野は、永遠の十六歳。黒いセーラー服姿で光の中から出現し、聖なるパワーを秘めたボールで、巨大な敵と戦っている。

あの日が来て、世界からは、本物の朝野が消えた。その後に残ったのは設定上の朝野。昴が演じて、枇杷も演じてみようとして、そして今はここだ。

枇杷の、目の前にいる。

鏡の中から怒りを込めて、殺気を帯びた目で、枇杷のことをまっすぐに睨み付けている。枇杷の罪を断じたがっている。

枇杷の罪はもしかして——寂しさを感じたこと、だろうか。

（……でもどうして、それが、罪なの……？）

だって、いなくていいとか思わなかったか。設定上はまだ「いる」朝野に、あんたもういなくていいよ、とか。本当にただの一瞬も、そうは思わなかったと誓えるか？

自分と昴の間に挟まって、自分の姿と感触、匂《にお》い、体温、存在のすべてを昴の目から覆《おお》い隠すような設定上の清瀬朝野を、一瞬たりとも厭《いと》わなかったと言い切れるか？

できないよね？

（……私は、つまり、昴に見つけられたかったの……？）

ほらね、できないでしょ!?

それは枇杷、あなたの罪でしょ!?

『だって昴は他ならぬあなたの親友の、このあたしの、彼氏なんだよ！　なのに自分を見つけて欲しいとか、そんなこと思うなんて絶対に罪だ！』

（彼氏じゃなくて、元彼氏、だろ。……って、そうじゃなくて。そうじゃない、そうじゃない……じゃないんだって。そこじゃなくて、）

ほとんど愕然《がくぜん》としながら、枇杷は鏡の向こうでまだ泣いている朝野の白い顔を見つめる。朝野も枇杷の白い泣き顔をまっすぐに見返してくる。

どうして自分は昴に見つけられたいなんて思うんだろうか。見つけてもらえないことを寂しがったり、それで泣いたり怒ったりするんだろうか。

変態だ。強盗だ。朝野も泣かせて、初台の人も苦しめたような男だ。かなり狂っちゃってる、残念な男だ。そもそもちゃんと知り合ってからは、ほんの一週間とすこししか経《た》っていない男だ。要するに、ほとんど知らない奴《やつ》だ。

でも、

『でも、なんなの!?』

でも。

——たった一人、昴にだけは、自分の声が届くのだと思ってしまった。

世界はどんどん変わっていく。枇杷は変化に追いつけなかった。古い世界にいまだ取り残されているのは、自分だけだと思っていた。でも、昴もいたのだ。森田昴も古いままの世界に、必死にしがみついていた。

もしもこの世界で枇杷が助けてと叫べば、昴はきっと来るだろう。どんな犠牲を払っても、枇杷を救いにくるのだろう。

そういうふうにあいつを信じてしまったから、だから寂しかった。昴が助けに行きたいのは、本当は枇杷ではないのだ。昴が救いたいのはただ一人。もう消えてしまった、特別な女の子。本物の清瀬朝野。二度と会えない、枇杷も昴も大好きだったあいつ。

こんなにも寂しくなってしまったのは、一人ぼっちだからだ。

この世界で、自分はもう一人ぼっちなのだ。どんなに泣いても、どんなに叫んでも、自分の存在に気づいてくれる誰かなんてどこにも生きてはいない。それは、朝野の役割だった。枇杷に気づく誰かというのは、朝野でしかなかった。ずっと二人は一緒のはずだった。二人なら最強になれるはずだった。二人なら永遠になれるはずだった。

　でも、もういない。

　朝野は一人でいってしまった。

『なに泣いてんの？』

あの夏に、あのプールで、枇杷の心を一瞬で捕えたかわいい笑顔は消えてしまって、もうどんなに呼んでも帰らない。

『じゃあ訊《き》くけど、あたしが助けてって言った時には、あたしが一人ぼっちで破壊神と戦っていた時には、枇杷はどこでなにをしてたわけ？　あたしが助けを求めた時、枇杷はなにをしてくれたわけ？』

　そう。

『枇杷には誰かを呼ぶ権利があるわけ？』

　そうだよね。ないよね。

　そんなの――あんたに改めて言われなくてもわかってるよ。

「……さん……」

　はっ、と振り向いた。なにか聞こえた気がした。今のは確かに現実の声だ。

「にしき、ど、さん……いる……？　たすけ……」

昴が自分を呼んでいる。続けてひどい咳。あまりにも苦しそうなその咳の音に驚いて、

「どうしたの⁉」

枇杷は今の自分の恰好も忘れて和室へ駆けこむ。ベッドへ走り寄る。

さっきまで静かに寝ていたと思っていたのに、昴は上体を捩《よじ》って起こし、

「……バッグ……中……」

ひゅー、ひゅー、と笛のような音を立てて、苦しげに背中を丸めている。息を吸うのがうまくできないらしい。その姿を見て枇杷にはすぐになにが起きているのかわかった。

「喘息《ぜんそく》か⁉　吸入はどこ！　バッグの中⁉」

熱のせいかぼんやりした目のまま、昴はガクガクと頷く。枇杷は飛びつくように床に置いてあるバッグの中を漁《あさ》り、ビニールのポーチを見つけ出した。急いで掴んで、昴に渡す。震える手で昴は吸入器を取り出し、慣れた手つきでケースの蓋を外し、大きく肩を上下させて思いっきり薬剤を吸いこむ。

そのまま目を閉じて息を止めるのを、枇杷はじっと見守った。枇杷も小児ぜんそくの持病があって、最近は発作も出なくなってきたが、それでも苦しさはわかる。キッチンから水をとってきて手渡し、飲ませ、ベッドの下に落ちていた枕《まくら》を拾う。背中の下にしっかりと入れてやる。

「大丈夫か」

昴は、頷く気力もないようだった。そっと触った肩が怖いぐらいに熱い。汗に濡《ぬ》れている。着替えた方がいいのだろうが、まだ動くことはできなさそうだった。枕に横顔を埋め、そのまま懸命に呼吸をしている。

「……ごめんね。ごめん。ほんとにごめん……」

聞こえていなくてもよかった。枇杷は繰り返し囁《ささや》きかける。ごめん。昴。病気で寝込んでいる奴に、自分はなんてひどいことを言おうとしていたんだろう。言わないでよかった。あんな言葉が自分の中に深々と埋まっているなんて、こいつに知られないでよかった。

もっと深く埋まれ。見えなくなるほど深く埋まれ。そしてできれば二度と、出てくるな。なんならそのまま腐ってしまえ。朽ちてなくなれ。

しばらくして、吸入もちゃんと効いてきたらしい。昴は気を失うように、タオルケットに包《くる》まってまた眠ってしまう。

それを枇杷はずっと見て、呼吸の音を傍で聞いていた。声も出さず、ただずっと、随分長い間、身じろぎもせずに聞いていた。

昴は穏やかに眠り続けていた。

結局なにも買い物してこなかったことを思い出して、音を立てないように枇杷はそっと部屋を出た。エレベーターで降りていき、一階のコンビニへ向かう。

眩《まぶ》しい店内でスポーツドリンクやヨーグルトをカゴに入れていく。温めるだけで食べられるおかゆもあった。買おうかと思うが、ふとその手が止まる。こういうのを自分では食べたことがない。果たしておいしいものなのだろうか。

おかゆなら高校生の頃、ダイエットのためによく作ったっけ。普通のごはんよりもカサが増すから、水筒に入れて学校にも持っていったりしていた。それなりに味は悪くなかったと思う。よくわからないパック詰めのものよりは、米から鍋《なべ》で簡単に作って、とき卵でも入れて、塩昆布を添えてやった方が熱々でおいしいんじゃないだろうか。

（おかゆのレシピ、スマホで検索してみるか。いや、いっそチェリーに聞いてみた方が早いか……）

チェリーなら、ちょっと気の利《き》いた、病人の喉《のど》も通りやすいおかゆにするコツを教えてくれるだろう。さっそく今、電話をしてみようか。さっきはあんなふうにいきなり帰ってしまったし、気にしているかも……いや、してないか。あの義姉に限っては。

ちょっと悩んで、店内の通路でふと顔を上げ、

「……うわ！」

自分の姿に驚いて声が出てしまった。ばかか。昴のコスプレ用セーラー服のままで出

て来てしまっているではないか。まだ九時過ぎの、街中のコンビニに。恥ずかしさに一瞬固まり、しかし、開き直る。女が女の服を着て、なにがおかしい。堂々としていれば別に誰も見やしないだろう。

結局おかゆは買わずに、ドリンク類と一緒に、一番小さなサイズの米と卵と塩昆布を買った。

店の外に出て、そのすぐ脇のエントランスからマンションの中へ戻ろうとして、ふと涼しい風を便所サンダルの脛《すね》に感じた。もうすぐ夏も終わるのか。

海へ行きたいな、と、枇杷は思った。

唐突に湧《わ》いた気分は、言語化されるとさらに盛りあがった。海へ行きたい。季節が終わらないうちに、行きたい。

もしかして、朝野もこんなふうに思ったのだろうか。去年の八月。半分が過ぎて、ふと気持ちが盛り上がってしまったのだろうか。柄にもなく、カナヅチのくせに。ずっとずっとずーっと大嫌いだった海なんかに、生まれて初めて行ってみよう、なんて。

（……一体そのとき、あんたはどこで、伊豆の海を夢見たんだろうね？）

卒論のために大学の図書館にでもいたのだろうか。それとも自分の部屋か。どこかの街で買い物でもしていたのか、カフェでアイスラテでも飲んでいたのか、枇杷の知らない友達とおしゃれな店をひやかしていたか。

とにかく、どこかに、いたのだ。朝野はこの世界に確かにいて、そして決めた。誰も連れて行かずに、一人で海に行くことを、朝野は決めてしまった。

そのとき朝野が見た空は、きっとさぞかし綺麗《きれい》だったんだろう。いかにも夏の、晴れ渡る空。眩しく澄んだ、濃いブルー。――どうか、そうであってほしい。ほかのどの日よりも、どの季節よりも美しく鮮やかな色をした空の下を、朝野は生きていたのだと思いたい。

星も見えない空を見上げて、枇杷は半分だけ切ってしまった前髪をかき上げた。

(伊豆、か――)

そうだね。いいかもね。あんたが目指した、海だもんね。

季節には随分遅れてしまったけれど、もう一度、自分もこの脚で海を目指してみようかな。でもそのためにはまず側溝から脱出しないとな。

想像の中で、枇杷はハサミを差し出す。おーい、と誰かに向けて振り回す。同じ溝に嵌《はま》った誰かがいて、そして気づいて、摑んでくれたなら。

そうしたら一緒に回転してみようか。

今度はちゃんと、ゆっくりと。跳びたくなるまで、落ち着いて。

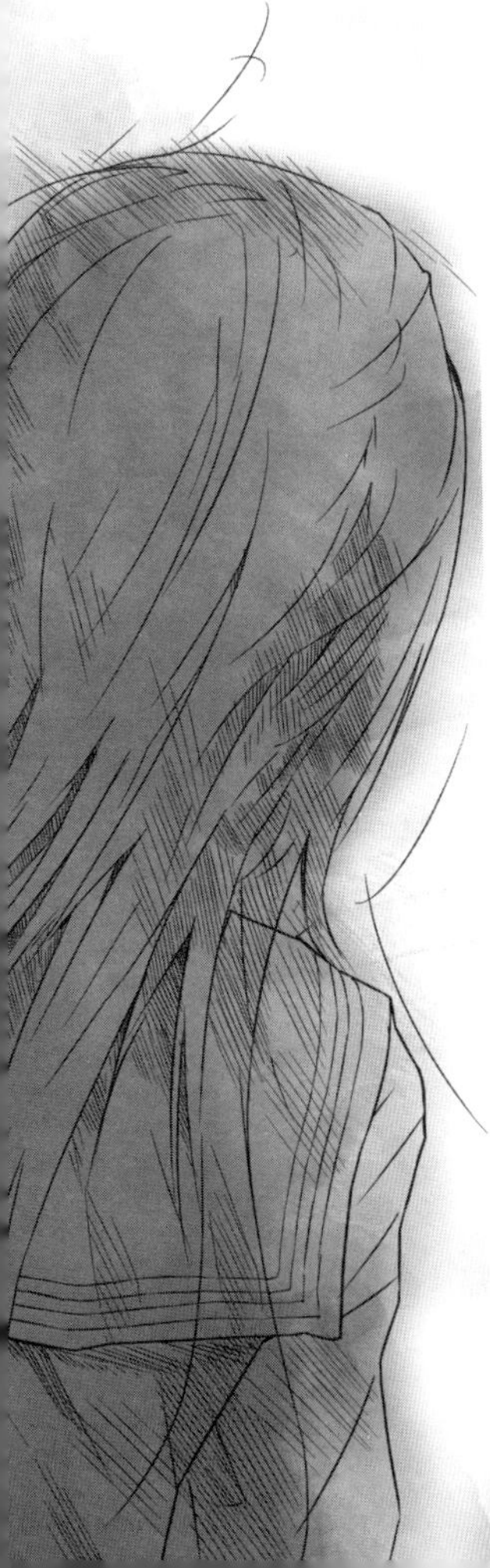

7

病院で処方された薬がよく効いたのか、その夜、昴は昏々《こんこん》と眠り続けた。

すこし心配していたが、もう喘息《ぜんそく》の発作も出なかった。枇杷がコンビニから帰ってきても、和室にずっと居座っていても、ベッドの傍で寝顔を見ていても、昴が目を開くことはなかった。寝息はすこし浅くて速かったが、概《おおむ》ね規則的で、落ち着いているように思えた。

深夜になって枇杷も押入れに戻り、眠った。

目が覚めて一度トイレに立った時、カウンターに空になったスポーツドリンクのペットボトルが置いてあるのに気が付いた。昴も一度起きて、薬もちゃんと飲んだらしい。薬局の袋が出しっぱなしになっている。着替えもしたようで、洗面所には部屋着の一式が脱ぎ捨ててあった。床に落ちていたのを拾って、カゴに放り込んでおいてやった。

＊＊＊

目が覚めて、押入れの襖《ふすま》を開いた。

朝の十時、すこし前。

外は明るいが、昴はまだベッドに潜り込んでいる。カーテンを開けるのはやめて、足音を殺して和室から出た。

洗面所で顔を洗おうとして、

「……う」

鏡を見てしまう。そうだった。がくっと落ち込む。

半分だけ切り落としてしまった前髪は、一晩過ぎてもそのままだった。そんなのもちろん当たり前のことなのだが、それにしてもショックだった。本当に変な髪形になってしまっている。かといって、長く残された残りの半分を切る気もしない。仕方なく、枇杷はゴムで前髪だけを無理矢理一まとめに結ぶという強硬手段に出た。これだって相当変だが、なにもしていない状態よりは多分マシだった。マシ……であってほしかった。

ちょこんと頭頂部で結んだ前髪が小さな噴水みたいになった髪形で、歯磨きも済ませて、キッチンへ向かう。

整理されていないシンク下の収納から蓋《ふた》つきの鍋《なべ》と計量カップを見つけて、枇杷はシンクの前に立ち、米の袋を切った。

レシピなんてたいしたものはない。スマホで検索もしていない。結局チェリーにも電話はしなかった。

自分が覚えているとおりにやってみるつもりで、枇杷は自然な動きで手を動かす。米の袋を慎重に傾けてカップにサラサラと落としていく。とにかくおいしいおかゆ。病気の身体にいいおかゆ。昴が起きたら食べるおかゆ。食べて元気になるおかゆ。いろいろありがとう、のおかゆ。

計った米を鍋の中で手早く研ぐ。シャゴ、シャゴ、と手と米と鍋肌が耳に気持ちいい音を立てる。研いだ米にぶつけるように水を注ぐ。勢いで白く濁った水をどんどん変えながら、でも米は一粒も落とさない。

なんにしても随分世話になったな、と思うのだ。とにかく、それだけは動かしようのない事実だった。昴には確かに救われた。その恩には、報いたい。

睡眠というのは偉大なもので、面倒で複雑な心因性のあらゆるゴチャゴチャをとりあえず脇《わき》に避《よ》けておく余裕を、この脳みそに作ってくれたようだった。

柔らかめに出来上がるように水加減をして、鍋をコンロの火にかける。

なんだかんだで、昴が力を貸してくれて、自分は本当に助けられた。ありがたかった。

もしもここにいられなかったら、今頃一体どうなっていたことか。あのままフラフラとネットカフェを探して、金はどんどん減っていき、ろくに食事もできず、家族にも居所はわからないまま……いろいろ想像してしまうが、きっと現実は想像するよりもずっとひどい展開を迎えていたに違いない。

昴に出会えてよかった。

昨日の夜までは、素直にそう思うことがどうしてもできなかった。昴が枇杷に向けてくれた優しさや、差し伸べてくれた救いの手は、本当のところ、朝野への罪滅ぼしに他ならないと気づいてしまったから。

(おまえは寝ていて知らないだろうけど)

煮立ってきたのを見計らって火を小さくする。しゃもじが見つからなかったので木べらで一度底から持ち上げるようにかき混ぜる。蓋を少しずらして乗せておく。

(朝野は確かに現れたよ。ここに、いた)

ここに、というのは――枇杷は自分の右目を手の甲で軽く擦《こす》る。この目は昨日、鏡の中で、大粒の涙を流して泣いていた。

罪のあるところに、朝野はいる。つまり、枇杷の中に罪はある。

背後でまだ寝ている昴のことを考える。ありがとう、と枇杷は思う。変態ルックで強盗された恨みなど、とっくの昔に忘れた。全然怒ってなんかいない。それはまぎれもない本心だ。ずっと前から許していた。

（朝野の一部である私を助けて、朝野の一部である私に許されて、それでおまえの罪滅ぼしは終わった？）

台所回りに目を走らせて、枇杷は塩を探す。塩、塩、塩、どこだ、お塩。

（私のは、まだだよ。ていうか、罪の大きさは膨らんでいくばかりだよ。おまえのことを考えるたびに、そしておまえには私が見えないってことを感じるたびに、もっともっと、膨らんでいくよ。現在進行形で罪深いのは、きっと私だけなんじゃないかな……）

ていうか、塩、もしかしてないのか。いくらなんでも塩ぐらいあれよ、と思う。もしも本当にないなら火を止めて下に買いにいかなくてはいけない。でも塩がないって、ほんとか？　ありえるか？

パカパカと踊る蓋を眺めながら思案していると、襖を閉じた和室の方で携帯の着信音が鳴った。昴に電話だ。起こした方がいいのだろうか。

「……あっ、すいません、森田です、おはようございます……」

自力で目を覚ましたらしい。職場からかかってきた電話のようだった。昴は寝起きなのと風邪のせいで、今にもひっくり返りそうな情けない声に成り果てている。

「……はい、はい、ええ、インフルも検査して、陰性で、……そうです。すいません、では一応そういうことで……はい、失礼します」

携帯をベッドサイドに放り出す音。ゴソゴソとベッドから這《は》い出してくる音。襖がすっと開いて、

「あれ……」

「はよ。具合どうよ」

「……それ……」

タツノコプロみたいな寝癖頭で起きてきた昴は、フラフラとゾンビの足取りで枇杷に近づいてくる。

「おまえにおかゆ作ってるの。……んだよ!? 近いな!?」

遠近感を間違ってほぼ体当たりしてくるのを思いっきり避けてやるが、

「……に、錦戸さんが……？ りょ、料理を……？」

昴は相当驚いているようだった。何度も鍋と枇杷の間に不審そうな視線を走らせ、見比べてくる。

「料理ってほどのもんじゃないでしょ。おかゆ如《ごと》き」

「うち、米あったの……？」

「なかったよ。買ったんだよ。ていうかもしかしてこのうち、塩もないわけ？」

「しお……あ、あるある、あります……！」

枇杷の手ではどうしても届かなかったシンクの上の収納を軽々と開き、よくあるアジ

シオの小瓶を出してくる。全然使っていないらしく、瓶の中で固まってはいるが、特に問題はなさそうだった。

「錦戸さんが、料理か……え――……そういう時代かあ……へ――……」

「そんなに意外かね」

「なんていうか、料理とか、そういう生々しく生命体っぽいこと、全然しない人なんだと思ってた……」

「なんだそれ」

「あ―なんだこんな時に……！　すっげ―トイレ行きたい……！　くぅっ、膀胱《ぼうこう》が爆発しそうだ……！」

「行けよ。起き抜けの尿を全力で爆散させてこい」

「し、しかし……！」

「なにがそんなにおまえを我慢させるわけ？」

「……このレアな場面を目に焼き付けておかないと、って……！」

「いいから行け！　ていうか仕事は？」

「休み！　ああ―っ！　もう限界だ―っ！」

「すげ―うるせ―……」

いそいそとトイレへ向かった昴の顔色は、昨日の茹蛸《ゆでだこ》みたいな状態に比べるとだいぶまともに思えた。

ややあって、洗顔と歯磨きも済ませて戻ってくる。まだ眠そうだが、機嫌もよさそうだった。変にニコニコ……というか、にやにやしているように見える。

「熱は下がったの？ 計ってみなよ」

「おかゆ食ってからにします」

「まだしばらくはできないよ」

「じゃあ待ちます」

病欠で仕事を休む奴《やつ》にしてはかなりてきぱきとした動作で、昴は折り畳み椅子《いす》をクロゼットから二脚出してきて、カウンターを挟むように置く。鍋敷きと小皿を二枚、そして思い出したように冷蔵庫に頭を突っ込み、梅干しのパックも出してくる。大きな匙《さじ》を二本。それから枇杷が実家から持ち出してきた箸《はし》は梅干しのところに——取り箸にされてしまうようだった。まあいいか、と見過ごしてやる。

椅子の一つに座り、リモコンを持ってきてテレビをつけ、妙に真剣な顔をして昴はおかゆができるのを待っていた。一分おきに「まだかな？」とか「できたかな？」とか声をかけてくるのがうざったい。

「なに、そんなにおなかすいてたの？」

「なんかもうめっちゃ」

「ああ、そういえば昨日は水分しか摂《と》れなかったのか」

「朝方一回目が覚めて、ヨーグルト発見して食べたけど。ていうか、あれって俺が食べてよかったのかな？　聞きたかったけど錦戸さんガン寝だったし」

「うん。おまえが食べるかと思って買ってきたんだよ。火を見ててくれるなら、下でもっとがっつりしたおかず、買ってきてやろうか？　コロッケとかチキンとか」

「いや、それはおかゆには合わないでしょう！　あなたはおかゆに集中してくればいい！」

いつになくきりっとした顔と口調でそう言われ、枇杷は「お、おう」と頷《うなず》いた。こんなに楽しみにしてくれるとは思わなかった。ちょっとだけ後悔する。やっぱり作る前にチェリーに電話して、レシピをちゃんと聞けばよかった。

まあ、今さらだ。仕方ない。もうほとんど出来上がってしまっているし、このまま自分の感覚だけでやるしかない。

そのまましばらく弱火にかけ続け、やがて今だ！　という時がきた。枇杷は卵を小皿に割り落とし、箸で溶いて、そっとおかゆの鍋の中に落とす。ふんわりするように木べらでそっとかき混ぜて、軽く塩で味をつけて、淡い黄色がひよこみたいな卵のおかゆが出来上がった。

鍋ごとカウンターに運ぶと、昴が拍手と歓声で迎えてくれた。それぞれ取り分け、忘

れかけていた塩昆布も出して、

「さて、まともに出来てるといいけど。いただきまーす」

「いただきます！　すげー、手作りのおかゆだ……あっつ……！　……わはは！　ちゃんとうまいっ！　うまいよこれ！　錦戸さんすげー！　わはははは！」

「おっしゃー！」

　ガッツポーズ。やったね。よかった。

　熱々のおかゆを、昴は大喜びで食べた。自分でも、かなりまともに作ることができたと思った。二人してどんどん食べ進め、すぐに鍋底が見えてくる。もっと食えるよ！　と昴は空になっていく鍋を残念そうに覗《のぞ》き込んでいる。枇杷ももっと食べられそうだった。

（なんか、私の胃袋はしゃきっとしたかも）

　――おまえのかわうそはどうだろう？　心の中だけでそう問いかけ、もちろん口には出さない。

「ん？　なんか錦戸さん、今俺を生ぬるい目でちらっと見なかった？」

「生ぬるい目、じゃないよ。今のは『優しい気遣いの目』……」

「えー、なになに？　なんでなんで？　なんだよ、なんか照れるな……」

「……照れときな……」

おかゆを食べた後に熱を計らせると、6度台の後半まで下がっていた。でも油断せずに昼の分の薬をまた飲んで、昴は再びベッドへ戻った。枇杷の目にもだいぶ元気になったように見えたが、ひどいだるさはまだ抜けきらないらしい。

「でもこれ、多分薬の効果でだるいんだと思う。午後一杯寝てたらもう治るかなって感じがする」

「おー、よかったね。明日にはじゃあ、仕事も行けるかな」

「行けるね。残念ながら、余裕で行けちゃう」

「もう大丈夫だ？」

「うん。普通に大丈夫っぽい」

枇杷は窓際《まどぎわ》に立って、ベランダの向こうを眺めながら自分のスマホをいじっていた。フリック入力は苦手で、さっきからなかなかずばっと検索ワードを入れられない。指先が乾燥する体質のせいか、タッチ式のものは概ね反応が鈍いのだ。

天気は快晴で、外は今日も暑そうだった。

「……すっげーいい天気」

枇杷が呟《つぶや》くと、昴も寝たままで視線を外にやる。

「ほんとだ。あーあ、仕事休みでも寝てるだけじゃなあ。夏風邪引くとか、俺ってやっぱバカなんだな」

「あなたはもっと普通に休みをお取りなさい——今のは無職からのありがたいメッセージよ。胸に血文字で刻んでちょうだい」

「まあね、そうなんだけどさ」

「あんな熱出るとか、疲れてるんだよ。基本的にもうずっと」

「つってもねえ。職場のムードってのがあってさ……はあ。今年の夏、こんなに天気のいい日ってあとどれだけ残ってんだろう？」

「ところで、ねえねえ」

「はい？」

「おまえが寝てる間、ちょっとパソコン借りてもいい？」

「えっ⁉」

なぜか昴はいきなり慌《あわ》てて、ベッドから上半身を跳ね起こす。そんなに衝撃的なことを言ってしまっただろうか。

「ちょ、ちょっと待って⁉ え⁉ え⁉」

「だめならだめでいいよ。なに焦《あせ》ってんの。勝手にいじったりしないってば」

「いやいや、待って、待って……あ、あー……いいや。まあ、うん、いいわ……」

昴は勝手になにかを諦《あきら》めたように、タオルケットの中にしおしおともぐり直す。

「いいの？」

「うん。どうぞ。ただしあんまりいろいろ見ないで下さいね……。メールとか、検索履歴とか、そういうプライベートなところ……」

「頼まれても見るかよそんなの！　ていうか、なぜ私がおまえのプライベートに興味を持つと思ったんだよ、見くびんなよ！」

「錦戸さんこそ、俺のインターネットワールドの闇《やみ》を見くびんなよ……？」

「どうでもいいわ！」

「閲覧履歴が漏れたら死ぬぞ。……親がな！」

「変なもんみんな！」

いきなり疲れるやりとりの後、借りたノートパソコンを立ち上げる。検索ワードをいろいろ打ち込む。

伊豆。海辺。砂浜。そして当日、宿泊、旅行……いくつものサイトや個人ブログが次々に目の前に現れる。

昨日の夜に突然湧《わ》いた、伊豆に行きたい、なんて気分は、ただの思い付きでしかなかった。でも、そんな思い付きを妨げる要素も、考えてみればなにもないのだ。そして鼎がさっき言った通り、この夏、こんなに天気がいい日があとどれだけ残っているかもわからない。

条件を変えてあれこれと試してみているうちに、一軒の宿のサイトが枇杷の目に留まった。伊豆の海辺、砂浜からすぐのところに建っているらしい。

ちょっと高級そうな温泉旅館だったが、当日宿泊割引というのがあった。正規の料金のほぼ半額と、随分と大きな割引だった。ただし夜も朝も食事なしの素泊まりになるそうで、安い理由はそこにあるらしい。

（へー、なかなか……って、残り一部屋……？）

今日、ちょうど空いているのだ。あと一室だけ。

室内の写真やら、温泉の写真やら、女将《おかみ》の無害な内容のブログやらを眺めているうちに、今にも誰かが部屋を押さえてしまいそうな気がしてくる。だってあと一部屋って。

今日なら半額って。

（……迷ってる余裕は、ない！）

気が焦るままに、「予約する」ボタンをクリックした。ちょっと重くてイライラしかけるが、無事に情報入力画面に切り替わる。

追い立てられるように、姓名から入力していく。錦戸枇杷、ニシキド、ビワ。年齢、住所、電話番号、メールアドレス、それから宿泊人数……

「あれ？」

プルダウンのメニューの中には、一人一部屋、という項目がなかった。一人客は受け入れていないのか。どうしたものかと考えてしまう。でもこんなにのんきに考えているうちに誰かが横からさくっと申し込んでしまう気もする。取られてしまったらどうしよう。いやだ、どうしても行ってみたい。行く、と一度思ってしまったら、もうどうしても行きたい。なにしろ伊豆の、海辺の宿なのだ。いかにもそれらしいロケーションなのだ。

サイトの写真を見る限り、枇杷の「想像」とかなり近い気がした。澄まして綺麗《きれい》に微笑《ほほえ》む朝野が、眉間《みけん》に黒い印をつけたまま、今年もまだそこにいるのではないかとさえ思えた。あいつと同じ場所に辿《たど》り着けたなら、そうしたらどうしよう。名前を呼んだら、振り返る笑顔があったらどうしよう。あんたどうしてこんなところまで来たの、と、訊《き》くこともできるだろうか。

枇杷はしばし、パソコンの画面を見ながら迷う。

こんなに想像どおりの場所にある宿で、しかも値段は普通に泊まる時の半額。そして残り一部屋――ええい、ままよ。

腹を決め、二人一部屋を選択する。って、ご同伴者さまの情報も必要なのか。ちらっと昴の方を見る。昴はタオルケットを頭まで引き上げて、薬が効いているのか、また眠っているようだった。

ごめん、名前借りますよ、と……森田昴。二十三歳。男性。いいさ。いいとも。二人分、きっちり払ってやるとも。

でもまだ予約は確定ではなく、チェックインの予定時刻も選択しろという。そんなのすぐにはわからない。ここから伊豆ってどうやって行くのかすら枇杷は知らない。確かロマンスカー的な特急電車があったと思うが、調べている隙《すき》にも残り一部屋を取られてしまう気がして、とにかく適当に選択項目の一番上にあった十五時で入力した。遅れるなら連絡すればいいことだろう、多分。

申し込む、のボタンをクリックする。ややあって、受付完了の画面に移る。

これでちゃんと予約できた……のだろうか。できてしまったのだろうか。確認のメールはスマホに届くはずで、枇杷はじっと自分のスマホを摑《つか》んで待ってしまうが、

「……っ」

着信があったのでびっくりする。あまりに驚いて、その場で小さく跳ねてしまった。見知らぬ番号だ。０３ではない市外局番。とりあえず、せっかく安らかに寝ている昴を起こしてはいけない。

慌てて押入れに飛び込み、戸を閉めて、小さな声で「もしもし」と出る。電話は、ついさっき予約を入れた宿からだった。

『ご予約いただきありがとうございました。チェックインのお時間も迫っておりますので、お電話でご確認の方、させていただきました』

とのことらしい。

内容は食事なしの素泊まりプランになるがそれで大丈夫かだとか、駅からの無料送迎があるが手配するか、だとかで、

「……あの、ていうか、同行する予定の者、なんですが、」

『はい、森田様ですね？』

「そいつは遅れて、後から来ます。なので、あのー、駅には私一人で行きます」

『では宿までの送迎のご手配はお一人様でよろしいですね。ご宿泊はお二人、で』

「……はい。二人です」

すいません、本当は一人です。

『それではこれにてご予約の方は承りましたので、お気をつけてお越しくださいませ。お待ちしております』

通話を終えて、息をついた。

ていうか、だ。

（……うおおーう！　まじかよ⁉）

なんだよ。本当に予約できてしまったではないか。今日はもう当日だから、いかなければキャンセル料金は１００パーセントだ。

（まじで、行くんだ……⁉　私、伊豆へ……！）

自分で手配したことなのに、なぜかかなり慌てて押入れから飛び出す。と、

「わあ!? お、起きてたの……?」

ぎくっと——別に気まずく思う理由などないのだが、驚いてしまった。昴が細く目を開けて、こちらをじっと見ていたのだ。しかし、

「ううん……」

単に寝ぼけていただけらしい。昴はすぐに壁の方を向き、タオルケットを固く巻きつけて丸まり、軽いいびきを立て始める。一応、回り込んで顔も覗き込む。どことなくげっそりとした表情で、やはり昴は完全に寝ている。

よし、と枇杷は気合いを入れた。

巨大なバックパックとポシェットを押入れの奥から引っ張り出す。実家から持って来た自分の荷物を、物音は立てないように気を使いながら、どんどん詰め直していく。通帳類の貴重品に、Tシャツ、タオル、それから昴にもらったハーフパンツ。荷造りしながら、本当のところ、自分は一体どこへ行くつもりなのだろう……なんて他人事みたいに考えてしまう。

宿の予約は一泊分だけだ。

その先のことなどわからない。明日のことすら、なにもわからない。今日この後に、なにに出会うかもわからない。世界が、そして自分が、どう変わってしまうかもわから

ない。

ただ、予感だけがあった。

ここを出るんだ。

そうしたらきっとなにかが、大きく変わる。

（ていうか、変えるためにいくんだ、私は。変えたいんだ、なにかを。もしかしたら、なにもかもを）

こんなことを思う日が来るなんて知らなかったが、来た。ついに来た。枇杷は、ここを捨てていく。そして次のフェイズを、新しい世界を目指す。実家を出た日とよく似ているけれど、でも違う。この気持ちはもっと全然新しくて強い。

嵌《はま》った側溝から見上げた今日の空は真っ青で、ギラギラと眩《まぶ》しく晴れ渡っていた。時はついに満ちた。季節が変わる――

（誰かが突然、箸でそっと摘《つ》まみ上げてくれればいいのにね）

もちろん、そんな奇跡は起きないとわかっているとも。だから自分でもがいてみるしかなかった。どんなに無様でも、失敗するかもしれなくても、どこへも行けなかったとしても、でも試すしかない。動くしかない。ハサミを振ってみるしかない。全力で暴れてみるしかない。

とにかくもう一度、どうやってでも、この夏の季節の真《ま》っ只中《ただなか》にこの身を置いてみたいのだ。

枇杷は、焼き付くような陽射《ひざ》しの下で、己が行くべき道筋を探してみたいのだ。

（……そのために、海だ！　海へ行くんだ……！　行きたいんだってば！）

叫ぶようにそう思う。財布の中の現金と、大切にしまった写真を確かめる。あの日のままで、朝野はちゃんといてくれた。枇杷が動き出すのをずっと待っていたような、澄ました笑顔。

（私はあんたを連れて行く！　さあ、今度は一緒に行くよ、朝野！　二人で行くよ！）


洗い物を済ませて台所も綺麗にしてやり、米の袋をシンクの向こう側にわかりやすく立て掛けておいた。卵もまだあるから、昴はきっと自分でもおかゆを作ることができるだろう。作り方のメモでも残してやろうかと思ったが、この家にはメモとペンという基本的なモノがないようだった。自力でレシピを見つけ出して、好きなだけ作って、いっぱい食べて、元気になれ。

寝ているところを起こさないよう、そっと足音を殺し、その日の正午過ぎに枇杷は昴の部屋を出た。

＊＊＊

伊豆って広い。

そしてスーパービュー踊り子号は、乗る側を間違えると、言うほどスーパービューじゃない。

ろくに下調べもせずにとにかく東京駅までやって来て、あまり本数の多くない特急電車の指定席が取れたところまでは相当運が良かった。

スマホで経路を検索した時に、小学生男子の消しゴムを思わせる古めかしいデザインの四角い電車がちらっと見えて（あらら……）とか実は思っていたのだ。でも実際にホームに現れた「スーパービュー踊り子」は、それよりも断然しゅっとしていた。古めかしいのは「素の」踊り子号らしい。それはそれで旅の風情《ふぜい》だが、やっぱり自分はスーパービューでよかった。

枇杷が乗り込んだ車両はほぼ満員。乗客の平均年齢は随分高そうだった。皆さんで温泉旅行にでもお出かけなのか、軽装に旅行鞄《かばん》をぶら下げた熟年のグループが多い。あとは学生らしき若いカップルと、まだ小さい子供連れの家族が何組か。

走り出した踊り子号は、東京の住宅街を案外あっさりと通過し、枇杷を乗せて神奈川県に入る。枇杷の座った側は山だった。というか、延々崖《がけ》だった。通路を挟んで逆側の座席からは大きく視界が開けていて、眩しく海が見えている。正直、かなりうらやましかった。

こうして枇杷は、進行方向を見て左側に座らなければ、どんな踊り子もさしてスーパービューではないことを知ったのだ。落ち着いて日本地図を頭に浮かべてみれば、そりゃそうだろうという感じではあった。

伊豆の広さをしみじみ思い知ったのは、熱海《あたみ》を過ぎたあたりからだ。悲しいほどゴツゴツした岩肌ビューの景色が、随分長く続いた。そして先には「伊豆なんとか」という駅がいくつも。

でも、それなのに、枇杷が目指している終点の駅名は「伊豆なんとか」ではない。もちろんそこもれっきとした伊豆の一部であるはずだが……そうであると信じているが。本当に全然まともに調べないまま飛び出してきてしまったことを、枇杷は延々続く岩肌を見つめながら痛感した。

そもそも、東京から三時間近くかかるなんてことも知らなかった。伊豆ってどこ？　あ、静岡？　それなら小田原のちょい先だし、かかって二時間程度っしょ！　……というばかな若者丸出しのノリでいた。踊り子号と新幹線は、とにかく速度が全然違ったし、停まる駅の数も違い過ぎた。伊豆半島が本州からこんなにも激しく突き出しているということも、今まで意識したことはなかった。大学の友達で石川県出身の子がいたのだが、能登《のと》やべえ！　と言っていたっけ。親指フック、外周行ったらめっちゃ距離あるぞ！と。なんとなく思い出してしまう。うん、伊豆もやべえ！

読み間違えた到着時刻を訂正するために、デッキに一度出て宿へ電話をかけた。席に戻る途中、ふと窓の向こうに広がった海の景色に目を奪われる。

線路の真下がちょうど海岸線になっていて、波が白く砕けながら岩場に打ち寄せているのが見えるのだ。音が聞こえてきそうなほど、ダイナミックな景色だった。

そしてどこまでも続く、海の紺色。空の向こうがなにやら黒っぽい雲に覆《おお》われているのは気になったが、遥《はる》かな水平線に目をやると時折行き交う船舶もあり、海鳥が群れをなして飛んでいるのも見え、まったく飽きることがなかった。絶対こっち側の席がよかった、と思った。

やがてゴッ、と音がして電車はトンネルに入ってしまい、枇杷は自分の座席に戻った。そのまましばらくトンネルばかりが続いて、バックパックに足を載せたまま、いつしかうたた寝してしまっていた。

目を覚ましたのは、十分ほども経《た》ってからだった。後ろの席の熟年グループが騒ぎ出した声で驚いて、枇杷はしかしすぐに事態を理解した。

ついさっきまで快晴だったのに、天気予報も晴れだったのに。なぜか今、スーパービュー踊り子の窓を、大粒の雨がすごい勢いで叩《たた》いているのだ。

空はいきなり真っ暗で、車窓から見える伊豆の浜辺にも、街にも、ホテルや旅館の屋外プールにも、人影は一切なくなっている。南国ムード溢《あふ》れるヤシとかバナナっぽい系の並木の葉も、激しく風に煽《あお》られて、千切れてしまいそうなほど揺れている。

目を閉じる前までは輝くようだった夏の海の光景は、なんだかいきなり寒々しくなってしまった。枇杷も一人でなかったら、後ろの熟年たちみたいに「えー!?」とか「うそー!?」とか喚《わめ》きたかった。思ってたのとこれでは違う。なんというか、これは……嵐《あらし》だ。

世界を変えるはずの夏の小さな一人旅が、いきなりサスペンスの香りを帯びてしまったではないか。嵐の中をいくスーパービュー踊り子……閉じ込められた密室の車両……一人ずつ減っていく乗客……「殺人犯のいる車両になんかいられるか！　俺は一人でも降りるぞ！」＝死亡フラグ！　いや、別に閉じ込められてなんかいないのだけれど。

やがて温泉の煙がところどころから上がる小さな駅に停まると、それまで騒がしかった団体客もブツブツ言いながら降りていき、車内はさらに白々しく静かになってしまった。

なんでこんな天気になるんだ、いきなり。でも、こんなに急展開で天気が悪くなったなら、良くなる時も急展開のはず。今にもすかっと急激に晴れるはず……。

そう願う枇杷をあざ笑うように、踊り子号は暴風雨の中を洗車されたいみたいに突き進み続け、やがて終点の目的地へと到着した。ついてしまった。バックパックを背負って電車から降りるなり、ホームで横殴りの雨に全身濡《ぬ》らされ、へこんだ。

改札を出て、枇杷は虚《うつ》ろな目で呆然《ぼうぜん》と立ち尽くしてしまう。同じ電車で来た他の客たちも足を止め、同じように暗く黙り込んでいる。

改札の脇には水槽があって、なぜか小さめの海亀《うみがめ》が二匹、どこかから連れてこられてぷよぷよと泳いでいた。その上に歓迎〜！　ようこそ〜！　みたいなノリの看板がかかっているが、そのすべての要素が、今の枇杷には物悲しい。

土産物屋や古めかしい石造りの建物が駅前には並んでいて、その背後には緑のこんもりとした山がダイナミックな曲線を描いて町のすぐ近くまで迫っている。ロープウエーのポスターが楽しそうだ。黄色い屋根が連なるバスターミナルには、オレンジ色のカラーリングがかわいいバスが何台も停まっている。東京では見られない景色だった。あれに乗って、あちこち歩いて、この町を楽しんでみたかった。

……天気さえよければな！

きっと辺りの町並みには、昔ながらの温泉街っぽいレトロな風情があるのだろう。しかし、この突然の横殴りの雨とゴミも吹き飛ばす風の中で、観光客にできることはなにもなかった。駅前に設置された足湯コーナーにも誰もいない。当たり前だ、屋根もないのだ。風雨に晒《さら》されながら足を湯に浸《つ》けるとか、普通に重めの罰ゲームだ。

枇杷の斜め前では女子二人連れが、駅を出てすぐ正面の、植物でこんもりとした小島を眺めている。そこからは温泉が小さく流れ出しているようだった。「あそこまで行って、写真でも撮る？」「いやー、この駅の建物出た瞬間に風で吹き飛ばされて、私ら死んじゃうんじゃないかな」「だよねー」我知らず、枇杷もその会話を聞きながら三人目のメンバーみたいなツラで頷いてしまっていた。うん、そうだよ。無理無理。やめた方がいいよ、絶対……テレビと喋る時の癖で、声にも出てしまいそうになる。

宿の無料送迎バスは、バスターミナルとは違う方向の出口にあった。

他にも数人の同じ宿へ向かう客がいて、宿の法被《はっぴ》を着たおじさんの後をぞろぞろとついていく。全員揃って暗い目をして、マイクロバスに黙って乗り込む。思っていることは多分みんな同じだ。なぜ、今日に限ってこんな天気……？

発車したマイクロバスは、雨に黒っぽく濡れた町を進んでいく。ちょっと寂しい田舎の風景が続いた後、山の岩盤を貫くような細くて暗い隧道《すいどう》を通り抜ける。すぽっと、その瞬間。なにか別世界へ吸い込まれていくような気がしたのは自分だけだろうか。

話す相手もいなくて枇杷はじっと一人で黙っていたが、やがて看板に「ビーチまで何キロ」という文字が見えてきて、明らかに空が広くなってきて、坂道を上がりきったところで松林の向こうに波打つ深い灰青の海と、弓なりに湾曲した浜辺がぐわっと迫って

きた時には、

「おおー……！」

他の客たちと一緒になって、つい声を出してしまった。

いや、まだ全然暴風雨のど真ん中にいるのだけれど。


思っていたよりも豪華なロビーでびくびくおどおどしながら、枇杷は生まれて初めて、自分一人だけで旅館にチェックインした。

小汚いバックパックなんかを宿の人に運んでもらうのは抵抗があったが、他の客たちがみんな荷物を手渡していたので、枇杷もそうしてしまった。

案内された部屋の窓からは、摑めそうな距離の松の枝越しに、波が白く打ち寄せる浜辺がすぐ真下に見えた。

こんなに見晴らしのいい部屋がなぜ空いていたのか不思議だった。今日の天気が午後からこんなにひどくなることは、多分誰にも予想できていなかっただろうに。

「お連れさまの到着は何時ごろになられますか？」

「……あー、すいません、ちょっとわからないです」

「左様でございますか」

仲居さんは、枇杷と恐らく同年代だった。いや、下手したら年下かもしれない。にこやかに非常口の案内と館内の案内をてきぱきとして、お茶まで淹《い》れてくれた。そして深々と一礼し、そのまま部屋を出ていってしまう。作法もなにもわからなくて、心づけみたいなものは結局渡せなかったのだが、これでよかったのだろうか。

窓の外は相変わらず荒れていた。

浜辺には何人か地元民らしいサーファーがいたが、五時を回り、海には入らずに引き上げることにしたようだった。彼らが去ってしまうと、人の姿はどこにも見えなくなる。こんな天気ではなかったら、さぞかし海水浴客が大挙して押し寄せていたのだろうに。

和室にぽつん、と座り込み、

（なんか……思ってたのと、違っちゃったな……）

枇杷は居心地悪くジャージの裾《すそ》をいじる。テレビをつけてみても、静けさはすこしも軽減されなかった。こうして一人でいること自体が、なぜか妙に重々しいのだ。座布団《ざぶとん》がやたらでかくてふかふかしているのも落ち着かない。

とりあえずこんなどうしようもない恰好《かっこう》で、よく断られないですんだものだと思う。エントランスもゴージャスな、そこそこ高級なお宿らしいのに。

（……なんでこんなところまで、一人で来ちゃったんだろう……）

夏らしさがまったくない暗い外を見つめ、枇杷はどうしていいかわからなくなる。豪雨の向こうにも轟《とどろ》く波の音が、なんだか恐ろしくもあった。

財布から朝野の写真を取り出し、立派なテーブルの上に灰皿を利用して立てる。寂しさはしかし、あまり紛れない。

＊＊＊

衝撃は、夜になってから訪れた。

やることもなくて、館内の温泉めぐりでもしようかと思ったのだ。大浴場の他に露天風呂《ぶろ》、そして宿泊客なら無料で使える貸切風呂が三つもあった。ちょっと恥ずかしいジャージ姿から備え付けの浴衣《ゆかた》に着替えて、枇杷はまず大浴場に向かった。

掛け流しの湯の音が響き渡る広い浴場を、最初は一人占めできた。唇につくとしょっぱい、いい湯加減の温泉だった。でもそのうちに数人のグループが次々に入ってきて、みんな口々に天気の文句を言い始める。「こんなことってある?」「よりによってねえ」「運が悪すぎるのよ」「なんにもできないじゃない」……枇杷もおおむね同感だったが、あまりに続くのでやかましくなってきて温泉を出た。そのままふわーっと、軽い貧血に襲われる。

マッサージチェアでしばらく身体を休ませて、用意されていた冷たい水を飲むとだいぶ気分はましになった。立てるようになったところで露天風呂へ向かうことにする。しかし荒天のために使用不可になってしまっていて、貸切風呂へと向かうと、こっちは全部使用中になっていた。思うことはみんな同じか。

仕方なく、売店でアイスを食べ、コーヒー牛乳を飲み、火照《ほて》った体を冷ましながら待った。一つ空いたので、それに入った。

貸切風呂も小奇麗で気持ち良かったが、まあ、温泉は温泉だった。それ以上でもそれ以下でもない。なにしろ一度大浴場を独占する気分の良さを知ってしまったし、あれに比べたら感動はそれほどでもなかった。

頭を檜《ひのき》の湯船の縁に預けて、透明の湯の中に仰向けに浮く。ぷか、と水面から現れる自分のおっぱい二つを眺めたところで、さしてエキサイティングな要素もない。

目を閉じると、頭の中でがんがんと音がする。血流が良くなっているのだろう。心臓が苦しいのも血流のせいなのだろうか。それとも一人が寂しいせいなのか。自分ではわからない。

休息スペースでのんびり休んで、ふと鏡を見ると、ぎょっとするほど顔がつやつやしていた。きれい、を通り越して、なんとなく……オイルでも塗り込んだみたいに肌がぬめぬめしている。温泉の効果がさっそく出ているのだ。見れば腕も足もやたら白く、発光するみたいにてかっていた。骨の芯《しん》から指先まで、熱源でも埋められたように温かくもなっている。そして久しぶりに、自然に激しい空腹も感じる。肌だけじゃなく、胃腸のコンディションまで整うのか、この温泉。

（別に湯治しにきたわけじゃないんだけどな）

その後も一向に天気は回復しなかった。こんな横殴りの雨の中、一人で知らない夜の町に出て、食事に行く気にはなれなかった。枇杷はすきっ腹を抱えたまま、廊下を歩いて部屋へと戻った。

これから食事に行くらしい客たちとエレベーターの前ですれ違う。「伊勢海老《いせえび》出るかな⁉」「ステーキつくんだって⁉」「私は金目《きんめ》の炙《あぶ》り寿司《ずし》が楽しみ〜！」と母親ほどの年の女性陣が盛り上がっている。かなり羨《うらや》ましかった。あとで土産物のコーナーで、まんじゅうでも買って食べるしかないか。

そうやって夜を乗り切ったとして……明日の朝も食事はなし。チェックアウトは確か十一時で、その後なにか食べるとして……そして、どうするつもりなんだろう、自分は。なにを期待して、こんなところまで来てしまったんだろう。我知らず、深いため息をついて部屋の鍵《かぎ》を開ける。

中に入ったその時だった。

（あれ？　なんだこのサンダル……）

見覚えのないサンダルが玄関にあった。宿のものだろうか？　でもこんなのあったっけ？　首を捻《ひね》りながら和室へ上がり込み、障子の戸を開くと、

「温泉入ってきたの？」

「うわあ――」

そこにいた人影に、くしゃっと折り紙ぐらいの脆《もろ》さで腰が砕けた。驚きのあまりにへたり込む。

目では見た。わかった。昴がいる。なぜかは知らないがいる。でも頭はなかなかこの事態の展開についていけず、

「――ああああっ！」

まだ叫ぶのを続けながら、四つん這いの姿勢。立ち上がることができなかった。へっぴり腰をかくかくさせながら喚いてしまう。

「な、なんでおまえがここに⁉」

「こっちこそなんで、ですよ。なんでなにも言ってくれないの」

「な、な、なんで⁉　どっ、どど、どうして⁉　おっおまっ、おまっ、えへぇ⁉」

「落ち着いて。ラップ調になっている」

「ていうかていうかていうか……なんでここがわかったの⁉」

「目が覚めたら錦戸さんいないからさ」

昴はのんきにお茶などすすって、一人でテレビを見ていたらしい。

「荷物もないし」

　いつも出勤する時と同じポロシャツに、同じトレパン。バッグも見慣れたのが部屋の隅に置いてある。一丁前に、スマホを充電したりもしている。でもそんなの別にいい。どうでもいい。とにかく落ち着け、と枇杷は自分にも言い聞かせる。

「これはおかしいぞ、と思ったんだよ。そういえばパソコンでなに調べてたんだろうって履歴を調べたら、ここの宿の予約サイトが出てきたんですわ」

「おまえ、自分がそういうことするタイプだから人を疑ったんだな……!?」

「ああ、そうですよ。で、まあ、とりあえず宿に電話、かけるよね。森田と申しますが、錦戸さんという人はそちらに宿泊の予約をとってますか？　って。そしたら宿の人が言うよね。『あ、錦戸さまとお二人でご宿泊の森田さまですね、ご予約承っております。お気をつけてお越しくださいませ』って。事情が呑《の》み込めるよね。俺、荷造りして東京駅から新幹線に飛び乗るよね」

「……あれ？　踊り子じゃなくて？」

「それ、時間合わなくて乗れなかったんだよ。だから途中で乗り換えて、超面倒」

「へえ、私はタイミングよくスーパービュー一本で……って、そうじゃなくて！　別に来なくてもよくない!?　ていうか呼んでないし！」

「いや、伊豆、ってことはさ。あ、これ、もしかして、って」

　昂の目が、灰皿に挟んで立ててある朝野の写真に滑るのがわかる。

「……錦戸さんはもしかして、朝野が倒れていたという場所を探し当てたのかな、って思ったから。もしかして……この場所なのか？　朝野に起きた本当のことが、なにかわかったのか？」

「……違うよ」

首を横に振りながら答えてやる。

「伊豆の海辺で泊まれるところで、たまたまここが空いてたってだけ。伊豆に行こうって思ったのは、朝野のことがあるからだけど。ここかどうかは知らないよ」

なんだ、と昴は小さく呟いた。だったら来なきゃよかった、とか、思っただろうか。だとしても枇杷には関係がない。そもそも誘ってもいないのだし。勝手に来てしまったのだ、こいつが。勝手になにかを期待して。

「……ばかだな。風邪のくせに」

「いやあ、錦戸さんに置いて行かれたってわかった瞬間、変な胸騒ぎがして。こう、気が動転してしまった。そうか。温泉入ってただけか。……なんだよ、見るからにすっごいぷるっぷるして……」

「ここの温泉、すっごいいいいんだよ。おまえも入った方がいい。風邪とかぶっ飛ぶと思うよ」

「あ、ほんとに？」

「ほんとほんと。湯加減もなんか熱からずぬるからず、ちょうどよくてさ……って温泉談義に花を咲かせてる場合じゃない。おまえ、明日どうするつもりなの？　こんなところまで来ちゃって大丈夫？　仕事いけるの？」

「……なあ。ほんとに俺、どうするんだろう。せめて駅で上り電車の時刻表、見てくればよかった」

「ノープランかよ。薬は？」

「一応持って来た。もう全然なんともないんだけど。とりあえずこれ……いる？」

「なに？」

「素泊まりプランっていうから、一応買ってきてみた」

昴は大きなビニール袋を、すっとテーブルの下から差し出してきた。見れば駅弁が二つ入っていて、

「あああっ！　いる！　超いる！」

枇杷は思わずテーブルに縋《すが》り付いてしまった。


雨が上がったのは、日付が変わってしばらく経った頃だった。

それに気が付いたのは、海を望むベランダのサッシが少し開いていて、波の音だけがやたらと繰り返し、くっきり聞こえたからだ。

「……？」

枇杷はゆっくりと、暗闇の中で身を起こした。いつの間にか眠っていたらしい。

駅弁を貪《むさぼ》った後、昴とこの部屋に二人きりでいるのは気詰まりだった。宿では押入れに入るわけにもいかず、雨のせいで外にも出られず、また温泉に入りにいくしかなかった。できるだけゆっくり時間を潰《つぶ》して出てくると、部屋は無人になっていた。浴衣もなくなっていたので、昴も着替えて温泉にいったのだと思った。敷いてあった布団にゴロゴロしてテレビを見ていると、昴が戻ってきた。喋りたい気分ではなかったので寝たふりをしてみたら、本当にそのまま落ちたようだ。

でも随分と半端《はんぱ》な時間に目が覚めてしまった。

昴はいない。隣の布団を見ても、寝た形跡がなかった。また温泉に入っているのだろうか。確か二十四時間いつでも入れると仲居さんがいっていたし。

サッシを閉めに行くと、外からの風は涼しくて気持ちがよかった。その涼しさに誘われるように、裸足《はだし》のままでベランダに出てみた。

雨が止《や》んで、夜空の下、海が波打っている。

この距離から直接耳に聞こえた波の音は「ざざーん……」とか素敵な感じではなく、枇杷が知っている音の中では、打ち上げ花火に近かった。その次に、象の泣き声に近い。見ている景色と全然イメージが違う。もっとずっと、破壊的だった。

凄《すさ》まじく大きなパワーをもつ物体同士がぶつかりあって、ドガーン！　ドゴーン！　と、遠くから鳴り響くような音。腹の底までその振動は響いて、聞いていて心地いい音ではない。その大きさ、響く深さに、なにか本能的な恐怖さえ呼び覚まされる。波の音ってこんな暴力っぽくていいんだっけ、とか思ってしまう。

見下ろした濡れた砂浜は遠くまで大きくUの字にへこんで湾曲していて、打ち寄せる波は妙に薄く伸び、真っ黒い。海岸線沿いの道路をゆく車のライトが映って、その縁だけが銀色に光っている。粘り気さえ帯びているように見えた。黒いエナメルを溢《こぼ》してしまって、それがぬぺーっと滑らかに浜に広がっていくようだった。

そして、遥か向こうまでずっとずっと続く、暗い海。

仰向いて星を探したが、なぜか空には一つも光るものがない。

そうしているうちにぶるっと身体が冷えて、部屋に引っ込むことにした。サッシを閉めようとしたところで、テーブルに置いておいた朝野の写真がなくなっているのに気が付いた。

嫌な予感がした。

枇杷は再び身を翻《ひるがえ》し、破滅の音が響くベランダに出た。建物の近くまで迫る松林のすぐ向こう、部屋の真下に近い砂浜に、思った通りに人影があった。さっき外を見た時には遠くばかりみていたから気が付かなかったのだ。

あれは、多分、昴の背中だ。

昴らしき人物は、暗い砂浜に浴衣姿で一人でしゃがんで、なにかを一心不乱に掘っている。穴はそこここにあった。段々と波打ち際に近づいていっている。やがて疲れたように立ち上がり、また少し海に近づいて、昴はしゃがみこむ。足元の砂を掘る。

昴が朝野の写真を持っているんだろうと、枇杷は不思議なほどはっきりと思った。

「……なにやってんだよ、あのばか……」

見下ろしながら、舌打ちしてしまう。恐ろしいほどの無意味さで、昴はまだあちこち掘り返し続けている。そんなの痛すぎる。また頭おかしくなりすぎてる。やめろ、と思う。でも、どうすればいいのか、枇杷にはわからなかった。

あそこまで下りて行くのは怖い。まっ黒な闇が打ち寄せる浜辺は、いってはいけない別の世界のように見える。あんなところにいたら、多分、昴だけじゃすまない。自分まで連れて行かれてしまう気がする。どこへかはわからないけれど――

「……おーい……！」

他の部屋の宿泊客に迷惑かと思い、できるだけ控えめに声を抑え、枇杷は眼下の昴を呼んだ。しかし昴は気づかないようで、まだしゃがみこんで、砂遊びするこどものように両手で穴を掘り続けている。繰り返す波は、もうその足元すぐのところまで迫ってきている。

「おーい！」

あの波に、さらわれたら終わりだ。もう戻っては来られない。枇杷にはそうとしか思えない。

「おーいってば！」

波がついに、昴がいるところまでぬらりと曲線を描いて迫る。その上へ、その上へ、幾重にも重なりながらさらさらに迫る。引く波に次の波が被《かぶ》さり、もっと、もっと、もっと迫る。舌なめずりするように接近していく。ああやって次第に引き込まれるんだ。波はやがて昴の足元を掬《すく》い、闇へと一気に引き込むんだ。

もはや迷惑を顧みる余裕もなくて、枇杷は全力で声を張り上げる。

「……昴！　すー、ばー、るーっ！」

思えば、名前を呼ぶのはこれが初めてだった。

昴にはその声が届いたらしい。やっと顔を上げ、こちらを振り返る。枇杷がベランダにいるのに気づいて、のんきにひらひらと手など振ってくる。まだわかってないんだ、あいつ。自分が今、闇に飲まれるその汀《みぎわ》に立っているということが。ぎりぎりの境界線で足元を洗われているということが。

枇杷はベランダの柵《さく》から思いっきり身を乗り出し、大きく手をブン回した。

「もーっ！　どーっ！　れーっ！」

全力で叫ぶ。

「……？」

わからないなら、この声が届かないなら、もう本当にできることはなにもない。おまえにしてあげられることは、なんにもない。枇杷は必死にジャンプまでして、昴に手を振り続けた。

ようやく砂浜を引き返して来て、潮臭くなった昴は部屋へ戻ってきた。

部屋の灯りはつけないまま、妙にへらへらと、

「……なんでなんだよ、錦戸さん」

布団の端に座り込む。砂のついた手にはやっぱり、朝野の写真を持っている。そうだと思った。

枇杷は、ベランダの近くに置かれた椅子《いす》に腰かけていた。昴を部屋に呼び戻すだけのことで、異様なほど体力を使ってしまった気がするのだ。布団までも戻れなかった。どうしてさっき、あんなに怖くなって、本気で焦ってしまったのか、今となってはよくわからない。

「なにが」

「……なにげに、錦戸さんは、俺を何度も連れ戻すんだよな」

昴の言っていることも、意味がよくわからなかった。

「何度も、何度も……今もだし。他にも、なんか実はいろいろ、ほんとに何度も……いろんなときに……いきなり現れて、そして俺を……」

わからなかったが、

「なに、おまえ」

「……俺をここから、逃がしてはくれないんだよ。なんで？　びっくりするよ。俺、今日もまだ生きてるってことに」

「おまえは、つまり……結局……」

「とっくに終わってる予定だったのに。朝野が死んだ後、一年経って、まだ自分が生き残ってるなんて思いもしなかった。こんなはずじゃなかったんだよな……予定、変わりまくりですよ」

感じることはできた。

「……死にたいわけ？」

へらへらしたまま、昴は頷《うなず》いた。

枇杷はそれを見た瞬間に椅子から立ち上がった。その意味が、踏み寄ろうとするその意味が、こいつにはわかるだろうか。そんなことというならぶっ殺してやる、と思っていたまさにそのことを、こいつは考えていると認めたのだ。

残念だった。さすがにでもぶっ殺しはできないまま、枇杷は布団の端に座り込んでいる昴の顔をじっと見下ろして立ち止まった。鼻の奥でなにかが爆《は》ぜたみたいだった。火薬のような、鉄のような臭《にお》いがして、手が震える。首の根元もガクガク揺れる。

——おまえには、もう、言うことがないよ。

口を噤《つぐ》んで、目を逸《そ》らしはしない。なんだ。本当にそうなのか。本当に、おまえは、そういう形で断罪されたがっていたのか。私が朝野としておまえを殺さないことを、なんでなんだよ、とか言うのか。

なんで殺さないんだよ、とか。

本当に、残念だった。そんなことを考える昴が、残念でたまらなかった。そういう決着を本当に求めているとわかってしまったら、もう終わりだった。もう、なにも続けることはできない。

——できないんだよ。だって私は、おまえに元気になって欲しかったんだから。そう思っていたんだから。おまえの期待と私の期待は永遠に逆方向で、出会うことはこの先もう二度とないんだよ。

「……錦戸さん。俺は思うんですよ。どうしても」

最後の笑顔を浮かべた朝野の写真を両手で捧《ささ》げ持ち、昴は背中を丸めて息をしている。

そして朝野を見つめて、

「朝野の前に敵を連れてきたのは、俺なんじゃないか？」

朝野に向けて、呟《つぶや》いている。ずっとそうだったように、また、朝野だけを見ている。

へらへら笑っているように見えたその顔に、涙の筋が伝い落ちた。

「朝野は、誰とも、なにとも、戦わなくてよかった。でも俺と出会ってしまった。俺が敵を連れてきたんだ。……いや、ていうか、俺が敵だったんだよ。だってそうだろ？　俺と出会わなければ朝野はよかったんだよ。そうしたら朝野は、死んだりしないでもよかった。きっと今でも生きていられた」

そしてそのまま、

「……ごめん、ごめん、ごめん、ごめん、ごめん、ごめん、ごめん、ごめん、ごめん……」

ごめんなさい畑へ勝手に一人で行ってしまった。

朝野ごめん。俺と会わなければよかったのにな。俺がおまえを好きにならなければよかった。ごめん。俺がこんなにばかじゃなければよかった。俺のせいでごめん、ごめん、ごめん——その繰り返しに沈んでいく。

このまま永遠に放っておいてもよかったが、ふと枇杷は思いついて、昴の正面まで歩み寄った。

そして膝《ひざ》をつき、がしっと肩を摑み、顔を上げさせ、

「おまえという男のクソさがよく表れている！」

「……っ！」

昴は衝撃を受けたように仰《の》け反《ぞ》って、その手から朝野の写真を取り落とした。かつて自分が朝野に返した言葉だと、ちゃんと気づいているだろうか。すかさず拾い、取り上げる。

ぎゃはは！　と、写真の中の朝野は笑いたがっているようにみえた。さっすが枇杷、よくぞ言ってくれました！　と。

「な……なんだよ……！　なんでそんなこと、錦戸さんが俺に言うんだよ!?」

「ははは、傷ついた？」

「ていうか……！　ずっと思ってたけど、錦戸さんって……なんなんだ!?　俺の前にいきなり現れて……俺の暮らしに入り込んで……！」

「いきなりは現れてないでしょ。ていうかむしろ、おまえがいきなり私をつけ回し始めたんだよ」

「ほんとになんなんだよ!?　あんた、なに!?　誰!?　俺をどうしたいの!?」

昴は顔を歪《ゆが》めて思いっきり泣きながら、布団を引っ摑んでじたばたと暴れ始めた。

「どうして俺を逃がしてくれない!?　なんで俺を呼び戻す!?　あんたは一体……なんなんだよまじで!!」

「……聞きたい？　私はね」

どんなに放っておこうと思っても、放っておき切れないらしい。結局自分はどうしても、こいつをただ置き去りに捨てていくことができないらしい。

この気持ちをどう呼ぶべきかは知らない。でも、思ったのだ。それなら、いっそ、おまえのため、でいい。おまえのために、私はいる。それでいい。

「実は、朝野に頼まれて、おまえに会いに来たんだ」

「……え⁉」

私はこうして、おまえのためにこの世界を回すから。

だから、やっぱり、元気になれ。どうか元気になってよ、森田昴。死にたいなんて、そんなことはもう二度と思わないでよ。

「私がおまえを何度も呼び戻したのは、朝野の意志なんだよ。朝野はおまえを連れて行きたがってなんかいない。わた……朝野は、おまえが、好き。本当に好きだよ。だから生きて、元気になって、って。そう思ってる」

おまえを生かすためになら、私は朝野のふりをしたっていい。おまえの目には見えなくても、もういい。寂しくてもいい。

「私は、おまえに朝野のその気持ちを伝えるために、ここにいるの。だから二度とばかなことは言わないで。ちゃんと時々休みもとって、元気になってよ」

写真の中の朝野を見た。これでいいかな？　と訊《き》きたかったが、写真が答えてくれるわけはなかった。

枇杷はゆっくりと立ち上がり、自分の布団まで落ち着いて歩いて戻った。そのまま静かに身を横たえて、もう一度寝る体勢に入る。枕《まくら》に髪を柔らかく散らす。

元気出せよ昴。天井を見ながら繰り返し枇杷は思う。願う。何度も願う。ループで願う。

(元気出せ。引き込まれるな。気を付けろ。戻ってこい。私がいなくなったって、ちゃんと自力で戻ってこい。そしてこの先はどうにか自分で世界を回せ)

目を閉じると、天からふんわりと眠気が降ってくるようだった。

「朝野は世界を救ってる。それ、多分、今もだよ……」

昴の方は、見なかった。しゃくりあげるような激しい泣き声と、それを必死に飲もうとする息の音が聞こえていた。泣くなよ、そんなふうに。早く元気になってよ。元気なおまえに私はいつか会ってみたいよ。

「……私には、わかる……おまえの世界は、滅びない……」

優しい眠気に繭《まゆ》のように包まれて、現実感がなくなっていく。身体から重さがどんどん失われていく。手も足も、どこもかしこも軽くなっていく。

「……ずっと……一緒……」

ふわふわと暗い闇《やみ》の中に、枇杷の眠たい身体がついに布団ごと浮き上がった。昴がなにか言ったような気がしたが、もう聞こえなかった。

もう夢の中だ。

いい夢だった。

なにしろ、朝野が初めて出てきてくれたのだ。何度も「夢に出てきてよ」と願っていたが、ついに本当に現れてくれた。

畳の上にひらりと落ちた写真から、朝野はゆっくりと不思議に光りながら沸き起こる煙のように、その姿を浮かび上がらせたのだ。

ふわりふわりと揺れながら、次第に形ができていく。朝野の髪が、朝野の手が、朝野の胴が、作られていく。

夢だというのに涙が出た。

窓の向こうから、淡い珊瑚色《さんごいろ》の光が差し込んでいる。ゆらゆらと波打つ、白とオレンジと金色と朱色と紫と……複雑に美しい、その光。

朝野ー！

名前を呼ぶと、渦巻く黒髪のその中から、華やかな美貌《びぼう》がゆっくりと現れた。こちらを向いた。にっこりと笑うその額に、黒い印はついていない。

『枇杷ー！』

朝野にはもう、重さなどないのがわかった。痛みも、恐れも、苦しみも、悲しみも、朝野にはもうないのだ。だからあんなに軽やかに、朝野は宙に浮いている。虹色《にじいろ》に瞬《またた》く色彩の中で、半分透けながら手を振っている。

『ここまであたしを連れて来てくれて、本当にありがとう！　あたし、この海に、ずっと来たかったんだ！』

そしてふんわりと身を翻し、窓から外へと漂い出た。せっかく会えたのに、朝野はどんどん遠ざかって行ってしまう。

ねえ、どこに行くの！

ずっと一緒にいたいよ！

ねえ、一体なにがあったの！

どうして先にいってしまうの！

何度呼んでも、もう無駄だった。枇杷の声には振り向いてくれないまま、朝野は砂浜にひらりと着地する。そして空を飛ぶような軽やかさのままで、ぐんぐん海へ向かって走り出す。

その後ろ姿の輪郭が、色とりどりの光の中で段々とくっきり強くなっていった。羽のような透ける色のドレスを一歩いくごとに脱ぎ落とし、振り落とし、そのたびに鮮やかさと輝きが増した。長い髪は真珠みたいな光沢を帯びてゆるやかに広がり、揺れ、朝野は駆けていってしまいながら、どんどん美しくなっていく。去っていってしまいながら、どんどん忘れられなくなっていく。

最後の一枚を脱ぎ落とした時、朝野は水着姿になっていた。あのストライプの、肩の紐《ひも》をリボン結びにするセパレートだ。輝く陽射しの下で、朝野は力いっぱい砂を蹴《け》り、地球の重力から脱出するかのように、両足で踏み切った。

まるで枇杷にお手本を見せるような思いっきりの跳躍で、あんなに恐れていた海に、迷うことなく飛び込んだのだ。

水柱を立てて、透ける波の下へ沈む。輝く飛沫《しぶき》を上げながら魚みたいに跳ね、また泳いで、今度は深く深く潜る。朝野はどこまでも遠ざかる。朝野の形の輪郭は、そうしてすこしずつ、蒼《あお》い海へと溶け出していく。

海の中で、やがて朝野は、無数の卵になった。優しいピンク色をした、たくさんの、数えきれない可能性たちが水の中に生まれて震えた。波にかき回されながら潮の流れに乗って、どんどん広がっていく。あっという間に、水平線まで全部、ピンク色に塗り潰されてしまうほどだった。それらは時を超えて、いつか孵《かえ》ることを夢見て、この世界の岸から離れていく。

砂浜には、朝野が脱ぎ捨てたいくつもの抜け殻だけが残された。

灰色になって、砂の中に埋もれるように、無数に倒れ伏している。それらはみんな、海へは出られなかった敗者どもの残骸《ざんがい》だった。

なにも語り出そうとはしないまま、どんどん崩れていく。時とともに、終わっていく。なにも残してはくれないまま、ただの名もなき過去になり、そして風に吹かれて散っていった。

また、枇杷は、一人で取り残されたのだ。

「……」

ゆっくりと目を開けた時、顔は涙で濡れていた。夢の中でまで別れなくてはいけないなんて。

しかし、世界はまだ輝いている。

不思議なぐらい、眩《まぶ》しかった。枇杷は目を瞬かせ、強い光が差し込む窓辺の方へ視線をやった。

この世のなにより美しい、今日の朝が来ていた。

黄金に縁を輝かせた雲の隙間《すきま》から薔薇色《ばらいろ》の光の幕が垂れてきて、海をも鮮やかに染めている。

嘘《うそ》みたいな、夢の続きみたいな、現実の夜明けだった。

目をこすり、枇杷は布団からずるりと這《は》い出した。裸足でベランダに出て、

「……すげーな……」

呟いてしまう。

海上に、見渡す限りの美しい朝焼け。これを見ないで寝てるなんて、あいつはばかの極みだな。布団に潜って寝息を立てている昴を振り返る。起こしてやるほどの義理はなかった。

こういう美しい世界を、また今日も、生きていく。それが幸せじゃないなんて、誰にも言わせない。

裸足のままでそっと爪先《つまさき》立ち、光る方を見ながら、枇杷は背筋を伸ばした。自然に肘《ひじ》が脇《わき》から離れ、空から吊《つ》り上げられたように身体が軽くなる。また今日も、心の中に、朝野がいる。一年以上のさぼりのせいで、パッセはなまってキレがない。だめだこりゃ、とちょっと笑ってしまいながら、枇杷はしかし、この瞬間だけは重力を忘れた。

ピルエットってこんなふうにやるんだよ。

軽やかに回転して、今の見てた？　と声には出さずに訊《たず》ねる。そして静かに、片足を後ろへ引き上げて、アラベスク。なにより綺麗《きれい》な形で止まって、この瞬間は、枇杷の中で永遠になる。二人は最強。二人は一緒。ほら、ね。できたよ私。

浴衣の前をはだけたままでステップを踏み、夢の真《ま》っ只中《ただなか》を踊ったら、次は——

＊＊＊

でも結局、また小雨が降り出した。

昴は宿の部屋から職場に電話をかけ、わざと鼻声を作りながら、「午前中にもう一度病院に行きます」と言っていた。今？　伊豆っす！　と言えない事情は、さすがの無職にも理解できた。それでも三日続けて休むことはどうしてもできなかったようで、午後の遅くから仕事に出ることになったらしい。昴はスマホでいそいそと電車の時間を調べ始めた。充電しといてよかったな。

チェックアウトの時には、枇杷がいいといったのに、宿泊代を一人分払ってくれた。そしてなぜか「時間ないけど海鮮丼《どん》だけは食べよう！」と言い出し、意気揚々と小雨降る海沿いの町を歩いていき、なぜか奢《おご》ってもくれた。

その挙句に「いかん、手持ちの現金が足りなくなった」と、電車に乗る前に駅前のコンビニに駆け込んでいった。

なにやってんだか……と思いながら枇杷は一人、なにを見るでもなく昴を待って、時間を潰していた。昨日のようなひどい天気ではない。

雨にしっとりと濡れた町並みは、ちょっと懐《なつ》かしくなるような、ノスタルジックな雰囲気があった。町のすぐ背後には緑の山が迫っている。その半ばまで白い霧がかかっていて、綺麗だったのでスマホで写真も撮った。

ぶらぶらと道を歩いてみる。不動産屋があって、なんとなく、貼《は》ってある物件を眺める。家賃は東京よりももちろんずっと安い。同じガラス窓に「事務パート急募！」のチラシが貼ってあって、ついその給料と家賃の額を頭の中で絡《から》めてみてしまう。全然暮らせるじゃん、とか思った時、

「お待たせ！　うわあまじで時間ない！　次のに乗らないとやばい！」

昴が小走りに駆け寄ってきた。

でも、なにもこいつと一緒に帰らなくてもよかったんだよなあ……そう思いついたのは、もう踊り子号が走り出してからだった。

しかもまた座席、山側だし。席をとったのは昴だった。進行方向から見て右の席があたりだよ、と、教えておけばよかった。

電車の揺れに身を任せ、目を閉じて、またうたた寝しそうになっていると、

「錦戸さん、錦戸さん」

「……ん？」

隣の席から声をかけられる。

「知ってた？　枇杷、にも花言葉がある」

「……そりゃあるだろうよ……なかったら逆になんでって思うよ」

「で、それが……あああ、ちょっと待って、待って……」

スマホの画面を見せようとしていたらしいが、変なところを触ってしまって、関係ないページに飛んでしまう。戻ろうとするが、電車はトンネルに入ってしまって、圏外になってしまった。

「もういいよそれ。あとでね」

どうしても眠たくて、相手にはしてやらず、枇杷は目を閉じた。

次に目を開けたとき、その話のことは覚えていたが、忘れてしまったふりをした。ごしごしと強く右目を擦《こす》る。罪のあるところに「設定上の朝野」はいる。本物の朝野が海に溶けてしまっても、罪があるならその場所に——自分が見つめる、鏡の中に。

「昴」

名前をもう一度、口にした。「え?」と無防備なツラが振り返る。

「ちょっと手を出してみて」

枇杷が昴を呼んだのは、池袋から乗り換えた在来線の途中だった。素直に昴は片手を出した。

その手を一度、しっかりと握る。「え、え」驚いたように昴の目が丸くなる。そのまま枇杷は軽く勢いをつけ、くるりと回り、

「じゃあ、帰るわ」

開いたドアから、電車を降りた。

「えっ⁉」

ここが錦戸家の最寄り駅だった。昴のマンションの最寄り駅よりも、二つ手前だ。

枇杷がなんの前触れもなく先にホームへ降りたから、昴は驚いて「なんで⁉」とか言っている。しかしどうしていいかわからないようで、ドアの前でぼんやりと立《た》ち竦《すく》んでいる。

いいんだよ、そのまま乗っとけ、と思う。

「……元気出せよ！」

そう言うのと同時に、電車のドアが閉じた。びわ、と昴の口が動いた気がしたが、振り返らず、歩き出した。

早く跳びたくてうずうずしているのだ。跳びたくて跳びたくてたまらないのだ。だから後ろを向く余裕など、枇杷にはもうすこしもない。

＊＊＊

一年が過ぎた。

枇杷が実家を出て、伊豆半島の下端の町に本当に住みついてしまってから、あっと言う間だった。

ふとした思い付きだったのに、動き出してみたら話は早かった。ネットであの不動産屋の番号を調べて電話をし、もう一度一人でスーパービュー踊り子に乗って現地へ行き、その日のうちに部屋を決めて、面接も受け、不動産屋で仕事もさせてもらえることになり、一旦《いったん》帰って、そして正式に引っ越して——以上だ。

事務の仕事をしながら、それなりにいい時を過ごしてきた。友達もできた。とにかく車の免許を早く取れと、新しい友達全員にせっつかれていた。

私は大丈夫なのか、これでいいのか、慣れなくちゃ、どうしよう——そんなことを落ち着きなく考えている間に、一年だ。笑ったり、泣いたり、恥をかいたり、照れたり、そんなこんなで、また夏だ。

何事もないわけではなかった。実は錦戸家を建て替えるという話は、引きこもりになりかけていた枇杷をとりあえず実家から追い出すための嘘《うそ》だったことも発覚した。それがわかったのは、チェリーが兄とひどい夫婦喧嘩《げんか》をして、枇杷の部屋に家出してきたからだった。

「私も離婚して、枇杷ちゃんとこっちに住もうかな!?　建て替えどうこうって、あれ嘘だし！」

「はあ⁉」

チェリーは兄が引き取りに来てくれて帰ったが、そのしばらく後に母親も来た。

「もし離婚したら、お母さんも枇杷とこっちに住もうかしら……歯医者ならどこででもできるもんねえ……」

「……ていうか錦戸家は今どうなってるの⁉」

帰ってくれて、本当にほっとした。

お正月には、夕香ちゃんが年賀状をくれた。実家に届いたので、こっちの住所から、今清瀬家の人々が暮らす遠い遠い町へ返事を送った。夕香ちゃんは、春になると、長い手紙を書いてくれた。今年の受験が無事にすんだら遊びに行くと約束してくれた。枇杷ちゃんが住むほど惚《ほ》れたその朝焼けが見たい。手紙にはそう書いてあった。それだけで十分だった。


「あ」

振り返ったその時、そこには枇杷しかいなかった。

こっちに住むようになってから見つけたバレエ教室の、古い板張りの稽古《けいこ》場。鏡の前でストレッチしていたのをやめて、後ろに置いておいたCDラジカセに近づく。

その曲のことは、もちろん覚えていた。

女性が歌う洋楽の、美しい旋律――朝野によく似合う、柔らかな、でも複雑な音色。聞き入って、枇杷は心臓のあたりをそっと押さえた。やっぱりまだこんなにも切ない。

習うつもりでドアを叩《たた》いたこの教室で、枇杷は、教える側に回ってみないかと誘われていた。とりあえず次の発表会で大人の初心者クラスのための振り付けを任せるから、できるかどうか考えてみて、と。

そのクラスの仲間から、「この曲で踊りたい」と渡されたのがこのCDだった。知らない映画のサントラで、聴きながらイメージを膨らませようとしていたところだった。

「……なんだよ。やっぱ、超いい曲じゃん」

軽やかなリズムに、枇杷は息を合わせた。一人で鏡の前まで歩いていく。レオタードにレギンスだけの姿で、メロディーに合わせ、ゆっくりと踊り始める。

振り付けの構成をなんとなく考えながら、(好きだな、これ)と思う。自分で買って、何度も繰り返し聴きたいかも。他の曲も、頭から通して、最後まで。

でも、映画は多分見ない。

それでいいのだ。

見ないで、触れないで、壊さないで、ただ自分だけの夢の世界に降ってくるこの音色を愛したかった。全身で受け止めて、そして踊るのだ。ずっとここで、踊り続けるのだ。

くるくると回る世界に、枇杷はそうやって永遠に愛を生かす。

＊＊＊

八月がまた来て、その日、枇杷は会社の自転車でお使いに出ていた。社用の携帯が鳴って、

「もしもし？」

頬と肩で挟むようにして話す。ちょうど自転車で漕《こ》ぎ出そうとしているところで、手は塞《ふさ》がっていた。

『錦戸さんになんかお客さんが来てるよ』

「お客？　私にすか」

物件に内見の案内に入った時に窓を閉め忘れたとかで、下っ端の枇杷が確認しに行かされたのだ。窓をちゃんと閉めて、カギも確認して、再び会社に戻ろうとしていた。

『森田さんっていう人』

「……え！」

サドルからつい、下りてしまう。森田？　……森田⁉　その姓で思い当たるヤツは一人しかいない。いやでもまさか。まさか、違うだろう。だってこっちに住むようになって以来、連絡もとっていなかったのだから。

『なんかずっと探してたんだってさ。錦戸さんの携帯の番号も知らなくて、連絡が取れなかったんだって。で、うちの店に勤めてるのがやっとわかって、居ても立ってもいられなくてつい来ちゃったって……ていうか』

女性の先輩はいきなり声をひそめ、

『……ストーカー、とかじゃないよねえ？　もりたすばるって名乗ってるけど』

枇杷は本当に倒れそうになる。泡を吹くかもしれない。だって……まじかよ。本当におまえなのかよ。久しぶりっていうか、なんていうか、なんなんだよっていうか、ストーカーじゃない、けど。違うけど、でも。そんな感じっぽい行動だろっていうか。なんだろう。もうなんなんだろう。なんていえばいいんだろう。あいつをどう表現すればいいんだろう。

「し、知り合い……だと思います。東京の……」

『あ、なんだ、よかった～！　変な心配しちゃった！　なんかねえ、箸《はし》？　を、預かっているって言って下さい、って言ってるよ』

「……箸……すか」

そういえば、そんなこともあったっけ。忘れ果てていたけれど。

『まあとりあえず戻ってきてくれる？　その後は休憩していいから』

「……はい……」

電話を切って、蟬時雨《せみしぐれ》の中に一人、棒立ちになってしまう。

昴が、来た。

ていうか携帯を知らないってなんだ？　でも勤め先がわかるってなんだ？　探してたってなんだ？　たくさんのはてなマークが枇杷の脳裏に、マシンガン掃射の勢いで跳ね回る。言われてみれば、携帯の番号を交換していなかったんだっけ。え、でも。あれ？　錦戸さんエアコンつけた⁉　つけてない⁉　なぜ⁉　――うるさく喚《わめ》く去年のあいつの声の記憶は、あれは、そっか。あいつの部屋の固定電話だったんだ。でもどうして勤め先が……もしかして、実家にでも訪ねていったのだろうか。え？　また？　親もチェリーもなにも言ってなかったけれど。

まあいい。

枇杷はゆっくりと、首を横に振る。はてなマークを振り落とす。

まあ、いい。いいのだ。いいじゃないか。そんなのは後で。なんでとかそういうのは、今はひとまずいいのだ。いいからとにかく、

(行かなくちゃ――)

走らなくちゃ！

今すぐ、あいつに会いにいかなくちゃ！

会ってどうするなんてわからない。どうしたいかなんてわからない。ただ、でも、め

っちゃくちゃに、会いたい。本当はもう一回、昴に出会いたかった。ずっとそう願っていた。

枇杷は慌《あわ》ててサドルに跨《また》がり、会社まで自転車で漕ぎ出そうとして、

「……うわあ!?」

ペダルを踏む勢いでそのまま前につんのめった。あまりに激しく踏み込んだせいか、見れば自転車のチェーンが外れてしまっていた。

「ああもうなんだよこんな時に！」

ペダルを手で持って回してみても、カラカラと空回りするばかり。だめだこんなんじゃ、車輪が回らなくちゃ。ちゃんと回転しなくちゃ、どこにも行けない。跳び出せない。

仕方なく自転車はそこに置いていくことにした。どうせお使いだからこれでいいやと履いてきてしまった、お馴染《なじ》みの便所サンダルで走り出す。

あいつがどういうつもりでもいい。

なんでもいい。

とにかく、今、この足は必死に駆け出してしまうのだ。自分は猛ダッシュで、走り出さずにはいられないのだ。それだけが事実で、そんな事実に直面して、

（……これって、罪なの？）

右目の奥がちくりと疼《うず》く。でもそんなことで止まりはしない。

（……とか、知ったことかよ⁉　しょうがないじゃん！　だってあいつが来ちゃったんだもん！　私はそれで、もう走り出してるんだもん！　もう止まらないんだもん！）

いけないとか、許されないとか、知るか。

それならここに現れて、走り出したこの命を止めてみろよと枇杷は思う。現れてくれよ。目の前に。

（私はおまえの敵だよ）

——現れてみろ。

（私はおまえを、力いっぱいぶち殺して、そして前へ進むから）

罪だというなら、罪でいい。

昴に会いたいこの気持ちが罪なら、私はそれでもいいよ。身の内の罪と戦ってやる。そういう設定でいいよ。それでいこうよ。そうやって回そう、この世界を。

（なにしろ、現れてくれなくちゃ倒すこともできないからな）

真夏の緑の香りの風が、枇杷に纏《まと》わりつくように怪しく渦巻くのを感じる。右目に宿った設定の「敵」が顕在化するなら、あの行く手にぽっかりと口を開いた隧道《すいどう》がぴったりだと思った。

夢中で走りながら想像する。

回れ、回れ、みんな回れ。そんな声がどこからか響いてくるようだった。回転しながら季節を渡れ。命を賭《か》けて踏み切って、どこまでもどこまでも跳んでいけ。あらゆるところに流れていった可能性のたまごたちも、やがて目を覚ます時がくるのだ。どこへでも、いつにでも、自由になって、元気になって、何度でも生まれる。そうやってみんな、自分の世界を回し続ける。そうやって生きて、出会って、変わって、別れて……最後にはみんな、海へ溶けていく。その時を目指して、ただ回るのだ。

回って回って回って回って回れ！

回転せよ！

(そもそもみんな回転してんだよ。たとえばあれだ、なんだっけ？　あの手品のおじさんたち……あれだってそうじゃん、ほら……なんていうんだっけ……)

本書は新潮文庫のために書き下ろされた。

イラスト　ふゆの春秋
デザイン　川谷康久（川谷デザイン）

知《し》らない映画《えいが》のサントラを聴《き》く

新潮文庫　た－111－1

平成二十六年九月一日発行

著者　竹《たけ》宮《みや》ゆゆこ
発行者　佐藤隆信
発行所　株式会社 新潮社

郵便番号　一六二―八七一一
東京都新宿区矢来町七一
電話　編集部（〇三）三二六六―五四四〇
　　　読者係（〇三）三二六六―五一一一
http://www.shinchosha.co.jp

価格はカバーに表示してあります。

乱丁・落丁本は、ご面倒ですが小社読者係宛ご送付ください。送料小社負担にてお取替えいたします。

印刷・錦明印刷株式会社　製本・錦明印刷株式会社

ISBN978-4-10-180002-8 C0193

新潮文庫最新刊

神永　学著
革命のリベリオン
—第Ⅰ部　いつわりの世界—
人生も未来も生まれつき定められた〝DNA格差社会〟。生きる世界の欺瞞に気付いた時、少年は叛逆者《リベリオン》となる——壮大な物語、開幕！

河野　裕著
いなくなれ、群青
11月19日午前6時42分、僕は彼女に再会した。あるはずのない出会いが平坦な高校生活を一変させる。心を穿つ新時代の青春ミステリ。

雪乃紗衣著
レアリアⅠ
長年争う帝国と王朝。休戦派の魔女家の少女は帝都へ行く。破滅の〝黒い羊〟を追って——。世代を超え運命に挑む、大河小説第一弾。

竹宮ゆゆこ著
知らない映画のサントラを聴く
錦戸枇杷。23歳（かわいそうな人）。そんな私に訪れたコレは、果たして恋か、贖罪か。無職女×コスプレ男子の圧倒的恋愛小説。

神西亜樹著
坂東蛍子、日常に飽き飽き
新潮ｎｅｘ大賞受賞
その女子高生、名を坂東蛍子という。容姿端麗、学業優秀、運動万能ながら、道を歩けば事件に当たる、疾風怒濤の主人公である。

朝井リョウ・飛鳥井千砂
越谷オサム・坂木司
徳永圭・似鳥鶏
三上延・吉川トリコ著
この部屋で君と
腐れ縁の恋人同士、傷心の青年と幼い少女、妖怪と僕!?　さまざまなシチュエーションで何かが起きるひとつ屋根の下《ふたりぐらし》アンソロジー。